KB073300

김덕길 장편 역사 소설

전봉준

메세나 출판프로젝트

이 책은 (주)에세이퍼블리싱이 재능 있는 작가 발굴을 위해 추진한 제1회 메세나 출판프로젝트의 일환으로 기획 및 제작되었습니다.

전봉준

초판 1쇄 인쇄 2010년 07월 15일
초판 1쇄 발행 2010년 08월 01일

지은이 | 김덕길
펴낸이 | 손형국
펴낸곳 | (주)에세이퍼블리싱
출판등록 | 2004. 12. 1(제315-2008-022호)
주소 | 서울특별시 강서구 방화3동 316-3 한국계량계측조합회관 102호
홈페이지 | www.book.co.kr
전화번호 | (02)3159-9638~40
팩스 | (02)3159-9637

ISBN 978-89-6023-402-4 03810

김덕길 장편 역사 소설

전봉준

눈 먼 자들이여! 눈을 떠라!

지금 우리는 꿈꾸고 있을 때가 아니다.

잠자고 있을 때가 아니다.

분연히 일어서서 앞으로 가자!

ESSAY

| 일러두기 |

1. 이글은 사실을 기반으로 각색한 소설일 뿐이다.
2. 장지문은 가공인물이다.
3. 역사적 사실과 평가는 최현직의 '갑오동학 혁명사', 동학농민혁명 기념사업회의 '동학농민혁명의 동아시아적 의미', 송기숙의 '이야기 동학 농민 전쟁' 등을 참조했다.
4. 전해지는 소문과 자료, 책의 내용 등이 서로 다름은 관군과 동학 농민군이 서로 유리한 측면으로 해석함으로써 생긴 차이임을 밝힌다.

| 책머리에 |

무심히 꽃은 피고 지고 무심히 계절은 가고 온다.

역사의 수레바퀴에서 목숨은 늘 끝이 있는 것이라서 어떤 이는 쉬이 피고지고 어떤 이는 질긴 목숨이 역사의 수레바퀴에서 깨어있는 의식으로 다시 핀다.

소설 전봉준은 깨어있는 의식이 피운 꽃이라 하련다.

가녀린 꽃이지만, 우국충정의 염원이 있었기에 추위와 엄동설한에 시들 수 없었다.

행동하는 양심을 손수 보여준 역사 속의 인물 전봉준, 나는 그를 장군이라 칭한다.

그의 잠든 영혼을 다시 깨우며 우리들의 잠든 의식을 깨우고 싶다.

깨어있는 의식이 똘똘 뭉쳐 세계를 향해 분연히 일어선다면 우리 앞을 막을 자는 아무도 없을 것이다.

농민의 삶을 위해, 나라를 위해 목숨을 바친 동학 농민군에게 이 글을 바친다.

2010년 8월

김덕길

| 차 례 |

1편

정읍 가는 길

2008년 11월 9일 일요일 날씨는 투명했다.

투명한 유리창에 한 줄 실금을 긋듯 비행기는 허공에 금 하나를 그었다. 금은 용인에서 정읍 쪽으로 이어졌다. 이어진 금은 가뭇없이 길었다.

차를 물고 길은 이어졌다. 길을 물고 차는 달렸다. 달림은 지칠 줄 모르고 이어졌다. 이어진 고속도로를 사이에 두고 양쪽으로 줄지어 들판이 펼쳐졌다. 펼쳐진 논은 추수가 끝난 텅 빈 논이라서 지극히 한가로웠다. 이따금 하얀 비닐로 둘둘 감긴 거대한 지푸라기 더미가 군데군데 놓여 있었다.

차는 천안 논산 간 고속도로를 다시 달렸다. 달려간 길 앞에는 언제나 다른 길이 있었다. 길은 멀고 아득했다. 평야는 아득한 끝에서 하늘을 만났다. 지평선이다. 지평선은 하늘과 땅이 하나 되어 나란히 손잡고 내 시선 끝나는 곳을 서성였다. 이따금 스치는 산은 점점이 붉은 물을 흩뿌리다 못해 이내 말라 비틀어졌다. 비틀어진 산이 신음했다. 신음하는 산은 가뭄으로 목이 타들어갔다. 타들어간 산은 핏기조차 없이 뚝뚝 마른 이파리를 떨어뜨렸다. 떨어진 이파리가 길에 밟히고 들에 밟히고 도로에 밟혔다. 부스럭거리며 뭉개진 이파리가 도로에 널브러졌다. 가을은 피눈물을 흘리다 핏기조차 말라버렸다. 마른 피가 자동차 바퀴에 감겨 돌고 돌며 현기증을 일으켰다. 이 혼돈의 가을은 정읍을 향하는 내내 가뭇없이 이어졌다.

아득히 멀고 먼 그 어느 날, 어느 길에선가 그렇게 피를 뚝뚝 떨어뜨리며 죽어간 수많은 넋이 저 평야, 저 산, 저 들, 저 길, 저 어딘가 철철 흐르고 있겠지. 나는 지금 그 흐르는 목숨의 숨 가쁨을 위로하러 가는 길이다.

이미 내가 가야 할 이 길을 많은 이들이 걸었겠지. 그들을 위로하려고, 그들의 숨죽인 역사를 꺼내놓으려고, 그들의 숨 가쁜 울분을 들춰 같이 아파하려고…….

누군가가 찾아 나선 그 역사를 내가 다시 밟는다고 해서 달라지는 것이 있을까? 이미 역사의 뒤안길에서 잊히는 일을 내가 돌이켜본다고 변하는 것이 있을까? 나는 변함을 기대하지 않는다. 걸음걸음 내가 다시 그 역사를 밟는 것은 그 길을 가야 할 명분을 나 스스로 만들고자 함이다. 그 아득한 길을 걷다 보면 내가 그 길을 가는 이유를 스스로 터득하리라. 내 고향에서 벌어진 내가 감당해야 할 내 길이었기에 나는 누구보다 더 절실하게 그 길을 가고 싶은 것이다.

정읍 일정을 마치고 돌아오는 길에 황토현에 들렀다. 어둠은 깊이 침잠되어 마을 너머의 마을을 넘보지 않았다. 불은 아스라이 멀었지만, 불이 꺼진 집은 눈앞에서 소멸했다. 차를 황토현 주차장에 세웠다.

불 꺼진 계단을 올랐다. 96계단이다. 나는 한 계단 한 계단 오르며 그 길을 생각했다. 그 역사를 생각했다. 그 사람 전봉준을 생각했다. 내가 초등학교 때도 올랐고 내가 중학교 때도 올랐던 내 어린 날의 소풍 길, 피투성이 된 백성들의 피의 절규가 보이는가? 아니다. 원한에 맺힌 창 칼의 살기가 보이는가? 아니다. 황토현은 적막에 누워 계단을 세우고 계단 위 탑 하나를 뎅그러니 놓아둔 채 침묵했다. 달빛이 이따금 구름 사이에 비추다가 소멸했다. 소멸한 달빛은 구름의 이동방향과 맞지 않아 다시 생성되었다.

황토현 정상에는 우뚝 솟은 '동학혁명 기념탑' 이 있다. 잔디는 메말라 있다. 부는 바람은 차지 않았다. 탑은 내가 열두 살 때나 열여섯 살 때나 늘 그 자리에 있다. 열두 살 때는 김밥을 쌀 형편이 안 돼 소풍에 와서 굶기까지 했다. 십 원짜리 두어 개로 쭈쭈 바를 사서 빨았다. 열여섯 살 때는 누나가 콩잎쌈밥을 만들어 주었다. 김밥보다 맛있는 콩잎쌈밥을 먹으며 친구들은 카세트에 맞춰 조용필의 '고추잠자리' 를 불렀다. '여와 남' 을 불렀다. '단발머리' 를 불렀다. 불렀던 박자에 맞춰 춤을 추었다. 디스코였다. 황토현과 디스코, 어울리지 않음이 어울려 산은 유행가를 소화했다. 소화된 유행가가 동학혁명 탑사에 걸려 두승산을 향해 부르짖었다. 천태산을 향하고 치마바위를 향하고 내 고향 후송부락을 향하고 전봉준의 고택인 조소리를 향했다. 아우성치는 백성의 절규가 유행가로 들렸다. 들리지 않음이 들림 속에서 힘을 못 썼다. 보이지 않음이 보임 앞에서 기를 못 폈다. 그때 나는 친구들과 어울려 정신없이 춤을 추었다. 일상을 탈출한 춤이기에 더 신명나게 추었다. 불타는 청춘, 응어리진 마음을 그날 그렇게 발산했다. 동학 농민군이 피를 흘리며 싸워 지켜내려던 그 한 맺힌 황토현에서 우리는 신명나게 춤을 추었다. 그들을 위로하려 춘 춤도 아니었다. 나는 다시 그곳에 섰다. 다시는 그곳에서 춤을 추지 않았다. 춤보다 더 생생한 그 때의 함성 속으로 나는 들어갔다.

황토현 전적비 옆으로 시비가 있다. '새야새야 파랑새야'란 시다.

새야 새야 파랑새야
녹두밭에 앉지 마라
녹두꽃이 떨어지면
청포장수 울고 간다

가보세 가보세
을미적 을미적
병신 되면 못 가보니

여기서 파랑새는 희망이 아니다. 일본군의 모자가 파란색이었고, 일본군이나 혹은 사리사욕에 눈먼 조정을 파랑으로 표현했다. 녹두꽃은 전봉준을 가리켰다. 작고 여린 체구의 전봉준을 녹두로 표현했다. 정읍에서는 녹두농사가 제법 잘 되었다. 콩보다 알맹이가 작은 녹두는 녹두 빈대떡이나 숙주나물로 많이 쓰였다. 청포장수는 백성을 뜻한다. 살아도 산자의 목숨일 수 없는 가난한 삶, 빼앗기고 짓밟혀도 대 놓고 반항 한 번 못하는 통한의 삶, 울분의 끝에는 언제나 시퍼런 칼이 있었고 곤장이 있었고 살기가 있었다.

정읍은 나의 고향이다.

태어나면서부터 19년을 정읍에서 살았으니 모든 유년의 꿈은 정읍에서 이루어졌다. 그것도 전봉준의 생가와 차로 5분 거리밖에 되지 않는 곳이 내가 자란 곳이다. 전봉준의 생가는 정읍시 이평면 조소리에 있다. 정확히 말하면 전봉준이 살았던 곳이라고 해야 옳을 것이다. 내 고향은 이평면 창동리 후송부락이다. 고향을 떠난 지 어언 22년이 흘렀다. 그저 무심하게 바라본 역사의 현장을 스치듯 보아 넘기기만 했다. 내가 소설을 쓰고 시를 쓰면서 다시 생각해 보니 참 미안했다. 내 고향의 역사를 내 고향 사람이 등한시한다면 누가 고향의 역사를 이야기하겠는가? 누가 고향의 역사를 자랑하겠는가? 누가 고향의 역사가 주는 교훈을 본받겠는가? 뼈저린 반성은 다시 글쓰기의 집념으로 살아났다. 처절한 삶의 피비린내 나는 역사의 현장을 나는 따라가 보기로 했다.

2편

전봉준의 탄생

그때 조선은 힘이 없었다. 힘이 없음을 조정은 알았지만, 백성은 몰랐다. 조정은 조정대로 힘이 없었고 백성은 백성대로 힘이 없었다. 조정의 힘과 백성의 힘은 상충했다. 조정은 호시탐탐 권력을 독점하려고 싸우느라 힘이 없었고 백성은 하루하루 끼니를 연명하기에 고군분투하느라 힘이 없었다. 조정의 힘없음과 백성의 힘없음이 상충되어 엇박자가 났다. 엇박자에 들리는 소리는 한숨뿐이다. 조정은 작지만 거대했고 백성은 많지만 초라했다. 백성의 한숨 저 밑바닥에서 꾸물꾸물 밀려오는 아득한 울림은 절박하다 못해 서러웠다.

1855년 12월 3일 전봉준이 태어났다. 우연이었을까? 그로부터 5년 후 최제우는 경주에서 동학을 창시했다.

전봉준이 태어난 곳은 고창읍 죽림리 당촌 마을이다. 태어날 아이의 아버지 전창혁은 흥덕 소요산 암자에서 글공부하던 중 하루는 꿈을 꾸었다. 소요산 만장봉이 목구멍으로 들어오는 꿈이었다. 태몽이다. 전창혁은 광산김씨의 아내사이에서 드디어 아들을 출산했다. 그가 전봉준이다. 전창혁은 글공부를 접고 하산해서 서당을 꾸리며 아이들을 가르쳤다. 전봉준이 태어나던 날 아침, 날씨는 혹독하게 추웠다. 2년째 초가의 지붕을 새로 얹지 못해 장마철엔 비가 쏟아지더니 지붕은 천장에서 흘러내린 지푸라기의 썩은 물로 범벅이 되었다. 벽에 구멍을 내던 쥐가 요란을 떨었다. 잠에서 깨어난 아침은 고요했다. 찬 서리가 수북하게 내려 눈이 온 줄 착각할 정도였다. 추위로 잔뜩 몸을 웅크린 전창혁이 눈을 떴다.

"냄새 나는데 뭣 때문에 방안에다 요강단지를 놓는 당가?"

전창혁이 아내에게 잔소리를 했다. 도자기로 구운 요강이다. 말이 도자기이지 사기그릇이나 다름없다. 가마터에서 좋은 것은 양반 댁으로 팔려나가고 흔해 빠진 퇴물만 간신히 옹기장이의 망치에 깨지지 않고 이곳까지 흘러들었다.

"추워서 그러지라. 변소가 좀 멀어야지라."

남산만 한 배를 안고 전창혁의 아내가 대꾸했다. 이 엄동설한에 화장실까지 나간다는 게 쉬운 일이 아니었다.

"싸게 밖에 내놓으라고. 꼴사납구먼."

문 밖 마루에 올려놓은 요강단지가 아침 찬 냉기에 얼었다. 창호지문 귀퉁이 찢어진 틈으로 겨울바람이 밀고 들어왔다. 문풍지 우는소리가 유난히 심했다. 간밤 추위로 문고리가 꽁꽁 얼었다. 맨손으로 문고리를 잡으면 손이 쩍 달라붙었다. 전창혁은 소매 깃을 이용해서 문고리를 잡아당겼다.

"몸조리 하고 있으라고, 나 싸게 좀 댕겨 올게."

"겁나게 춥구만이라. 어딜 가려고 그래 싸요."

"부엌이 텅 비었구먼, 애 낳으면 어쩔 것이여. 땔 나무도 없는데."

문을 박차고 나가는 전창혁을 아내는 멍하니 바라보았다. 진통이 왔다. 주리를 틀어대는 아픔이 일정한 주기로 밀려왔다. 아내는 간간이 깊고 아득한 앓는 소리를 냈다.

전창혁은 아내의 출산이 임박하자 지게를 지고 갈퀴나무를 하러 나갔다. 갈퀴로 솔잎을 긁어모은 나무를 갈퀴나무라 하는데 산은 떨어진 솔잎조차 넉넉하지 않았다. 갈퀴나무가 여의치 않자 전창혁은 긴 대나무에 황새목 낫을 묶었다. 긴 낫으로 나무 꼭대기에 붙은 삭정이 가지를 쳤다. 살똥가지라고 불리는 삭정이는 죽은 가지였다. 낫으로 가지 안쪽 부분을 툭 치고 가지 끝을 살며시 잡아당기면 툭 하며 가지는 부러져 내려왔다.

부엌에 가득 나무를 쌓아놓고 군불을 땠다. 물이 펄펄 끓자 안방의 온돌도 데워졌는지 방에 깔아놓은 멍석에도 훈기가 올라왔다. 아내의 진통은 오래도록 이어졌다. 진통소리가 찬바람을 안고 매섭게 울렸다. 매운바람은 고통소리의 높낮이에 따라 고저장단(高低長短)을 반복했다.

"으아아앙 응애 응애."

밤이 이슥한 후에야 전창혁의 아내는 아이를 낳았다. 이웃집 산파가 아이를 받아 주었다. 아주 작은 아이였다. 목소리는 우렁차서 개가 놀라 짖었다. 살금살금 마룻바닥을 기어오던 이웃집 고양이도 아이의 울음을 흉내 냈다.

문밖에 고추가 붙은 금줄을 걸고 스무하루 동안 사람의 출입을 금했다. 금줄은 새끼를 꼬아 만드는데 왼손으로 새끼를 꼬아서 만들었다. 잡귀나 귀신은 왼쪽을 싫어한다고 했다. 면역력이 약한 아이를 외부와 차단해서 세상의 이기와 조금이라도 떨어뜨려 놓고 싶은 부모의 마음이었다. 전창혁은 21일 동안 서당도 쉬었다. 공부하는 아이가 들어오지 않은 집은 조용했다. 이따금 힘차게 우는 전봉준의 울음소리만 개가 들었다. 개가 들은 아기의 울음소리를 고양이가 흉내 냈다. 흉내 낸 고양이가 동네방네 소문을 내며 돌아다녔다. 전창혁의 얼굴은 소문을 들은 이웃들의 축하인사에 모처럼 생기가 돌았다.

전창혁은 몰락한 양반의 후손으로 땅 한 평도 없는 가난한 사람이다. 땅이 없어 살 방도를 연구하다가 건넌방에 아이들을 모아놓고 서당을 운영했다. 서당에서 배운 삯은 가을에 곡식으로 받아 끼니를 연명했고 그것으로 해결이 안 되면 약방을 겸했다. 가난했지만 전창혁은 정도를 걸었다.

전창혁이 고부에 살 때는 동래에서 주비라는 직책을 맡았다. 공과금을 걷는 일을 맡아서 한 작은 직책이다. 주비가 세금을 제대로 걷지 못하면 부유한 사람에게 대신 물렸으니 이것이 족징이다. 학문은 탁월했고 도리는 깊었다. 의리에 강했고 불의에 타협하지 않았다. 전창혁은 전봉준을 직접 가르쳤고 후일 서당도 보냈다. 전봉준이 산외면 동곡리 지금실로 이사를 했을 때 같은 마을에 살던 김개남을 만났다. 김개남과 같이 서당에 다니면서 전봉준은 원대한 꿈을 꾸었다. 김개남은 전봉준을 녹두라고 불렀다. 땅꼬마라고도 불렀다. 워낙 작은 체구를 빗대서 한 말이다.

김개남은 전봉준과는 확연히 다르게 덩치가 큰 아이로 태어났다. 원래 이름은 김영주였으나 동학입교 후 김개남으로 이름을 바꾸었다. 기골이 장대하고 맺고 끊음이 철저해서 한 번 그의 편이 된 사람은 간까지 내줄 정도로 잘 대해주었지만, 그의 눈 밖에 난 사람은 원수도 이런 원수가 없을 정도였다. 그 눈 밖에 난 사람이 바로 콧대 높은 양반과 부패한 관리였으니 그들은 김개남 이름만 들어도 벌벌 떨었다.

전봉준은 13세 때 시를 지었다.

백구(白鷗)

스스로 모래밭에 마음껏 노닐 적에
흰 날개 가는 다리로 맑은 가을 홀로 섰네
부슬부슬 찬비 꿈결같이 오는데
때때로 고기잡이 돌아가면 언덕 오르네
수많은 수석 낯설지 아니하고
풍상에 머리 희었도다
마시고 쪼는 것 번거로우나 분수를 아노니
강호의 고기떼들아 너무 근심 말아라.

전봉준은 어릴 때부터 욕심을 경계했고 약자 편에 서서 세상을 관조했다.

전봉준이 태어난 장소에 대한 설은 분분하다. 기록은 역사의 뒤안길에서 남은 자가 행하는 소문이거나 부풀려진 활자이거나 지역이기주의의 발로로 작성된 기록일 수 있어 그 믿음에 신빙성은 미약했다. 태어난 곳은 시대에 따라 변하기도 했다. 고창의 한 역사학자의 노력으로 천안정씨의 족보가 공개되면서 설은 정설로 굳어졌다.

1860년 최제우는 경주에서 동학을 창시했다. 어릴 때 배운 유교 경전의 틀 속에서 지방 유학자로 소문이 난 그의 동학 창시는 시국의 불안이 큰 이유였다. 시국은 간절히 그를 원했다. 원했던 틈에 원하던 사람이 나타났으니 원하던 백성은 당연히 그를 따랐다.

동학은 1863년에 교인 3,000여 명, 접소 14곳에 이르렀다. 같은 해 최시형(崔時亨)을 북접(北接) 대도주로 앉히고 8월에 도통(道統)을 계승하여 교주로 삼았다. 최제우가 순교하고 최시형이 교주가 되자 교세는 더 확장되었다.

3편

장지문의 탄생

전창혁은 13살이 된 전봉준의 손을 잡고 교리를 배우기 위해 태백산으로 최시형을 찾아갔다. 최시형은 최제우가 잡히자 태백산에 은신 중이었다.

전창혁은 아들 전봉준을 데리고 긴 길을 나섰다. 이들이 마이산에 도착할 무렵이다. 날은 이미 저물었다.

'어디 하룻밤 이슬을 피할 곳이 없을까?'

전창혁이 이곳저곳을 살피고 있는데 조금 떨어진 곳에 외딴집이 보였다.

"저기 집이 보이는구나. 저곳에서 하룻밤 이슬이나 피하고 가자!"

바로 그때였다. 외딴집에서 갑자기 여자의 비명소리가 울렸다. 울림은 반복되었고 강렬했다. 찢어지는 고통을 참아가며 내 지르는 소리여서 그 울림은 아프고 멍했다.

"봉준아 이게 무슨 소리냐?"

"여자의 비명소리 같은데요. 저 집 정지에서 나는 것 같아요."

"많이 아픈가 보구나. 일단 들어가 보자."

전창혁이 집안에 있는 사람을 불렀다.

"계시오? 지나가는 사람인데 도울 일이 있겠습니까?"

한약방을 겸했던 전창혁인지라 위급한 환자에 대한 응급처치쯤은 전창혁이 할 수 있었다. 안에서는 말없이 계속 고통소리만 반복하고 있었다.

"봉준아 네가 들어가 보거라."

"무서워요. 아버지."

"이런, 사람이 죽어 가는데 무서운 게 별거냐? 여자의 비명소리가 들리는데 내가 들어가랴?"

"알았구먼요."

마지못해 전봉준이 초가집의 정지문을 열었다.

"앗."

전봉준은 소스라치게 놀랐다.

"아버지 큰일 났어요. 아주머니가 아이를 낳으려나 봐요."

불을 때다 진통이 왔는지 새댁은 부엌의 지푸라기 위에서 고통에 떨고 있었다. 지푸라기로 짠 거적때기 위에는 핏물이 흥건했다. 새댁은 하혈을 하고 있었고 배는 불러있었다.

"아아악. 아아."

진통이 오는지 여인이 더 심하게 힘들어했다.

"안되겠다. 내가 들어가마."

전창혁은 들어가서 하혈하며 신음하는 여자를 편하게 뉘였다. 이미 양수는 터지고 바닥은 핏물과 양수로 흥건했다. 여자가 진통에 힘들어하며 발악했다. 이미 제정신이 아닌듯했다.

"넌 빨리 가서 수건을 가져오고 물을 데워라 빨리."

봉준이 불을 때는 사이 전창혁은 여자의 아랫도리를 벗기다가 깜짝 놀랐다. 그녀의 두 다리는 신경이 마비가 되어 덜렁거렸다. 전창혁은 필시 무슨 곡절이 있겠구나 싶어 입을 다물고 수건으로 젖은 핏물을 닦고 매끄러운 깔판을 찾아 여자의 엉덩이를 받쳤다. 그리고 가위를 찾아놓고 여자의 손을 움켜잡았다.

"자 지금부터 숨을 깊게 들이마시고 길게 내 쉬세요."

"겁먹지 말고 따라서 해 보시오. 자! 시작!"

여자가 간신히 숨을 깊이 들이마시고 길게 내 쉬었다. 끝없는 고통은 천지를 뒤흔들었다. 여자의 아랫도리 살점이 찢어지고 있었다. 아이가 나오기에 그 문은 너무 작게만 느껴졌다. 맨살이 찢어지고 피가 튀었다.

"자 이제 힘을 꽉 주시오! 나를 붙잡고 힘을 꽉 주시오 어서!"

"아아 아아악."

"잘했어요. 아이의 머리가 보입니다. 자 다시 힘을 주시오. 시작."

"아아 아아악."

"자 한 번만 더 세게 온힘을 다해 힘을 주시오. 자. 시작!"

"아아아아아아아악 헉."

"으앙. 으앙. 으앙."

땀범벅이 된 여자가 혼절했고 혼절한 여자의 다리 사이에서 새 생명이 태어났다. 아이가 크게 울었다. 여자 아이였다. 전창혁은 가위로 탯줄을 자르고 잘린 부위를 실로 동여맸다.

전창혁이 따뜻한 물로 아이와 여자를 씻겼다. 그리고 이불을 덮어주었다. 전봉준은 마침내 안도의 숨을 쉬었다.

이튿날 정신이 깨어난 새댁에게 간밤의 일을 설명했다. 여자는 아이를 안고 기쁨의 눈물을 흘렸다.

"남편은 어디가고 혼자 아이를 낳고 계셨습니까?"

"남편은 최제우 교주님께서 잡혀 순교하자 최시형 교주님이 계신 곳으로 두 달에 보름씩 동학을 배우러 가십니다. 저 역시 동학을 배운 사람이고요. 동학을 여자들에게 가르치다 붙들려 곤장을 맞아 장독으로 다리를 이렇게 못쓰게 되었습니다."

"저런 안됐군요."

"지금 동학 교인들을 잡으러 관군이 쫙 깔렸어요."

아이를 낳은 여자가 걱정을 하며 말했다.

"그렇군요. 그것도 모르고 전 최시형 교주님께 동학을 배우러 가는 길이었습니다."

"가지 마세요. 태백산으로 가는 길은 다 지키고 있습니다. 어린 아들까지 데리고 어찌 가시려고요?"

"고맙습니다. 그럼 몸조리 잘 하세요."

"잠깐만요. 가기 전에 이 아이 이름이나 지어주고 가세요. 염치없습니다."

전창혁은 붓을 들고 전봉준에게 말했다.

"먹을 갈아라!"

"예, 아버지."

전봉준이 정성껏 먹을 갈았다. 벼루에 검은 먹물이 흥건했다.

전봉준의 아버지가 화선지에 장지문(長志門)이라고 이름을 지어 주었다. 그리고 조그만 글씨로 자신의 이름을 쓰고 아들 전봉준에게 화선지를 내밀었다.

"봉준아 네 이름도 여기에 남겨라. 너도 이 아이를 위해 오늘 큰일을 했지 않느냐?"

전봉준이 이름을 쓰자 전창혁이 화선지를 새댁에게 건넸다.

"정지 문 안에서 태어났으니 이름을 지문으로 했소. 그렇지만 그 뜻은 대단하오. 뜻이 있는 문, 즉, 이 아이가 크면 반드시 큰 뜻을 펼치리다."

"고맙습니다."

아이의 엄마는 이름이 써진 화선지를 고이 접었다.

전창혁과 아들 전봉준은 정지에 나무를 가득 해주고 가던 길을 되돌려 다시 집으로 향했다. 최시형과 전봉준이 만날 수 있는 기회가 무너지는 찰나였다.

4편

텃세

전봉준은 열여덟 살 때 산외면 동곡리 자금실로 이사를 갔다. 그곳은 김개남이 살던 곳이다. 전봉준은 그날도 어김없이 풀을 베러 지게를 지고 들로 나갔다. 옥수수가 밭두렁을 따라 제법 토실토실 영글고 있었다. 논두렁이나 밭두렁은 이미 누가 풀을 뜯어갔는지 벌초를 한 것처럼 반들반들 했다. 풀이 없자 할 수 없이 전봉준은 산으로 향했다. 지게를 산길에 내려놓고 땅바닥에 숫돌을 깊이 박았다. 왼손으로 낫자루를 잡고 오른손으로 낫날의 끝을 잡았다. 낫에 힘을 주면서 숫돌의 위와 아래를 반복해서 밀고 당겼다. 밀 때는 세게, 당길 때는 부드럽게 당겨 올렸다.

'쓱싹 쓱싹.'

숫돌에서 마른 가루 부서지는 소리가 들렸다.

전봉준은 산에서 흘러내리는 개울물을 손아귀로 퍼서 숫돌에 뿌렸다. 마른 가루 부서지는 소리가 부드럽게 낫날을 물었다. 전봉준은 낫의 날을 손가락으로 만져보았다. 예리함이 섬뜩함을 넘지 않고 겨우 버텼다. 낫을 더 갈면 낫날은 예리함을 넘어 섬뜩함으로 살(殺)을 실을 것이었다. 살을 실은 낫은 이미 풀을 베는 낫이 아니고 생명을 헤치는 흉기로 변할 것이라는 걸 전봉준은 안다. 전봉준은 더는 낫을 갈지 않았다. 전봉준은 낫을 들고 산길에 잘 자란 풀을 베었다. 일제히 키 재기를 하던 풀이 스르르 무너져 내렸다. 풀은 낫날의 공격에 방어를 하지 못한 채 힘없이 쓰러졌다. 전봉준은 낫날을 땅과 수평으로 대지 않고 약간 비스듬히 댔다. 풀은 각이 진 낫날의 공세에 속수무책으로 당했다. 풀이 잘린 자리가 뻥 뚫렸다. 바로 그때였다.

"이봐! 지금 누가 허락도 없이 여기서 풀을 베라고 했느냐?"

기골이 장대하고 인상이 우락부락한 사내가 전봉준에게 시비를 걸었다.

"소에게 주려고 풀을 베고 있소."

전봉준이 점잖은 언어로 텃세를 부리는 사내에게 말했다.

"이놈, 보아하니 새로 이사 온 놈 같은데 남의 동네에 이사를 왔으면 인사부터 하러 다녀야 할 것 아니냐? 무엇 때문에 남의 풀을 뜯고 난리냐?"

"아따, 사람 성격도 참 어지간히 급하시오. 풀이 어디 명찰 달고 내가 누구네 집 풀이오. 라고 쓰여 있소?"

"이 놈 봐라! 너 시방 내가 누군 줄 모르는 모양이구나. 나는 김개남이다. 너 그러다 다리몽둥이 뼈도 못 추리렷다."

체구가 작은 전봉준이 힘으로 김개남을 상대하기엔 역부족이었다. 전봉준은 고민했다.

"지금 새로 이사를 온 나에게 텃세를 부리고 싶은 모양인데 우리 내기를 합시다. 내기에서 지면 이 전봉준이가 당신을 형님으로 모시겠소."

'이놈 봐라! 키는 작아도 상당히 당돌한 놈이네.'

김개남은 전봉준의 내기 제의를 받아들였다.

"좋다. 네 놈이 먼저 문제를 내고 내가 나중에 문제를 내겠다."

첫 번째는 내기는 낫 던지기였다.

전봉준이 먼저 오십 보 거리의 밖에 있는 소나무에 낫을 던졌다.

"차차차차착."

낫은 빙글빙글 회전을 하며 돌아가더니 이윽고 소나무의 넓은 줄기에 콕 박혔다.

김개남이 박힌 낫을 빼들고 와서 같은 자리에서 다시 낫을 던졌다.

낫은 전봉준이 맞히던 나무의 줄기를 한 바퀴 휘익 감더니 이내 힘없이 땅으로 떨어졌다. 전봉준이 회심의 미소를 지으며 낫을 주우러 갔다.

"앗!"

낫을 집어든 전봉준이 깜짝 놀랐다. 낫은 전봉준이 맞힌 나무의 줄기를 지나 나뭇가지에 달린 아주 작은 솔방울을 정확히 찍어서 떨어뜨린 것이다.

"이번엔 둘 다 성공했소이다."

전봉준이 솔방울을 맞힌 김개남의 떨어진 낫을 보며 감탄했다.

"이번엔 내가 문제를 내겠다. 지금 여기에 있는 물건을 아무것이나 이용해서 새를 잡는 것이다. 이 소나무의 그림자가 여기까지 올 동안 누가 더 많이 새를 잡는가 하는 내기다."

'나는 새를 무슨 수로 잡는단 말인가?'

전봉준이 걱정하는 사이 김개남이 먼저 도전했다.

김개남은 던지기의 명수였다. 창이든 활이든 낫이든 던지는 것은 무엇이든 목표물을 정확히 명중시켰다. 김개남이 낫을 들더니 근처 아카시 나무의 줄기를 잘라서 끝을 뾰족하게 했다. 바로 창을 만든 것이다.

잠시 후, 먹이를 찾아 내려온 꿩 한 마리가 사방을 두리번거리더니 이윽고 땅에 떨어진 곡식을 쪼아대기 시작했다.

김개남이 순간을 놓치지 않고 나무창을 던졌다.

"슈슈슈슝!"

창은 정확히 꿩의 배를 관통했다. 창의 속도가 꿩의 청각과 시각을 앞질렀다. 전봉준의 입이 쩍 벌어졌다. 김개남은 이어서 다시 꿩이 날아오자 낫을 던졌다. 김개남은 나는 새를 떨어뜨렸다. 두 마리의 꿩을 정해진 시간 안에 잡은 것이다.

전봉준은 초조해졌다. 잠시 머뭇거리던 전봉준은 지게에 올린 바작을 땅에 뒤집어 놓았다. 그리고 한쪽에다 낫을 세우고 세운 낫 위에 바작을 얹었다. 열린 바작의 틈으로 근처에서 딴 옥수수 알맹이를 뿌렸다. 그리고 낫 끝에 새끼줄을 길게 묶었다. 전봉준이 새끼줄의 끝을 잡고 드러누워 하늘을 보며 새타령 노래를 불렀다.

"새가 날아든다. 온갖 잡새가 날아든다. 새 중에는 봉황새……."

'저놈이 미쳤나? 새를 잡으랬더니 뭔 바작을 엎어놓고 노래만 부르는 거야?'

전봉준의 새타령에 맞춰 새가 날아들었다. 새는 먼 허공에서 옥수수가 떨어진 목표물을 정확히 감지했다. 새의 시력은 사람의 시력보다 8배가 더 좋다. 새의 눈은 머리의 양 끝에 있어서 시야가 아주 넓다. 멧도요의 경우 360도의 시야를, 참새는 약 320도, 올빼미 종류는 약 70도의 시야를 갖고 있다. 즉, 멧도요는 고개를 돌리지 않고 뒤의 물건까지 볼 수 있는 것이다.

마침내 다섯 마리의 참새가 바작 안으로 엉금엉금 기어들어갔다. 새는 가지고 있는 모든 능력을 총 동원하여 경계를 한 다음 안심이 되자 먹이를 쪼아 먹기 시작했다. 그때였다.

"획!"

"파다닥."

전봉준이 낚아 챈 새끼줄과 동시에 바작은 엎어졌고 참새는 바작 안에 갇혔다. 참새의 날갯짓 소리가 한꺼번에 울렸다. 전봉준은 산 채로 생포한 다섯 마리의 참새다리를 한데 묶어 김개남 앞에 내밀었다.

김개남이 순간 바닥에 무릎을 꿇고 엎드렸다.

"몰라 뵈었소이다. 제가 졌습니다."

천하를 호령하던 김개남이 전봉준의 기지에 속수무책으로 당했다는 소문은 손화중이 비결을 꺼낸 소문보다 더 빨랐다. 전봉준보다 두 살 많은 김개남은 이후 전봉준과 앞서거니 뒤서거니 하면서 나라를 위해 몸을 사리지 않는 용맹한 장군이 되었다. 손화중의 용맹함도 여기에 지지 않았다.

5편

비결

1861년 부안읍 내오리 옹정마을에서 살던 손화중의 부친은 과교동 음성 마을로 이사해 신원균 씨의 집에서 손화중을 낳았다. 손화중은 이곳 음성 마을에 살면서 동학에 입교했다. 그의 포교 지는 무장이다. 그를 따르는 교도는 꾸준히 늘어났다. 손화중에게 유독 많은 교도가 모이게 된 연유는 바로 소문 때문이다. 소문은 사실로 받아들여졌고 받아들여진 사실은 조정의 권력보다 더 위에 있었다. 위에 있었지만, 위에서 군림하지 못했다. 군림하지 못했으니 소문일 뿐이다. 소문은 소문을 낳았다. 낳은 소문은 발이 달려 뛰어다녔다. 뛰다 못해 날아다녔다. 날아다닌 소문은 기어코 조선 전역으로 퍼졌다.

고부 민란이 일어나기 2년 전인 1892년, 밤은 칠흑같이 어두웠다. 어둠의 겹은 몇 겹인지 그 수를 셀 수 없었다. 이미 깔린 어둠 위로 다시 어둠은 또, 쌓였다. 쌓인 어둠은 천지를 암흑 속으로 밀어 넣었다. 선운산 도솔암 마애불은 그날도 어김없이 벽을 기대고 앉아있었다. 바위벽에 새긴 불상인데 높이 17미터, 넓이 3미터로 결가부좌 한 자세로 양끝은 올라와 있다. 입은 꾹 다물었다. 다물었으므로 열린 입으로 내는 소리는 마애불의 소리는 아니었다. 다문 입은 지극히 위엄을 나타냈다. 부처님 특유의 온화함은 어디에도 없었다.

'선운사 마애불 명치끝에는 신비스런 비결이 숨겨져 있는데 그 비결이 세상에 빛을 보는 날 세상은 바뀐다.' 라는 소문은 끈질기게 이어져 내려왔다. 그 비결이 꺼내지면 조선이 망하고 위대한 새 나라가 탄생한다고 했다. 새 나라의 임금은 비결을 꺼낸 주인공이 될 것이라고 했다. 새 나라는 세금이 없는 무릉도원 같은 나라일 것이라고 했다. 소문의 진원지는 동학교도라고도 했고, 살기 어려운 백성의 넋두리라고도 했다. 전라도 일대에 소문은 급기야 현실처럼 퍼졌다. 다만, 누가 그 비결을 꺼낼만한 담력이 있는가가 문제였다. 언젠가 이 비결을 꺼내던 이서구가 벼락을 맞았다는 소문은 사실처럼 받아들여졌다. 이서구는 당대 유명한 예언가로 소문이 나 있었다. 이서구는 벼락이 치자 다시 비결을 집어넣고 내려왔다고 한다.

전남 무장접주 손화중은 3명의 교도와 마애불에 숨겨진 비결을 꺼내기 위한 작전에 돌입했다. 나머지 동학교도들은 선운사에서 손화중이 비결을 꺼내기를 손꼽아 기다렸다. 접주란 동학교도 중 각 고을을 대표하는 지도자를 말한다. 접주가 되면 그 고을의 교도들을 모아놓고 포교도 하고 필요하면 사람들을 일시에 모을 수 있는 비상망을 구축해 놓는다. 손화중은 몇 달 동안 고민에 고민을 거듭했다. 마애불에 감춰진 비결을 꺼내야 했다. 누군가는 해야 할 일이었다. 해야 할 일은 하지 말아야 할 일보다 앞섰다. 앞서 바꿔나가야 할 일이 지척에 있고 지척에는 손화중이 있었다. 썩어빠진 조정과 탐관오리를 격멸하려면 누군가는 해야 했다. 뭉쳐야 했다. 구심점은 사람을 모아주고 모은 사람들에게 동학을 가르칠 때 동학의 파급은 훨씬 강하다는 것을 손화중은 알고 있다.

허락 없는 어둠이 낮을 침몰시켜 밤으로 물밀듯 밀려들었다. 인적 없는 적막은 어둠만이 주인이다. 주인의 허락 없이 손화중과 교도 세 명은 망치와 돌을 쪼는 도구, 그리고 나무와 청죽을 엮어 만든 사다리를 들고 마애불을 올랐다. 비결이 들어있는 곳을 감실 이라고 했다. 감실은 일반적으로 불상과 불경 시주자의 이름을 넣어놓고 돌 뚜껑을 봉해놓은 곳을 말한다. 손화중은 마애불의 명치를 정으로 치고 막힌 구멍을 뚫었다. 바로 그때였다. 도솔암 스님이 깜짝 놀라며 내려왔다.

"지금 뭘 하는 것이요? 천벌을 받을 것이오. 그만두시오."

스님은 맨발이었다. 짚신을 신을 시간조차 없이 잠결에 들리는 정 소리를 듣고 부리나케 달려온 것이다.

"스님, 나라를 구해야 합니다. 조정은 지금 파탄지경에 와 있습니다. 관리는 자기 목구멍에 기름칠을 하려고 백성의 재산을 강탈하다시피 합니다. 빨리 구해야 합니다. 도탄에 빠진 세상을 빨리 바꿔야 합니다. 스님 도와주십시오. 시간이 없습니다."

손화중의 청은 간절했다. 간절함을 벗어나면 강압일 수 있었다. 강압에도 안 되면 스님인들 손화중이 내버려 둘 리가 없었다. 그것은 이미 내려진 결정이었고 결정의 번복은 누구도 할 수 없었다. 결국, 손화중은 스님을 암자에 묶고 다시 일을 시작했다. 스님은 조용히 합장했다.

"나무 관세음보살!"

마침내 손화중은 비결을 꺼냈다. 그것은 책이었다. 정약용이 쓴 『목민심서』와 『경세유표』였다. 선운사를 창건한 검단 선사가 이 비결을 넣어두었던 것이다. 손화중은 이 비결을 손에 들고 큰 소리로 외쳤다.

"들어라! 마침내 후천 개벽할 시대가 왔다. 머지않아 미륵이 내려와 천하를 다스릴 것이다. 고통 받는 중생은 이제 해방이다. 새 세상이 열리노니 자 나를 따르라!"

"손화중 접주님 만세! 손화중 장군님 만세!"

듣고 있던 교도들은 일제히 손화중을 연호했다.

스님은 이튿날 관청에 신고했다. 무장현감은 각지의 동학교도를 모조리 잡아들여 문초했다. 피의 얼룩은 주리마다 붉었다. 입술을 깨물며 흘린 피가 낭창낭창했다. 문초에도 주동자인 손화중이 잡히지 않자 결국 일반 동학교도는 곤장만 치고 풀려났고 주동자였던 3명은 강도 및 역적죄로 사형에 처했다.

소문은 사실로 받아들여졌고 사실을 안 백성의 마음은 흔들렸다. 흔들림은 파도가 되어 밀려왔다.

"머지않아 새 세상이 온다는구먼. 지금 뭣들 하는 것이여? 우리도 가보자고. 새 세상이 온다잖아. 소문이 사실이래. 손화중 접주님 만세! 동학 만세!"

동학교도들은 하루가 다르게 늘어났다. 손화중이 새 세상의 임금으로 한울님의 분부를 받잡고 이 땅에 내려와 새로운 낙원을 만들 것이라는 소문은 사실로 받아들여졌다. 백성은 흥분했다. 사기충천한 백성의 눈가엔 광기가 서려 있었다.

"동학이 대체 뭔가?"

"아, 하늘하고 사람하고 한가지라잖아. 동학을 믿으면 만백성이 평등해지고 자자손손 복이 들어온다잖아. 하늘같이 대접받고 사는 세상이 온대잖는가. 우리가 언제 제대로 대접받고 살아본 적이 있는가? 어서 가보세."

이구동성으로 사람들은 포교 장으로 몰려들었다.

6편

동학

외척의 세도정치로 어수선한 조정은 정권다툼이 극에 달했다. 24대 임금 헌종은 8세의 어린나이로 즉위하여 재위 15년에 승하하였으나 후사가 없었다. 철종은 19세에 즉위했으나 재위 14년 승하하니 역시 후사가 없었다. 고종이 20세의 어린 나이로 왕위에 오르니 세상은 어수선했고 세도의 폐단은 도를 넘었다. 백성은 안중에도 없었다. 나이 어린 헌종은 꼭두각시에 불과했다. 조정이 불안하자 불안한 조정 그늘 밖에선 힘없는 백성의 착취가 자행되었다. 착취를 행하는 자는 지방 관리들이다. 착취를 하는 자는 양반 밑에 군림 당하는 자와 벼슬아치 밑에서 세금을 착복 당하는 자였다. 견디다 못한 농민들이 들고 일어났다.

민란은 끊이지 않았다. 온 나라가 뒤숭숭했다. 거기에 외세는 호시탐탐 조선을 노렸다. 국운은 쇠퇴하고 절망은 흉년을 불러왔다. 보릿고개가 성행했다. 병으로 죽어가는 자 위에 다시 굶어 죽은 자의 시체가 널렸다. 시체를 담은 관을 멍석에 친친 감아 지게에 지고 산으로 가서 묻었다. 묻을 땅 한 평 없는 이는 밭고랑에 묻었다. 봉분 하나 쓰지 못해 땅은 깎이고 파여 이듬해 장마 때는 해골이 굴러다녔다. 늙고 힘없고 병든 이는 산채로 버려졌다. 버려진 자는 들로 산으로 떠돌다가 일부는 얼어 죽고 일부는 굶어 죽었다. 위아래도 없었다. 주먹이 먼저였고 돈이 먼저였다. 유교나 불교는 극도로 부패했다. 조정은 민중을 제도할 능력 밖에 있었다. 능력 없음이 능력 밖의 부패를 더 키웠다. 외세는 조선을 침략하고자 수단을 가리지 않았다. 흥선대원군은 쇄국정책을 단행했다. 그 와중에도 밀려들어온 천주교는 세력이 날로 팽창했다. 천주교의 교리와 유교의 교리가 충돌했다. 다시 불교와 충돌했다. 조정은 천주교를 박해했다.

견디다 견디다가 끝내 견딜 수 없는 응어리가 견딤 밖으로 꾸역꾸역 빠져나왔다. 빠져나온 견딜 수 없음은 주먹을 불끈 쥐게 했다. 최제우다. 최제우는 불끈 쥔 주먹을 하늘 높이 쳐들며 외쳤다.

'내가 이 나라를 살려야 한다. 도탄에 빠진 백성을 내가 구해야 한다.'

최제우는 장엄하고 엄숙하고 늠름하게 결연의 의지를 보이며 수행의 길로 들어섰다.

나라의 기강을 세우고 민중의 주체성과 도덕성을 바로 세우려면 새로운 종교가 필요하다고 판단했다. 그는 구세제민(救世濟民)의 큰 뜻을 품었다. 최제우는 산으로 들어갔다. 양산 천수 산의 암굴에서 최제우는 도를 닦았다.

1855년 그날도 최제우는 암자에서 책을 읽고 있었다. 잠깐 눈 들어 굴 밖을 보니 스님이 서 있었다.

"아니 스님 아니십니까?"

"저는 금강산에서 온 사람입니다. 백일기도를 드리던 중 깜박 잠이

들었다가 깨어보니 탑 위에 책이 한 권 놓여있지 않겠습니까? 하도 이상해서 책을 펼쳐보았는데 제 실력으론 그 책을 해석할 수 없는 바, 분명히 이 책을 해석할 주인이 있다고 믿으며 전국을 떠돌아다니던 중입니다. 선생님이 바로 이 책의 주인공인 듯싶습니다. 부디 이 책을 섭렵하시어 큰 뜻을 이룩하소서!"

이것이 바로 그 유명한 을묘천서 사건이다.

최제우는 스님이 남기고간 책을 독파했다. 독파에서 끝나지 않고 책의 도리를 직접 시행해 나갔다. 이 뒤로 더욱 수도생활에 전심하던 중 1860년 4월 5일 수운이 37세 되던 해 우주의 하느님으로부터 도를 전해 받는 '천상문답' 사건이 일어났다. 이 날은 조카의 생일이었다. 최제우는 조카의 집에 다녀온 후 하느님께 정성껏 기도를 드리는데 갑자기 온몸이 떨리고 정신이 혼미해지며 상제님(한울님)의 천명이 울려 퍼졌다.

"이제 너를 더 가르칠 것이 없구나. 너를 세속에 내려 보낼 테니 하늘의 도를 가르쳐라!"

최제우는 마침내 동학의 대도(大道)를 깨닫고 하산했다.

동학은 서학에 대응할 만한 동토(東土) 한국의 종교라는 뜻으로, 그 사상의 기본은 종래의 풍수사상과 유(儒)·불(佛)·선(仙:道教)의 교리를 토대로 하여 장점만 골라서 만들었다. '인내천(人乃天), 천심 즉 인심(天心卽人心)'의 사상을 기본으로 두고 있다. 인내천(人乃天)은 사람이 곧 하느님이며 만물이 모두 하느님이라고 보는 천도교(天道教), 즉, 동학의 중심 교리이다. 천심 즉 인심(天心卽人心)은 하늘의 마음이 곧 사람의 마음이라는 뜻이다. 진리를 깨친 사람의 마음과 하늘의 마음이 하나라는 뜻이다. 대중의 뜻이 곧 진리의 뜻이라는 말이다. 결국, 민심이 천심이라는 말로 귀결된다. 민심 즉, 여론을 등에 업지 못하면 나라는 망한다는 결론으로도 볼 수 있다.

최제우는 신분제도에도 반기를 들었다. 똑같은 사람이고 똑같은 하늘의 자손인데 왜 상하가 있어야 하고 왜 양반 상민이 있어야 하고 노비가 있어야 하는지 반문했다. 비판은 신랄했다. 신랄한 축에 속한 힘없는 자는 백성이었다. 서민이었다. 농민이었다. 이를 통틀어 민중이라고 불렀다. 민중은 현실적으로 교리를 받아들였다. 받아들인 교리는 소문을 타고 퍼져 나갔다. 구름처럼 교도들이 모여들었다. 최제우의 설교를 듣고자 백릿길을 마다하지 않고 밤을 낮 삼아 걸어서 모여들었다. 어떤 이는 짚신 다섯 켤레와 보리쌀을 보자기에 싸서 허리춤에 차고 새벽에 길을 나서 일백리 길을 걸어 밤늦게 도착했다. 특히 사회적 불안과 질병이 크게 유행했던 삼남지방에서 신속히 전파되었다. 포교를 시작한 지 불과 3,4년 사이에 교세는 경상도 · 충청도 · 전라도 지방으로 확산되었다. 조정은 허수아비에 불과했다. 조정위에 또 다른 조정이 생길 것 같아 조정은 근심했다. 근심하던 차에 상소가 빗발쳤다. 벼슬께나 하는 자와 양반은 동학도의 씨를 말려야 한다고 소리쳤다. 조정은 조정을 기만한 자를 그냥 두지 않았다. 동학도 서학과 마찬가지로 불온한 사상적 집단이며 민심을 현혹시키는 또 하나의 사교(邪敎)라고 단정하고 탄압을 가하기 시작했다. 수많은 민중이 처참하게 주리를 틀어대는 고문을 당했다. 곤장을 맞으며 뼈가 으스러졌다. 피가 튀겨 살점이 떨어져 나갔다. 맞다가 기절했다. 기절한 자 위로 찬물이 뿌려지고 다시 곤장이 가해졌고 늘어져 꼼짝도 하지 않는 시체 위로 다시 장을 쳤다. 단지 곤장 아래 누워 있었기 때문에 그들은 병신이 되었다. 단지 동학을 믿었다는 이유 때문에 그들은 죽었다. 마침내 1863년, 최제우를 비롯한 20여 명의 동학교도들이 혹세무민(惑世誣民)의 죄로 체포되어, 최제우는 이듬해 대구에서 사형을 받고 순교했다.

최제우를 비롯한 많은 교인들이 순교한 후에도 탄압은 식을 줄 몰랐다. 교인들은 지하로 숨어 신앙생활을 계속했다. 최제우의 뒤를 이은 2대 교주 최시형(崔時亨:海月)은 태백산과 소백산 지역에서 은밀히 교세를 강화했다.

최시형의 포교가 있는 날이면 전라도 각지에서 사람이 모였다. 끼니가 되면 큰 솥을 걸어놓고 각자가 가지고 온 쌀과 보리와 콩을 붓고 시래기를 넣어 시래기 밥을 지었다. 밥 반공기라도 서로 나누어 먹었다. 같은 동학도끼리는 양민 상민이 따로 없었다. 서로 존칭을 써주고 서로를 위해 주었다. 주걱이 없어 대나무를 반으로 쪼개 임시로 주걱을 만들었다. 어떤 이는 소라껍데기로 밥을 펐다. 퍼 놓은 밥은 각자가 두르고 온 머릿수건을 바닥에 펴놓고 나뭇잎을 깐 후 밥을 놓았다. 바로 옆에는 가져온 소금이나 간장종지를 놓았다. 나뭇가지를 잘라 젓가락을 만들어 밥을 소금이나 간장에 찍어 먹었다. 포주 위에는 접주 · 대접주, 그 위에 도주(道主) · 대도주를 두었다. 이처럼 대중 속에 완벽하게 짜인 동학조직은 동학농민운동의 주체가 되었다. 동학이 고부 민란에 접목이 쉬웠던 이유가 바로 이 조직의 힘 때문이다. 일사불란한 지휘 계통은 혁명을 일으키기에 충분했다.

7편

목숨

최시형에게 동학의 교리를 배우던 장진관은 수시로 딸 장지문을 불러 동학 외에 무술을 가르쳤다.

"아버지! 여자인 저에게 왜 이렇게 혹독한 무술 훈련을 시키는 거죠?"

"너의 어머니는 젊을 때 여성 동학의 선봉에서서 사람들을 교화시켰다. 여성도 배워야하고 여성도 평등해야 한다는 진리를 이 땅의 여성들에게 전파했다. 모든 사람은 평등하며 모든 사람은 하늘과 같다는 진리를 가장 앞장서서 외친 사람이다. 많은 여성들이 너의 어머니를 따랐고 너의 어머니는 최제우 교주님의 철학을 그대로 전파했다. 여성이 여성에게 동학을 전파하는 것은 남성보다 훨씬 쉬었던 것이다. 그러던 어느 날 너의 어머니가 병이 들었다."

"무슨 병이요?"

장지문이 어머니의 과거를 자세히 듣기는 이번이 처음이었다.

"이제 너도 나이가 들었으니 알아야 할 것은 알아야 한다. 그동안 너의 어머니의 죽음을 애써 숨겼던 것은 네가 받을 충격이 클 것이기 때문이다."

"말씀해 주세요. 아버지."

"너의 어머니의 병은 장독이었다."

"전염병에 돌아가신 게 아니었어요?"

장진관은 한숨을 길게 내뿜었다. 잠시 무거운 침묵이 흘렀다.

"그날도 오늘처럼 모질게 추운 날이었어. 하루가 다르게 최제우 교주님의 동학을 믿는 교도는 그 수가 늘었단다. 삼남지방 곳곳으로 교세가 확장되자 조정은 근심했어. 신하는 걱정했고 걱정 해결방법은 최제우를 죽이고 동학의 씨를 말려야한다고 상소를 올렸단다. 빗발치는 대신들의 성화에 임금은 어쩔 수 없이 그들의 청을 들어줘야했고 탄압은 시작되었다. 최제우를 비롯한 20여명의 교도가 체포되었는데 그때 너의 어머니도 붙잡혔어. 나는 간신히 최시형 교주님과 피신했는데 너의 어머니를 구하지는 못했다. '설마 여자를 어찌 하지는 않겠지?' 란 안일한 생각을 하였던 게 잘못이었어. 그때 붙잡힌 사람 중 여성은 유일하게 너의 어머니 한 명이었어. 여성이 동학 운동을 했다는 이유로 너의 어머니는 저잣거리에 나가 형틀에 묶여 매를 맞아야했다. 찢어진 엉덩이에서 흘린 피가 튀어 등을 적셨고 등을 적신 피가 흘러 형틀이 붉게 변했다는 구나. 그리고는 마을에 버려졌는데 고을 주모가 너의 어머니를 살렸지. 목숨을 구했는데 장독이 퍼져 다리는 거의 마비가 되다시피 했단다. 나는 다른 교도한테 너의 어머니 소식을 듣고 달려와서 너의 어머니와 함께 도망쳐 마이산으로 내려와 살았단다. 거기서 네가 태어났는데 네가 태어날 때 나는 다시 동학을 배우러 최시형교주님한테 다녀오는 길이었다. 네가 며칠 더 일찍 태어난 거야. 그때 맞은 매의 장독은 더 심해져 급기야 하반신이 마비되고 끝내 죽고 말았다."

끝내 말을 잇지 못하고 아버지 장진관이 딸을 안고 울었다. 딸 장지문도 울었다.

"아버지! 저의 어머니를 죽인 원수는 임금인가요?"

"아니다. 너의 어머니를 죽인 원수는 임금이 아니다. 바로 이 썩어빠진 세상이다. 세상을 바꾸는 길만이 너의 어머니의 원수를 갚는 길이다. 그러니 명심하거라! 어머니보다 더 훌륭한 사람이 되어서 세상을 바꾸는데 네가 앞장서야 한다는 것을……."

장지문은 변했다. 가녀린 여자 장지문은 가슴속에 묻고 피가 끓는 젊은이의 장지문으로 거듭 태어났다. 아버지의 가르침은 혹독했다. 한겨울에도 장지문에게 찬물로 목욕을 하도록 가르쳤다. 창 쓰기와 활쏘기는 기본이었으며 말이 없어 말 대신 소를 타고 무술훈련을 시켰다. 장지문은 최시형 밑에서 동학을 배웠다. 장지문은 글쓰기와 책읽기에도 게으름이 없었고 무술연습도 게을리 하지 않았다. 여성이 모이는 빨래터에서 장지문은 여성도 배워야 잘 산다고 외쳤다. 여성들에게 장지문은 우상이 되어갔다. 여성도 동학을 믿는 사람이 많아졌다. 입소문은 빨랐다. 구름처럼 여성이 모여들었다. 그러던 어느 날 관군이 쳐들어왔다. 장지문은 최시형을 따라 오지로 숨어들었다.

최시형은 관군에 쫓기는 와중에도 꾸준히 신도를 가르쳤다.

"부부가 서로 믿고 의지하며 사랑하는 것은 우리도의 가장 기초적인 덕목이다. 부부가 서로 화합하지 못하고 타인의 흉만 탓한다면 자기 집의 불은 끄지 않고 남의 집 불만 끄는 것과 같으니라. 부인과 화합하지 못하면 아무리 천주님에게 빌어본들 천주님이 너희들의 소원을 들어줄리 만무하다. 부인이 혹 남편의 의견에 동조하지 않거든 정성을 다해 부인을 설득해라. 설득해서 안 되면 또 설득해라. 자꾸 설득하다 보면 언젠가는 분명히 감화가 되리라. 부인은 한 가정의 주인이니라. 하느님을 공경하는 것, 제사를 올리는 것, 옷감 짜기, 음식 만들기, 아이를 기르는 것 등 어느 한 가지도 부인의 손이 없다면 이루어질 수 없다. 그러니 부인을 진심으로 사랑하라."

최시형이 교조 신원운동으로 조정에 쫓겨 강원도 고한 오지로 숨어들 때였다. 살을 에는 추위는 절정에 달해있었다. 바람은 칼바람이었으며 살아있는 것들을 할퀴고 지나갔다. 정암사 적조암은 함백산 등산로에 있다. 이곳에서 최시형은 동학교도를 모아놓고 무술훈련을 시켰다. 한참 무술을 연마하던 장진관이 그의 딸 장지문을 불렀다.

"추워도 너무 춥구나. 아버지도 견디기 어려우니 너야 오죽하겠느냐? 이제 됐으니 여기에 있지 말고 집에 들어가거라!"

"괜찮습니다. 아버지. 아버지랑 같이 들어가겠어요."

신원운동으로 쫓기던 장진관은 고한 4리 박심리에 임시 거처를 마련하고 딸과 함께 살았다. 시집갈 나이가 지났음에도 장지문은 결혼하지 않았다. 장지문은 얼음을 깨고 함백산줄기의 냇물을 받아 그 물로 칡차를 끓였다. 장지문은 교인들의 잔심부름을 주로 했다. 그 와중에서도 틈틈이 무술을 연마했다.

그 당시 여성들의 신앙은 구세주 신앙인 미륵불교신앙이 강했다. 그러나 조정은 유교를 권장했던바 불교 탄압은 극에 달했다. 전라도 일원은 정부의 탄압에 못 이겨 불교대신 동학에 귀의하는 여성이 많았다. 천주교 또한 여성의 사회평등을 부채질한 측면이 크다. 최시형은 청상과부의 재가를 허가해달라는 요구를 했다.

해가 질 무렵 장지문은 아버지와 적조암을 나와 집으로 향했다.

구불구불 이어진 길에 눈이 쌓였다. 눈은 길을 훔치고 길을 감추고 세상 어느 곳도 길이 아닌 듯 딴청을 피웠다. 아버지 장진관은 길 없는 눈 위를 걸었다.

"아버지! 길이 없는데 어떻게 그렇게 잘 찾아가죠?"

"길은 숨이다. 가만히 들어라. 이 숲에 숨 쉬는 소리가 들리느냐?"

"모르겠어요."

"눈도 숨을 쉬고 나무도 숨을 쉰다. 숲에 나 있는 길은 숲이 헐겁다. 헐거운 곳에는 눈이 더 많이 쌓이게 마련이다. 길이 있던 곳의 눈이 나무의 밑에 있는 눈보다 더 많지 않느냐? 나무는 그 가지마다 눈을 머금고 꽃을 피운다. 그 무게의 힘겨움을 바람이 노래하지. 바람은 눈보라 속에서 더 장엄하다. 나무의 숨소리를 눈이 훔치고 눈의 숨소리를 나무가 훔치며 세상은 고요해지는 것이다. 눈은 소리를 흡수할 뿐, 애써 소리를 지르지 않는다. 바로 백성의 울분을 참아내는 모습과 같은 것이지. 눈 내린 숲이 더 고요한 이유는 바로 이 때문이니라."

"어렵사옵니다. 아버지."

"백성의 울분도 결국은 터지고 마는 것이다. 나뭇가지의 눈이 쌓이고 쌓이면 결국은 일시에 와르르 무너져 내린다. 높은 산은 산사태가 일어나지. 바로 백성의 울분도 쌓이면 터지고 마는 것이야. 정치를 바로 해야 하는 이유가 여기에 있느니라. 지금 시국은 온통 비리로 얼룩진 터지기 직전의 시국이란다."

쓰러져가는 그의 집 지붕은 커다란 나무껍질을 벗겨 촘촘히 덧댔다.

굴곡진 껍질은 서로서로 의지하며 골을 만들고 나의 골은 네가 받고 너의 골은 다시 내가 받으며 빗물을 아래로 떨어뜨렸다. 그 위에 눈이 쌓였다.

거적을 들치고 들어가면 방에는 손바닥만 한 상이 놓여있고 조그만 부엌에는 덜 마른 갈퀴나무가 놓여있다. 장진관은 저녁을 딸과 함께 먹었다. 산나물을 넣고 삶아서 올려놓은 보리와 된장을 넣고 화롯불에 달궈 비볐다. 장진관은 밥을 비우자마자 다시 호롱불 밑에 앉아 동학 교리를 공부했다. 바로 그때였다.

"저기다. 놈을 잡아라!"

집 밖에서 살기가 등등한 외침이 뒤섞였다. 신원운동의 주모자를 색출하기 위한 군사들이 이곳 오지까지 쳐들어온 것이다. 장진관은 곧장 딸을 불렀다.

"너는 곧장 뒷문으로 가서 적조암의 교주님에게 전하라! 놈들이 잡으러 왔으니 빨리 몸을 피하라고 해라. 어서 떠나라!"

"아버지 안 돼요. 아버지만 남겨놓고 어떻게 가요?"

"목숨은 하늘이 결정할 것이다. 걱정 말고 어서 떠나라."

장지문은 아버지를 남겨놓고 뒷문으로 빠져나갔다. 이윽고 관군이 들이닥쳤다. 그들의 칼은 문지방 거적때기를 단숨에 갈라놓았다. 장진관은 벽에 걸어둔 장검을 빼들었다. 그리고 호롱불의 불을 껐다. 해가 없는 초저녁 밤은 칠흑같이 어두웠다. 수십 번의 칼이 부딪치는 소리가 들렸고 목숨의 헐거운 소리가 들렸고 목숨 끝에 터지는 그 아득한 고통소리가 들렸다. 장지문이 멀어지자 아버지에게서 나는 그 고통의 칼 울음소리도 이내 멎었다. 장지문은 하염없이 눈물을 흘렸다. 아버지의 연로함이 많은 수의 관군의 힘을 견딜 수 있을 것이라는 기대는 할 수 없었다. 겨우 적조암에 도착한 그녀는 최시형 교주님을 불렀다.

"교주님! 아버지가 관군에 당했습니다. 빨리 피하시라고 하셨습니다."

차마 말을 다 잇지 못하고 눈물범벅이 된 장지문을 최시형이 부축했다. 그리고 밖의 교인들에게 명령했다.

"이대로 도망칠 수는 없다. 빨리 가서 관군을 해치우고 지문이의 아버지를 구하자. 자 나를 따르라!"

수십 명의 동학군이 뛰었다. 어둠의 숲을 그들은 마치 잘 아는 대낮인 듯 뛰었다. 어둠 속에서 숲길은 하늘을 향해 열려있다. 길이 난 숲은 하늘로 틈을 벌려놓아 훤한 것이다. 동학군은 20명의 관군과 싸웠다. 적의 칼날이 나무에 박히면 눈 무더기가 와르르 무너졌다. 잘 훈련된 동학군은 어둠을 이용해 관군을 물리쳤다. 살점이 뜯기고 관군의 비명 소리가 천지를 진동했다. 뜯긴 살점에서 피가 솟구쳤다. 눈은 온통 붉게 물들어 아비규환의 현장을 연출했다. 동학군 한 명이 죽고 관군 세 명이 죽자 관군은 마침내 달아났다. 장지문이 아버지를 불렀다.

"아버지! 제발 눈을 뜨세요."

죽은 줄 알았던 아버지의 호흡이 미세하게 이어졌다. 이윽고 아버지가 지문을 불렀다.

"지문아! 너를 두고 먼저 가려니 목숨이 끊어지질 않는구나!"

"아버지……."

"너에게 할 말이 있다. 내가 죽거든 전라도의 전봉준을 찾아가라! 내 익히 고부 농민운동에 대해 들은 바 있다. 거기 가서 전봉준을 보필 하거라. 그리고 이것 받아라."

전봉준이 장지문에게 고이 접힌 화선지를 건넸다. 장지문이 화선지를 폈다.

"아버지! 제 이름이 아닙니까?"

"그렇다. 이 이름은 전봉준의 아버지가 친히 지어준 너의 이름이다. 네 네가 태어날 때 …… 전봉준도 함께 너를 받았다는구나. 네가 세상에…… 있게 한 장본인이다. 꼭 은혜를……."

끝내 마무리 짓지 못한 말이 장지문의 억장을 건드렸고 터진 억장에서 솟구치는 눈물은 폭포수와도 같았다.

"아, 아버지. 눈을 뜨세요. 어머니도 없고 아버지까지 안 계시면 저는 어찌 살라는 말씀입니까? 눈을 뜨세요. 아버지. 흑흑."

장진관은 끝내 숨을 거두었다.

최시형은 장지문의 아버지를 묻었다. 관군이 대대적으로 공격해올 것으로 판단한 최시형은 그 길로 정암사 적조암을 버리고 정처 없는 길을 재촉하며 장지문에게 말했다.

"아버지의 명을 따르거라! 용맹해야 한다. 여자가 흘리는 눈물도 사치여서는 안 되느니라. 그 눈물의 깊이를 나라의 개혁에 쏟아 붓거라! 전봉준은 나와 뜻은 같으나 그 행동의 폭이 나와는 다르니라. 그 뜻의 진정성을 나도 알고 싶고 내 뜻도 알아주었으면 싶다. 지문이 네가 전봉준을 찾아가 내 뜻을 아뢰고 그의 뜻에 진정성이 있거든 언제든 다시 오너라."

흐느껴 울던 장지문이 겨우 대답했다.

"예, 교주님."

8편

불안한 시국

임진왜란은 농촌을 황폐화시켰다. 들판에 한가로이 자라던 쑥부쟁이도 지쳤는지 시들했다. 해를 보던 해바라기는 해가 기울자 시무룩했다. 내 나라 사람이 아니니 내 나라 사람 아닌 남의 나라 사람은 짐승과 다를 바 없었다. 남의 나라가 조선이었으니 그들은 마을마다 쳐들어가 어린 아이와 노약자 그리고 남자는 모조리 쏘아죽이거나 칼로 베어 죽였다. 제법 힘 좀 쓰겠다고 생각한 남자는 따로 모아서 적의 군인으로 만들어 싸움의 선봉에 서게 했고 그 일부는 중노동을 시켰다. 죽이지 못한 부녀자를 그들은 능욕했고 능욕을 견디지 못한 여자는 도망치다 맞아죽고 칼에 찔려 죽었다. 제법 예쁘다는 조선 여자는 왜놈들의 성의 노리개가 되어 전쟁터로 끌려 다녔다. 죽임을 피해 사람들은 산으로 도망갔다. 산봉우리마다 지키고 있던 남의 나라 사람에게 내 나라 사람은 또, 죽임을 당했다. 갈 곳이 없었다. 왜군은 도망친 농민의 땅에 자란 곡식을 싹쓸이했다. 마을마다 왜군이 지난 자리는 초토화가 되었다. 죽은 백성 위로 벌레가 들끓었다. 벌레는 죽은 백성의 몸에서 삶을 영위했다. 전염병이 창궐했다. 농민은 땅을 버리고 사방으로 흩어지다 섬이나 해안으로 피난했다. 해안에선 일본의 수군이 지키고 있다가 또, 죽였다. 이순신이 지키고 있던 몇몇 해역만 무사했다. 이순신은 나라 전체를 지켜낼 수 없었다. 이순신은 조정 일을 몰랐고 조정은 이순신의 일을 훤히 알지 못했다. 이순신은 맡은 곳에서 임무에 충실했고 충실하지 못한 탐관오리를 고발했다. 조정 곳곳에 이순신의 적이 포진했고 이순신은 그들의 거짓 음모에 속수무책으로 당했다. 그것이 임진왜란이다.

임진왜란으로 초토화가 된 나라를 누군가는 살려야 했다. 죽은 백성은 묻고 산 백성은 살아야 했다. 다시 살기에는 긴 시간이 필요했다. 다시 모를 심고 밭을 일구고 고구마를 심었다. 황폐해진 논에는 퇴비를 넣었다. 퇴비는 풀과 인분과 가축의 똥으로 삭힌 거름이다. 조정은 수리시설을 보완하라 일렀다. 크고 작은 수리시설이 들어섰다. 저수지였다. 수원의 서호, 김제의 벽골제, 홍주의 합덕제, 연안의 남대지 등이다. 벼농사는 직파 법을 시행했었는데 이앙 법으로 바꿨다. 직파 법은 논바닥에 직접 파종을 하는 것이다. 뿌리는 건실해서 가뭄에도 잘 견뎠지만 무질서하게 뿌리 내린 벼가 자라기엔 바람이 통하지 않았다. 이앙 법은 모판에 모를 심어 일정기간 기른 다음 본 논에 옮겨 심는 것을 말한다. 가뭄에 약하다고 정부에서 금지하기도 했지만 수확이 훨씬 많아 많은 농민은 이앙 법을 이용했다. 모내기 시기가 늦춰짐으로써 이모작이 가능했다.

겨울엔 보리를 길렀다. 아이들과 어른들은 이른 겨울 보리밭에 늘어서서 보리밟기를 했다. 연약한 잎이 겨우내 얼어 죽을까 봐 튼튼하게 자라달라고 잎을 밟고 흙을 밟았다. 밟힌 보리는 아팠지만 참았다. 더 혹독한 겨울의 시련을 견디고자 참았다. 참고 버틴 보리는 이듬해 봄 결실을 보았다. 몇몇 아이는 보리피리를 만들어 불었다. 보리를 타작하고 그곳에 다시 늦봄엔 벼농사를 지을 수 있었다.

밭농사에도 변화가 일었다. 일본과 청나라에서 가져온 고구마가 우리 땅에 잘 맞아 가난한 백성이 기근을 면하는데 커다란 보탬이 되었다. 고구마순은 무쳐 먹고 고구마는 삶아먹었다. 수숫대로 만든 울타리 안에 고구마를 쟁여놓고 겨우내 먹었다. 수숫대는 농민들 안방까지 밀고 들어와 고구마 썩는 냄새가 진동했다. 쥐는 낮이나 밤이나 안방까지 파고들어 고구마를 갉아 먹었다. 고구마를 갉아 먹다가 이내 자고 있던 사람의 손가락까지 깨물었다. 피가 낭창한 손가락을 헝겊으로 싸매고 그 손으로 다시 나물을 뜯어 팔았다. 찬바람이 윙윙거리는 날, 생고구마를 깎아 먹으며 아이들만 마냥 신이 났다. 고구마가 동이 나면 허기에 지친 아이는 뒤란에 묻어놓은 생 무를 캐서 입으로 갉아먹었다. 아이의 방귀에서는 무 냄새가 났다. 어머니는 보리밥에 무를 넣고 무밥을 해서 먹였다. 간장 종지의 간장과 무밥이 전부였다. 하루는 콩나물밥이 하루는 무밥이 올라왔다. 아이는 콩나물밥을 잘 먹었다. 콩나물밥을 먹은 날엔 방귀에서 콩나물 냄새가 나지 않았다. 콩나물은 소화가 빨리 되었기 때문이리라.

집에서 재배한 곡식과 밤잠 못 자고 짜온 베는 제법 수익이 짭짤했다. 땔나무를 지고 온 나무꾼, 솔방울을 가마니에 담아온 아저씨, 이장 저장 돌아다니며 물건을 파는 장돌뱅이도 생겼다. 아예 목이 좋은 곳에 눌러앉아 장사를 하는 상인까지 생겨났다. 점포가 차려지니 사람이 모여들었다. 사람이 모여드니 당연히 장사를 하려는 사람이 더 몰려들었고 자연스레 장은 크게 열렸다. 밥장수, 떡장수, 엿장수가 생겨나고 거지들의 각설이타령이 생겨났다. 사당패의 사물놀이도 눈요깃거리였다. 사람이 모이는 곳에 사교 모임도 뿌리를 내렸다. 사람이 모이자 종교 활동도 활발했다. 증산도가 그랬고 천주교가 그랬다. 농민 항쟁의 시발도 사람이 모이는 장에서부터 시작되었다. 정읍 이평 말목장터는 그렇게 유명해지고 있었다.

결정적으로 농민이 가장 힘들어했던 부분은 바로 세금문제였다. 조선 후기의 세금제도는 전정(田政), 군정(軍政), 환곡(還穀)이라는 삼정(三政)체제로 확립되었다.

전정은 토지세를 말한다. 토지세는 토지 소유주에게 받는 것이 아니라 그 토지를 빌려 농사를 짓는 소작인에게 직접 청구되었다. 당연히 토지의 원소유자인 양반은 제외되었다.

군정은 16세에서 60세까지의 장정에게 부과된 세금으로 양반은 면제되었다.

환곡(還穀)의 경우 애초에는 춘궁기(春窮期: 보릿고개)에 관곡(官穀: 관아의 곡식)을 싸게 빌려주어 농민들이 굶주림을 면하도록 하는 빈민구제책이었다. 싸게 빌려준다는 허울로 이자를 뜯어 결국, 고리대금으로 전락했다. 세금은 수령과 아전이 담당했다. 이들은 중앙 지배층과 결탁하여 무차별적으로 백성의 피를 빨아먹었다. 이처럼 삼정이라는 국가의 조세 수취제도는 그 잘못된 구조와 파행적인 운영으로 직접 생산자인 농민층의 성장을 가로막았을 뿐 아니라 생계 기반마저 위협하고 있었다.

1891년 전봉준은 개탄스러운 현실을 타파하려면 나라가 돌아가는 상황을 알 필요가 있다고 판단했다. 전봉준은 3년 정도 흥성대원군 문하에 출입했다. 유난히 눈에 띄는 사람이 있어 하루는 대원군이 전봉준을 불렀다.

"자네는 어디 사람인가?"

"저는 전라도 고부 사람입니다."

대원군은 천천히 전봉준의 이목구비를 바라보았다. 작은 키였지만 눈빛은 총명했다. 목소리는 절도 있었고 담담했고 당찼다.

"자네 눈빛이 예사롭지 않구먼, 큰일을 할 사람이야."

대원군의 눈빛이 전봉준의 눈빛을 읽었다. 대원군은 전봉준을 한눈에 큰 인물로 알아봤다.

"과찬이십니다."

"그런데 왜 여기에 올라와 있는 것인가? 벼슬을 원하는가? 벼슬을 원한다면 내 자네를 내 휘하에 두고 싶네."

대원군은 진심으로 전봉준을 원했다. 목숨까지 버릴 수 있는 신하가 대원군에게 필요했다. 민 씨 세력을 견제하기 위해서라도 대원군은 세력이 필요했다.

"제가 뜻하는 것은 다만, 나라와 백성을 위해 크게 죽는 것뿐이요, 벼슬에는 뜻이 없습니다. 다만, 조정의 무리한 세금착복과 고부 군수 조병갑의 횡포로 백성이 살기 힘듭니다. 농민들은 오늘도 풀죽을 쑤어 먹다 먹을 것이 없어 흙을 파먹다가 기진해서 죽고 병들어 죽고 있습니다. 군수를 바꿔주십시오."

대원군은 연방 아까운 표정을 지으며 전봉준의 결연한 의지에 굴복하고 말았다.

"알았네. 내 알아보겠네."

전봉준은 대원군의 확답을 듣고 내려왔다.

19세기 초 '세도(勢道)정치'는 헌종, 철종대로 이어졌다. 1863년 고종이 즉위한 후, 왕권의 회복을 도모한 대원군 이하응(李昰應)이 안동 김씨를 비롯한 세도 권력가들을 숙청함으로써 세도정치는 끝나는 듯하였다. 그러나 10년 후 명성황후가 정권을 잡은 후 세도정치는 다시 기승을 부렸다. 세도정치는 정치 파행을 불러들였다. 파행의 골은 깊었다. 재정은 적자에 허덕였다. 부족한 재원은 지방관청에서 올라오는 제정으로 충당했다. 재원이 올라오지 않는 관청을 조정은 닦달했다. 조정에 올릴 재원마련을 위해 각종 잡세의 부과와 환곡 고리대 등의 면목으로 세금을 추징했다. 핍박받는 서민의 설움은 극에 달했다. 여기저기서 농민이 들고일어났다. 그들은 굶어 죽기 싫어 일어났다. 살아야 했으나 살지 못해 일어났다. 일어나서 죽으나 굶어 죽으나 매한가지였다. 그들은 울분에 찬 악의로 조정을 비난했다. 탐관오리를 비난했다. 민 씨 정권은 통제력의 이완으로 지방 관리의 부정을 통제할 수 없었을 뿐더러 오히려 탐관오리를 대량으로 양산하며 관리의 수탈을 조장하고 있었던 셈이다. 이런 부패구조의 최종적인 희생자가 일반 농민이었음은 다시 말할 것도 없다.

1876년 조선은 일본의 무력적 위협에 굴복하여 쇄국정책을 포기하고 전혀 준비되지 않은 가운데 문호를 개방했다. 결국, 아무런 대안과 준비 없는 문호의 개방 속에서 농촌의 양극 분화는 심화했고 영세한 수공업자와 상인들은 경제적으로 몰락하거나 외국자본의 손아귀에 놓이는 결과에 처했다. 대안 없는 개방은 이처럼 백성의 생활을 더욱 처참하게 하였다. 일어나 싸워야 했다. 시국은 사람을 그렇게 만들었다. 변화가 필요했다. 개혁이 필요했다. 썩어빠진 조선을 변화시켜야 했다. 그것은 누가 해주는 것이 아니었다. 백성이었다. 백성이 농민이고 농민은 민중이었다. 민중이 일어서야했다. 울분은 강했으나 앞서서 진두지휘할 대표가 없었다. 대중은 강력한 대표를 원했다. 원함은 동학으로 이어졌다. 머지않아 천지가 개벽할 세상이 온다고 민중은 믿었다.

9편

전창혁의 죽음

전봉준은 9세 이후 한학을 공부하며, 사서삼경을 섭렵하였고, 무술과 용병법에도 관심이 많아 병서를 열심히 읽는 등 여러 가지 교양과 덕목을 쌓았다. 태인 산외리 동곡 마을에 옮겨 자리 잡았을 때에는 그 뒤에 부친 전창혁과 함께 서당을 운영했다. 그때는 이미 다섯 명의 가솔을 거느린 가장이었다. 스스로 선비로 자처하면서 세마지기의 전답을 경작하는 소농 이었으며, 이 무렵 농사일 외에 동네 어린이들에게 글을 가르쳐 주는 훈장 일로 생계를 보태기도 하였다.

1893년 고부 군수로 조병갑이 부임해서 내려왔다. 농민들의 피를 빨아먹기로 이미 악명이 높다는 소문은 파다하게 퍼져있었다. 고부는 평야지대다. 인근 곰소와 부안의 해안은 젓갈이 풍부했다. 김제와 정읍까지 아우르는 평야는 비옥했다.

'가만있자. 지금 내 이놈들에게 어찌하면 세금을 더 뜯을 수 있을까?'

고부 군수로 부임한 조병갑은 조석으로 농민의 세금을 뜯어낼 궁리만 했다. 조병갑은 무릎을 탁 쳤다. 그리고 바로 관리들을 불러 모았다.

"어제 한 바퀴 쭉 둘러보니 보(洑: 논에 물을 대고자 둑을 쌓고 냇물을 끌어들이는 곳)가 매우 약하다 이겁니다. 그렇게 놓아두면 장마 때는 홍수가 날 것입니다. 그러니 저쪽에 있는 보는 허물고 새로 높게 보를 쌓아서 물을 가둬야 합니다. 수세는 더 올려서 확실히 챙겨야 할 것입니다. 관리들 생각은 어떤가요? 허심탄회하게 말씀들 해 보세요."

전봉준의 아버지 전창혁이 조병갑의 말을 받았다.

"무엇 때문에 새로 보를 쌓는단 말이요? 보는 멀쩡합니다. 여태껏 한 번도 홍수가 난 적 없었어요. 차라리 그 보를 쌓을 돈으로 굶주린 백성들의 한 끼 식사라도 해결해 주는 게 낫지 않겠습니까?"

갑자기 조병갑은 눈을 크게 치켜떴다. 그리고 전창혁의 눈을 뚫어져라 쳐다봤다.

"아따! 자네 시방 나한테 대드는 거요? 자네 직책이 뭐요? 군수 부임 첫날부터 나한테 그렇게 따져야 쓰겠소?"

조병갑은 눈을 부라렸다. 부라리며 바라보는 눈초리가 매섭다 못해 차가웠다. 조병갑은 다른 관리들을 험악한 눈초리로 바라보며 탁자를 탁 쳤다.

"여러분의 생각은 어떻소? 내가 아무리 허심탄회하게 말을 하라고 했기로서니 군수 부임 첫날인데 축하는 못해줄망정 저렇게 첫날부터 초장을 쳐야 되겠소? 어디서 배워먹은 버르장머리란 말이오. 내가 다시 한 번 묻겠소이다. 내 의견에 찬성하면 손뼉을 쳐 주세요!"

"옳소! 군수님 의견이 맞습니다. 전창혁이가 시골 동네에서 일을 해서 세상 물정을 잘 모르는구먼요."

아첨께나 하는 양반 한 명이 조병갑의 의견에 박수를 보냈다. 벼슬이 위태로운 관리들도 모두 손뼉을 쳤다. 조병갑의 불같은 성질을 건드려 좋을 것이 없다는 판단을 했기 때문이다.

조병갑은 태인 현감을 지냈던 자기 아버지 조규순의 공적비를 세운다며 1,000여 냥을 농민들로부터 강제로 징수했다. 전창혁은 곧은 말을 서슴지 않았다. 전창혁은 김도삼, 정일서와 함께 다시 한 번 소를 올려 보를 새로 쌓는 것을 극구 반대했다. 끈질긴 반대에도 불구하고 조병갑은 새로 만석 보를 쌓아 가을에 수세를 걷어 쌀 700섬을 착복했다.

조병갑은 돈을 가진 자들을 일단 가두고 보았다. 죄목은 붙이기 나름이었다. 인상이 험해 보이는 백성은 불효 죄로, 호남형인 백성은 음행(淫行) · 잡기(雜技: 여러 가지 노름) 등 갖가지 죄목으로 엮어 가둔 후 돈을 받고서야 풀어주는 등 가혹한 수탈을 일삼았다. 그러던 어느 날, 조병갑은 모친상을 당했다. 기회는 이때다 싶어 조병갑은 관원에게 명령했다.

"지금 각 동네로 가서 우리 어머니 조의금 2천 냥을 모아 오도록 해라. 빨리 안가고 뭘 꾸물거리는 게냐?"

소식을 들은 전창혁은 비분강개했다.

"조병갑 같은 놈한테 부의는 무슨 부의금 한 푼도 못 낸다."

전창혁은 동네 사람을 만날 때마다 부정축재에 눈이 먼 조병갑을 성토했다.

"아니 부의금을 내는 것은 자신의 마음에서 우러나오는 대로 내면 될 것이지 2천 냥은 무슨 개뼈다귀 같은 말이야? 동서고금 다 물어 봐! 내 말이 틀렸는가?"

"아니야, 창혁이 자네 말이 맞네. 이런 나쁜 놈이 세상에 어디 있나?"

"군수면 군수답게 백성을 사랑할 줄 알아야지. 가난에 허덕이는 농민들의 돈이나 뜯어먹으려고 개수작을 부려? 죽은 제 어미 팔아서 제 배를 채우려 하다니 이런 나쁜 놈이 세상에 어디 있어? 세상이 말세야! 말세. 대체 이 나라가 어찌 되려고 이러는지 몰라."

아버지는 불의를 보면 타협을 하지 못하는 성격이었다. 전봉준은 그런 아버지가 불안했다. 아니나 다를까, 용장(勇壯)밑에 강병(强兵)이 있는 것처럼 탐관(貪官) 밑엔 오리(汚吏)가 붙어 있게 마련이다. 전창혁의 이러한 행동은 곧 조병갑의 귀에 들어갔고, 이 소문을 전해들은 조병갑은 가만히 보고 있지만은 않았다. 전창혁이 조병갑을 비방한다는 소문을 듣자 조병갑은 눈이 뒤집혔다.

"당장 전창혁과 정도삼 정일서를 체포하라!"

조병갑은 입에 거품을 물며 이를 부득부득 갈았다.

관아에 끌려온 전창혁에게 조병갑이 말했다.

"네 이놈! 너는 대체 어떤 놈이기에 부임 첫날부터 사사건건 시비를 걸더니 뭐 어쩌고 어째? 내가 죽은 어머니 팔아서 내 배 채우려고 돈을 걷는다고 소문을 내? 이런 싸가지 없는 놈이 있나."

"조의금은 백성이 각자 처한 상황에 따라 낼 수 있으면 내고 내기 어려우면 안내면 되는 게지 2천 냥이나 강제로 모금하려는 짓은 죽은 어머니를 가지고 돈을 벌겠다는 처사가 아니고 무엇이란 말이요? 난 죽으면 죽었지 한 푼도 못 내오."

"이놈이 지금 죽고 싶어 환장을 했구나. 그래 한 번 죽어봐라! 여봐라! 저놈에게 곤장 50대를 쳐라!"

관원 두 명이 번갈아가며 장을 쳤다. 때린 곤장의 숫자를 관원이 다시 헤아렸다.

"퍽, 퍽, 퍽."

곤장 세 대에 흰 옷이 찢어졌다. 다섯 대에 찢어진 부위의 살이 터졌다. 터진 부위에 다시 곤장이 얹혀졌다. 곤장은 정확히 전창혁의 하지를 짓이겼다. 곤장 10대에 전창혁의 엉덩이가 피로 낭창했다. 다시 곤장을 내려치자 터진 피가 사방으로 튀겼다. 튀긴 핏방울이 때리던 관원의 이마에 튀었다. 튄 피를 소매 깃으로 관원이 훔쳤다. 소매 깃이 붉게 물들었다. 관원이 더는 때리지 못하고 미적거렸다.

"내 이놈! 빨리 치지 않고 뭐 하는 거냐?"

조병갑의 불호령이 떨어지자 하는 수 없이 관원은 다시 곤장을 들었다. 20대를 맞은 전창혁은 실신했다.

"물을 뿌려라!"

찬물을 뿌리자 실신했던 전창혁이 깨어났다. 다시 곤장이 이어졌다.

살점이 군데군데 떨어져 나갔다. 곤장은 엉덩이를 벗어나 허벅지로 허벅지를 벗어나 종아리로 내려왔다. 종아리가 터지고 뼈가 앙상히 드러났다. 곤장은 그칠 줄 몰랐다. 40대 째 전창혁은 깨어나지 못했다. 그런 아버지를 전봉준이 들것에 실어 집으로 모셔왔다.

"아버지! 돌아가시면 안 돼요. 눈 좀 떠보세요. 세상에 나쁜 놈들 이렇게 사람을 때리다니!"

꼬박 한 달을 시름시름 앓던 아버지는 끝내 장독으로 숨을 거두었다. 전봉준은 비통했다. 바른말을 했다고 쳐 죽이는 나라, 그 나라가 조선이었다. 원통했다. 전봉준은 다짐했다.

'세상에 이런 법은 없다. 바른말을 했다고 사람을 쳐 죽여? 이런 나라에서 백성은 무슨 낙으로 살란 말이야. 두고 봐라. 내가 이 나라를 확 바꿔놓고 말리라! 세상을 바로 세울 것이다. 두고 봐라. 조병갑!'

아버지의 죽음은 전봉준에게 큰 상처였다. 힘없는 백성의 한 명에 불과했던 전봉준에게 아버지의 힘은 자신이 나아갈 방향을 제시했다.

그러나 전봉준은 힘이 없었다. 힘을 키워야 했다. 그러던 차에 전봉준은 마침 동학을 알게 되었다. 이렇게 고민하는 전봉준에게 동학(東學)의 가르침은 혼란스러운 그의 생각을 정리하는 데 결정적인 도움이 되었다. 그중에서도 전봉준은 '사람이 곧 하늘' 이라는 생각에 관심이 모아졌다. 사람이 대접받는 세상, 민심이 지배하는 세상, 만민이 평등한 세상을 꿈꾸었다. 전봉준은 죽은 아버지를 불렀다.

"아버지, 이젠 더는 못 참겠습니다. 참고 참아봤는데 참는 게 능사는 아닌 것 같습니다. 우리가 참을수록 저놈들의 수탈은 더 심합니다. 이제는 제가 나서겠습니다. 아버지! 도와주십시오. 저에게 힘을 주십시오. 저는 '사람이 곧 하늘(人乃天)' 이라는 동학(東學)의 가르침을 받았구먼요. 그러나 오늘 이 땅의 백성은 하늘은 그만두고라도 사람다운 삶을 살아가지 못하고 개보다 못한 대접을 받고 있습니다."

전봉준은 최시형으로부터 고부지방의 동학접주로 임명되었다. 사회개혁의 지도 원리로 동학의 교리를 인용하면서 전봉준은 거대한 꿈을 꾸기 시작했다.

'크게 되지 않으면 차라리 멸족이 되는 게 낫다.'

전봉준은 이 말을 좌우명처럼 끼고 살았다.

전봉준은 틈틈이 무예에도 힘썼다. 조소리로 이사를 온 후, 전봉준은 하루도 거르지 않고 무술훈련에 힘썼다. 낮에 조소리를 벗어나 천태산을 오르면 사람들이 미친놈이라고 전봉준을 놀렸다. 그래서 전봉준은 밤에 운동을 했다. 그가 살던 조소리에서 천태산까지는 3km의 거리다. 전봉준은 뛰었다. 달을 물고 뛰었다. 구름이 가득하거나 추위가 엄습해도 전봉준은 맨발로 뛰었다. 모두 잠든 한 밤중 전봉준의 뜀박질 소리만 자는 농민들의 귀에 밟혔다. 이에 감동받은 이웃 청년들이 전봉준을 따랐다. 천태산 아래 조금 낮은 산을 치마바위라고 불렀다. 전봉준은 치마바위에 따라온 청년들을 세우고 무술을 가르쳤다.

"우리는 우리의 목숨을 구걸하고자 무술을 배우는 게 아니다. 우리는 우리의 목숨을 담보 잡혀 이 나라에 새 세상을 세우고자 함이다. 조만간 때가 오리라. 알겠나?"

"예, 접주님!"

목소리는 우렁찼다. 최경선과 김도삼이 선두에 섰다. 그 수는 갈수록 많아졌다. 하루 두 시간 씩 무술연마가 끝나면 이들은 천태산까지 뛰어서 올라갔다. 상의를 탈의한 알몸에서 수증기가 피어올랐다. 이들은 땀에 흠뻑 젖었다. 밤은 칠흑같이 어두웠다. 어두웠지만 죽음은 어둠속에서 나온다는 것을 전봉준은 알았다. 훤한 대낮에는 싸움이 원만하게 이루어지지 않는다. 다 보이기 때문이다. 밤은 나의 어둠이 곧 적의 어둠이고 적의 어둠이 곧 나의 어둠이 된다. 피아가 식별되지 않는 곳에서는 작은 수가 유리하다. 전봉준은 작은 수로 많은 관군을 대적해야 했다. 불빛이라곤 밤하늘에 떠있는 별빛이 전부였다. 달빛이 전부였다. 전봉준은 달을 물고 뛰었고 젊은이들은 별을 한 개씩 물고 뛰었다. 천태산 정상에 오르면 이들은 가부좌를 틀고 명상에 들어갔다.

그곳에서 그들은 동학을 공부했다. 공부가 끝나면 이들은 각자 소금에 비벼온 주먹밥을 먹었다. 물이 귀했다. 동네 어른들은 낮을 이용해 지게에 물 항아리를 지고 치마바위에 올려놓았다. 항아리에 담긴 물의 일부는 얼었다. 일부는 다시 피운 모닥불에 녹아내렸다. 그들은 녹은 물을 마셨다. 어떤 날은 너무 추워 오래 있지 못했다. 이런 날은 모닥불을 피우지 않고 통째로 얼음을 꺼내 아삭아삭 깨물어 먹었다.

겨울은 추웠다. 살이 기를 업고 바싹 다가왔다. 살기다. 매섭게 마른 추위가 들녘 텅 빈 논바닥을 건드렸다. 몹시 춥던 어느 날, 전봉준의 집에 농민들이 찾아왔다.

"더는 이렇게 살 수가 없습니다. 희망이 없습니다. 조병갑의 횡포는 극에 달했습니다. 겨울을 날 식량조차 떨어지고 없어요. 아이들은 걸식을 하러 다닙니다. 큰딸은 남의 양반집 식모살이를 하고 있습니다. 접주님 도와주십시오."

고부 접주로 활동하던 전봉준은 이들에게는 희망이었다. 그들은 죽창과 낫, 도끼를 들고 떼를 지어 모였다. 당장이라도 조병갑을 쳐 죽이러 갈 태세였다.

"진정하시오. 나도 지금 울화통이 치밀어 옵니다. 그러나 섣불리 행동하면 실패하고 맙니다. 일단, 뜻있는 사람들을 모읍시다. 조금만 기다려요."

"그럼, 조병갑의 탐학을 시정할 상소라도 적어 주쇼. 우린 그냥은 못 가겠소."

그리하여 1893년(고종 30) 11월 농민대표들은 전봉준이 써준 소를 들고 조병갑을 찾아가 탐학의 시정을 요구했다. 그러나 농민들의 요구는 조병갑에 의해 묵살되었고, 오히려 농민들을 체포, 구금했다. 그들은 실컷 곤장을 맞고 피투성이가 된 채 풀려났다. 전봉준은 이제는 더는 지체할 수 없다고 판단했다.

'이제는 더는 안 되겠다. 더는 민중이 당하고만 사는 모습을 지켜볼 수가 없구나. 쳐들어가자. 일단 각지에서 활동하는 동지들을 규합하자.'

생각이 여기에 미치자 전봉준은 '사발통문' 을 작성했다. 사발통문(沙鉢通文)이라함은 일반인에게 알리는 호소문이나 격문(檄文)을 쓰고 나서, 주모자가 드러나지 않게 사발 모양으로 둥글게 돌려가며 적은 통문(通文)을 말한다. 이 사발통문은 1968년 12월 전라북도 정읍군 고부면 송준섭(宋俊燮)의 집 마루 밑에서 족보와 함께 발견되었다.

사발통문은 전봉준(全琫準)을 비롯한 동학의 우두머리 20여 명이 함께 둥그렇게 서명한 것으로, 고부성(古阜城)의 점령, 조병갑(趙秉甲)의 처형, 무기고의 점령, 탐관오리의 처단 등 4개의 중점 목표가 적혀 있다. 각 고을에 파고들어있는 동학교도들은 이 통문을 비밀리에 농민들에게 돌렸다. 통문을 읽은 백성들은 이제 나라가 바뀔 모양이구나 하며 크게 반겼다. 그러나 1893년 11월에 수립된 이 거사계획은 대원군에게 청한 보람이 있어서였는지 조병갑이 동년 11월 30일자로 익산군수로 발령이 났고, 전주성을 점령하고 서울로 직행하려던 큰 계획은 정부군이 곳곳에 배치됨으로 사실상 철회되고 말았다.

조병갑이 익산 군수로 간 소식을 듣고 농민들은 일단 안심했다.

한편, 익산 군수로 발령이 난 조병갑은 고부군수에 재임명되기 위해 전라감사 김문현을 이용했다.

"감사 나으리! 제발 저 좀 살려주시오. 제가 고부에서 다른 곳으로 가면 저는 못 살아요. 제가 얼마나 고부를 사랑하는데 다른 곳으로 옮겨요? 안 됩니다. 자 이것 받으시고 꼭 좀 고부로 다시 오게 해달라고 조정에 부탁해 주세요."

조병갑은 거액의 돈뭉치를 김문현에게 내밀었다. 김문현은 엽전이 수북한 돈뭉치를 곁눈질로 보더니 슬그머니 헛기침을 했다.

"허허 이러시면 곤란한데요. 일단 알았으니 돌아가시게."

조병갑은 결국 고부 군수 재임용을 허락받고 말았다. 돈이면 안 되는 게 없었다. 조병갑이 다시 임명되었다는 소식을 듣고 고부 농민들은 크게 분노했다. 이들은 우르르 전주 감영으로 찾아갔다.

"절대 조병갑이 다시 고부군수로 와서는 안 됩니다. 농민들 다 굶어 죽습니다."

"이놈들 여기가 어디라고 함부로 와서 지껄이느냐? 빨리 나가지 못할까?"

김문현은 이들의 민원을 받아들이지 않고 쫓아냈다. 조병갑이 다시 고부군수로 부임한다는 소식을 들은 전봉준은 손화중을 찾아갔다.

"모레 새벽에 고부 관아를 쳐들어갈 걸세. 자네가 도와주게."

하늘이 내려준 사람, 세상을 바로 세울 위대한 인물로 소문이 난 사람, 비결을 꺼낸 주인공, 제일 많은 동학교도를 거느린 인물, 전봉준은 그런 손화중이 필요했다.

무장접주 손화중은 잠시 뜸을 들이더니 옆을 돌아보며 말했다.

"아직은 때가 아닌 듯싶소이다."

"때가 아니라니? 때는 기다리면 저절로 오는 것이 아니네. 때는 만들어 가는 사람한테만 오는 것이구먼. 우리가 하루라도 빨리 일어나야 하는 이유는 지금도 어디 선가는 굶어 죽는 백성이 수두룩하기 때문이야. 그냥 보고만 있자는 말인가?"

"준비는 하되 시행은 철저해야 합니다. 함부로 나섰다가 실패하는 날이면 다시 싸울 의지마저 상실하게 되지요. 이번 거사엔 빠지겠습니다."

"알았네. 자네의 뜻을 알았으니 돌아가겠네. 대신 거사가 성공하면 꼭 합류하시게. 자네 없인 세상을 바꿀 수가 없네."

"고맙소이다. 접주님."

10편
김덕명

기러기가 노을을 따라 정읍에서 고부 쪽으로 날아가면 노을은 기러기와 산 너머로 사라지곤 했다. 침잠된 어둠의 늪에서 노을도 스러지고 기러기도 사라졌다. 새벽이면 때때로 서쪽에서 사라진 노을이 동쪽에서 보이곤 했다. 노을을 물고 사라진 기러기는 동쪽에서 보이지 않았는데 다시 오후가 되면 언제 동쪽으로 갔는지 다시 서쪽 하늘을 향해 날곤 했다. 전봉준은 하늘을 나는 기러기를 보며 자유를 생각했다. 기러기는 힘없고 약한 친구들을 가운데에서 날게 했다.

'혼자 나는 것보다 같이 나는 새는 더 멀리 난다. 이 세상도 헐벗고 굶주린 농민들을 보듬어 안고 가야한다. 다 같이 잘 사는 나라를 만들어야 한다. 자유가 있는 세상, 열심히 일하면 일한만큼 대가를 받는 세상, 빈부격차도 신분의 위아래도 없는 세상을 내가 꼭 만들 것이야.'

전봉준은 꿈꾸었다.

금산사 입구의 용계마을, 김덕명 그가 태어났다. 그는 언양김씨였는데 바로 전봉준의 어머니가 같은 언양김씨였다. 그의 자는 덕명, 호는 용계, 이름은 준상이라고 불렀다. 다른 동학교도처럼 그도 자를 이름

대신 썼다. 그는 형편이 제법 좋은 농민의 아들로 태어난 덕분에 어릴 때부터 서당에 다닐 수 있었다. 고리타분한 경서보다는 병법 책을 즐겨 읽었다. 그는 젊을 때부터 불의를 보면 참지 못하는 성격이었다.

김덕명과 가까운 일족 중 한참서가 대지주로 군림하면서 벼슬을 돈으로 사서는 세도를 제멋대로 부렸다. 그날은 언양김씨의 재실이 있는 장흥리 안정 절골에서 종중회의를 할 때였다. 갑자기 회의 도중 김덕명이 벌떡 일어났다.

"아무리 사리사욕에 눈이 멀었기로 서니 돈을 주고 벼슬을 산단 말이오? 이건 언양김씨를 모욕하는 일이오. 당장 사죄하시오!"

불의를 보면 참지 못하는 그가 당당히 일어나 할 말을 다 했다.

"야! 이놈아! 어린놈이 여기가 어디라고 혀를 놀리느냐! 젊은 놈이 버르장머리가 없구나!"

순간 김덕명의 눈에 불꽃이 튀었다.

"이런 개 같은 경우가 다 있나? 내가 지금 틀린 말 했소이까? 돈을 주고 벼슬을 산 것이 잘한 일이오? 에잇……."

그는 분을 참지 못하고 옆에 있던 재떨이를 던졌다. 재떨이는 종중 현판을 강타하고 현판은 바닥에 굴러 두 동강이 나고 말았다. 김덕명은 다시 목침을 들어 던졌다. 목침은 허공을 날더니 순식간에 창호지문을 뚫고 마당으로 굴러 떨어졌다. 깜짝 놀란 일족은 혼비백산하여 도망쳤다.

수백 세대의 언양김씨가 삼백 년을 이어오면서 그의 문중에는 수천 수백 석을 받는 부호들도 상당수 있었다. 그 문중 부호들의 재산이 훗날 동학 혁명 거사의 재원으로 사용되었고 그것을 계기로 금구 원평은 동학의 중심지로 자리매김 되었다.

김덕명은 최시형을 찾아가 도를 받게 되었다. 금구 대접주가 된 김덕명은 포교에도 힘썼다. 최시형이 김기범의 집에 상당기간 유숙할 때 김덕명과 김개남은 여름옷을 다섯 벌씩 지어 올렸다.

1892년 삼례집회, 수만 명의 동학교도가 한자리에 모였다. 김덕명은 1만여 명의 동학교도를 데리고 집회에 참석했다. 집회는 시종 엄숙했다.

집회에 참석한 교도의 요구는 하나, 교조 최제우의 억울한 죽음을 풀어줄 것. 둘, 탐관오리를 제거할 것 등이다. 동학교단이 성립된 후 최고로 많은 대규모 집회였다. 금구(지금의 김제군 금산면)와 원평은 이후 동학운동이 가장 활발하게 일어난 곳으로 자리매김 되었다. 고종도 이곳을 경계했다.

고종 임금이 전라감사 김문현에게 명령했다.

"호남에서 금구에 동학교도가 많다고 하는데 사실인가? 전주에서 거리가 얼마인가? 더는 두고 볼 수 없으니 당장 소굴을 공격해서 소탕하도록 해라!"

"거리는 30리 떨어져 있고 동학당들이 아주 많습니다. 분부대로 그들을 소탕하겠습니다. 상감마마!"

그러나 김문현 전라 감사는 금구 원평의 동학도를 뿌리 뽑지 못했다. 김덕명은 전봉준보다 열 살이나 위였지만, 김덕명은 철저히 전봉준의 아래에서 그를 도왔다. 전봉준은 한때 그의 집 식객 노릇을 했다. 어머니와 같은 언양김씨의 문중이다 보니 전봉준은 자연스럽게 그곳을 드나들었다. 전봉준은 김덕명을 때론 스승님처럼 때론 든든한 형처럼 대했다. 전봉준이 가장 걱정했던 동학 농민군의 군량미를 최대한 끌어와 도와준 인물이 바로 김덕명이다. 그의 이름이 널리 알려지기 시작한 것은 역시 고부 무장봉기와 백산 대 집결 때부터였다.

총대장에는 전봉준, 총관령 손화중, 총참모 김개남이 발탁되었다. 김덕명은 세 지도자를 음지에서 힘껏 도왔다.

난세는 영웅을 탄생시켰고 영웅은 혼자 힘으로 우뚝 서지 않았다. 훌륭한 보좌진들의 목숨을 건 충성이 있었기에 영웅의 탄생은 가능한 것이었다.

11편
전봉준과 강증산

난세가 계속되면 가진 것이 없는 자만 아프다. 아픔은 몸 밖에서도 오지만 몸 안 깊숙한 곳에서부터도 오곤 했다. 그것이 마음의 병이다. 치유되지 못하는 마음병은 이내 몸 밖으로 표출되어 혹은 전염병으로 혹은 암으로 전이되어 마땅한 약 한 첩 써보지 못한 채 죽어갔다.

난세가 계속되면 사람들은 영웅을 꿈꾼다. 영웅은 시대를 잘 만났을 때 탄생되는 것이라서 아무나 영웅의 반열에 올라서는 것은 아니었다.

조선 후기는 변화를 갈망하는 민중의 숨 막히는 역사다. 이 씨 조선 왕조의 계속된 정권으로 나라는 망가져가고 있었다. 뿌리내린 벼슬아치들의 이기심은 극에 달했다. 조정의 힘이 지방 곳곳까지 미치지 못했다. 지방에서는 미약한 정부의 힘을 이용해 수탈과 있지도 않은 세금을 만들어 농민의 삶을 유린했다.

농민들은 머지않아 세 세상을 열 멋진 진인이 나타날 것이라고 믿었다. 그 사람이 계룡산에 새로운 이상 국가를 세울 것이라 믿었다. 정도령이 나타나 힘없고 굶주리고 가진 자들의 횡포에 죽어가는 민중을 살려줄 것이라고 믿었다. 이것이 정감록이다.

정감록은 한 사람의 진인이 세상을 바꿔줄 것이라 믿었던 사상이었고 동학은 민중 모두가 하느님과 동격으로 모든 이가 다함께 이상 국가를 만들 주인공이라고 설파했다.

정감록이 막연한 삶에 대한 도피이고 의지였다면 동학은 직접 참여하는 실증적인 교리였다.

전봉준이 16세 되던 해다. 정읍 이평에서 강증산이 태어났다. 강증산은 훗날 증산도를 창제한 인물이다. 그의 이름은 강일순이고 아호가 증산이다. 강증산은 어릴 때부터 신동이란 칭호가 붙어 다녔다. 양반이었지만 전봉준처럼 가난했다. 강증산은 전봉준을 선생님처럼 존경했다. 강증산이 한참 서당에 다닐 무렵 전봉준은 서당에서 아이를 가르쳤다. 전봉준이 직접 강증산을 가르친 건 아니지만 전봉준은 틈나는 대로 강증산이 사는 동네에 들러 세상의 진리를 알려줬다. 한 가지를 알려주면 열 가지를 알 정도로 강증산은 똑똑했다. 고부접주인 전봉준이 포교를 하는 날이면 강증산은 나뭇지게를 말목장터에 세우고 포교하는 모습을 뚫어져라 바라보았다. 좌중을 움직이는 전봉준의 카리스마에 강증산은 심취했다. 하늘의 뜻과 백성의 뜻이 하나가 되고 백성이 곧 하늘이라는 뜻을 강증산은 마치 자신이 나아가야 할 신념으로 생각했다.

'머지않아 천상세계를 내 손으로 건설하리라. 세상은 내 것이다. 백성이 곧 하늘인 세상을 내가 건설하여 천상세계로 향하는 길을 만백성에게 알려주리라. 그것은 나만이 할 수 있다.'

강증산이 창시한 증산도는 그 토대가 동학이었음은 누구도 부인하지 못할 것이다. 눈보라가 심하게 불던 겨울 어느 아침이었다.

부풀어 오른 저마다의 구름이 저마다의 표정으로 하늘을 휘저으면 바람은 부푼 구름을 데리고 다니는 것이라서 겨울 하늘의 구름은 잠시도 쉴 틈이 없었다. 산을 휘감은 구름은 결박된 사슬을 풀고 이쪽 산에서 저쪽 산으로 자리를 뜨면 머물렀던 자리는 어김없이 흰 눈이 가득했다.

하루는 전봉준이 솜을 누빈 두루마기를 입고 발이 푹푹 빠지는 길을 짚신만 신고 강증산을 찾아갔다. 먼 산은 가까운 산의 저편에서 희부옇다. 먼 산은 가까운 산의 흰 눈꽃을 닮았다. 산은 굽이굽이 저희끼리 닮았고 들은 산의 발밑에서 저희끼리 닮았다. 산의 눈은 닮아서 원근감을 잃었고 들은 닮아서 논밭을 구분 못했다. 멀리 변산의 눈이 그랬고 가까이 천태산의 눈이 그랬다. 변산의 눈과 천태산의 눈 사이에서 두승산의 산등성이는 한층 더 빛났다. 전라도의 눈은 밤에는 퍼붓고 낮에는 녹는 것이어서 늘 눈 밑의 땅은 진흙투성이다. 밤새 땅이 얼어 아침에는 짚신도 그 땅을 당해내지만, 해가 중천에 오르는 한낮의 땅은 온통 진흙이어서 짚신은 그 땅의 길을 재촉하지 못했다. 전봉준은 해가 떠서 땅이 풀리기 전에 서둘러 길을 재촉했다. 아침 체감온도가 사뭇 매섭다. 전봉준은 벙거지 모자를 푹 눌러쓰고 걸었다. 어젯밤 내린 눈이 녹아 질척이던 땅이 다시 얼었다. 언 땅 위에 다시 눈은 쌓였다. 눈은 해를 보기 싫어했다. 눈은 구름 안에서만 날개를 달았다. 눈은 똑바로 내리지 못하고 바람의 등에 기대 나풀나풀 내렸다. 다시 하늘이 우중충해지더니 눈발은 더 사나웠다. 나풀나풀 내리던 눈은 금세 폭설로 변했다. 다리가 눈에 푹푹 빠졌다. 전봉준은 헝겊을 덧댄 발싸

개를 더 친친 묶으며 없는 길을 만들어나갔다.

강증산은 미래를 예언한다는 소문이 돌아 사람이 속속 모여들었다. 그의 예언은 항상 적중했다. 죽을 자는 죽을 날을 예언했고 아픈 자는 병이 나을 날을 예언했다. 강증산은 새벽부터 일어나 공부를 했다. 굴뚝연기가 하늘로 오르지 못한 채 낮게 침잠했다. 연기는 굴뚝을 타고 내려와 초가지붕의 허름한 담벼락을 에워쌌다. 매콤한 연기와 내리는 눈이 어우러져 강증산의 초가집이 희끗희끗 보였다. 강증산이 한참 공부를 하고 있는데 싸리나무로 만든 울타리를 밀치는 사람이 있었다. 싸리나무에 쌓였던 눈이 일순 무너졌다. 눈은 길바닥으로 낮게 엎드렸다. 전봉준은 헛기침을 두어 번 하더니 이윽고 사람을 불렀다.

"증산이 있는가?"

강증산은 창호지 문틈으로 보이는 다부지지만 초라한 행색의 전봉준을 단숨에 알아보았다. 강증산은 버선발로 뛰어나가 전봉준을 맞았다.

"이게 누구십니까? 이 눈보라를 뚫고 오시다니요? 어서 아랫목으로 오셔서 몸 좀 녹이시지요."

강증산은 정성껏 예를 갖췄다.

"내 자네의 소문은 익히 들었네. 시절이 아주 수상하니 이제는 개나 소나 다 벼슬께나 한다는 놈들은 농민의 뼛골을 갉아먹는데 혈안이 되어 있네. 내 대원군에게 진정했는데도 조병갑이 다시 고부 군수로 오고 말았네. 이제 기댈 곳은 아무 것도 없네. 마지막으로 자네에게 도움을 청하러 왔네. 나를 도와 새 세상을 만들어 보지 않겠나?"

"새 세상이요? 내가 곧 주인이 되고 내가 곧 하늘이 되는 세상 말입니까?"

"그렇다네. 자네와 내가 합치면 세상에 못할게 무언가?"

강증산은 한참 전봉준을 바라보더니 인상이 굳어졌다.

"어린 제가 아는 것이 무엇이오리까? 다만, 아직은 때가 아닌 듯싶습니다. 하늘은 원하는 자에게 하늘을 열어주고 세상은 원하는 자에게 세상을 열어주겠지요. 그러나 접주님이 나서기에는 세상이 아직 때가 오지 않은 듯합니다. 많은 백성이 피로 얼룩져 죽을 것이외다. 접주님의 옥체도 보전하기 어려울 것이외다. 참으소서. 조금만 참으면 후천개벽할 새 세상이 올 것입니다."

"증산이 이 사람아! 지금 한시가 급하다네. 때를 기다리기엔 고통 받는 백성이 너무 많아. 정 자네가 도와주기 싫다면 나라도 혼자 하겠네. 그만 일어서겠네."

화가 난 전봉준은 자리에서 벌떡 일어섰다. 강증산은 전봉준을 붙들었다.

"안됩니다. 접주님께서 그렇게 준비 없이 일을 행한다면 백팔백중 실패하고 말 것입니다. 튼튼한 조직을 만들어서 온 나라에서 동시에 들고 일어서야 합니다. 제가 힘을 키울 때까지 기다려 주십시오."

"듣기 싫네."

전봉준이 사립문을 열고 나가자 강증산은 마룻바닥에 엎드려 다가올 미래를 마치 다 아는 듯 소리쳤다.

"접주님! 세상이 접주님을 내려 보냈지만, 접주님이 직접 세상을 바꾸기에는 역부족입니다. 저를 믿어 주세요. 저만이 이 나라를 구해낼 수 있습니다. 실의에 빠진 백성을 한 곳으로 묶을 힘이 저에게 곧 주어집니다. 저를 믿어주세요. 접주님! 지금 행하시면 머잖아 다가올 것은 죽음뿐입니다."

예언은 적중했다.

강증산이 태어나기 삼백 년 전이다. 그때 조선에는 기축옥사(己丑獄死)라는 큰 사건이 일어났다. 기축옥사는 1589년(선조 22년) 정여립(鄭汝立)이 쿠데타를 일으킨다는 소문을 듣고 이들을 숙청한 사건이다. 정여립은 벼슬에서 물러난 뒤 전주(全州), 진안(鎭安) 등지를 내왕하면서 대동계(大同契)를 조직, 신분에 제한 없이 선비나 불평객들을 모아 무술훈련을 시켰다. 무술훈련은 신분고하가 따로 없었다. 나라에 불평을 가지고 있거나 새로운 세상을 염원하는 사람들을 모아 훈련을 시켰다. 정여립은 민중에게 외쳤다.

"사람에게 신분고하의 씨가 어디에 있느냐? 우리는 모두 평등한 사람이다. 이대로 놓아두면 나라는 탐관오리들의 천국이 될 것이다. 뜻있는 자여 나를 따르라!"

사람들이 구름처럼 모여들었다.

"정 도령이 나타났다. 이제 새 세상이 온다. 와! 정 도령 만세!"

사람들은 정여립이 정 도령이라 믿었다.

이러한 소문이 점차 퍼지게 되자 정여립과 대립하던 송강 정철(松江鄭澈, 1536~1593)이 분개했다. 정철은 마구잡이로 이들을 잡아들였다. 정철의 탄압으로 정여립계열 학자들과 동인(東人) 호남(湖南)지역 인사들 1,000여 명이 숙청당해 호남학계의 맥이 끊기고 반란의 땅이라 하여 호남인들의 정계진출이 어렵게 되어버렸다.

세간에 떠도는 말이 있다.

"정 도령이 세상에 나오면 그가 세상의 왕이 된다."

조정의 귀가 얇은 자들은 정 도령이 바로 정여립이라 믿었다. 그의 소문은 꼬리에 꼬리를 물고 이어졌다. 세상은 정여립의 것으로 기우는 듯했다. 정여립이 바로 미륵이라고 사람들은 급기야 믿기 시작했다. 조정이 놀랐다. 조정은 두 왕의 출현을 반길 리 없었다. 자라는 싹은 뿌리부터 뽑아 없애야 한다는 사실을 조정은 알았다. 조정은 정철을 보냈다.

우리나라 미륵신앙의 경우 정감록(鄭鑑錄)을 중심으로 하는 계룡산파와 호남지방을 중심으로 미륵신앙의 본거지가 된 전라도 모악산의 미륵신앙계보가 있다. 현재에도 모악산파 종교들은 증산교파의 미륵신앙을 하고 있다. 조선정부는 엄연히 상감마마가 계시는데 정여립이 세상의 왕이 될 것이라고 하니 기가 막히지 않을 수 없었다. 정부의 탄압은 극에 달했다.

기축옥사라는 큰 사건으로 호남지방의 학자 1,000여 명이 죽어 호남인맥이 끊기자 지금도 광주, 장성지역 여러 곳에서는 아직까지 북어대가리를 빻으면서 '증철이 빻아라.' 라고 한다는데 증철이는 바로 정철을 두고 하는 말이다.

기축옥사가 일어난 지 약 300년, 강증산이란 사내는 무극대도(無極大道)를 꿈꾸며 모악산 봉우리에서 어지러운 세상을 바로잡을 포부를 가졌다. 정여립의 이후 세상에 나온 또 하나의 걸출한 인물이었다. 세상은 강증산을 알았고 강증산은 동학을 알았다. 강증산은 동학에 심취했으나 전봉준의 동학과는 그 틀을 같이하지 못했다. 농민 봉기로 이룩할 수 없는 더 큰 가치를 강증산은 가지고 있었고 전봉준은 그 가치보다 더 숭고한 농민의 삶의 질을 더 중요시했다. 강증산이 꿈꾸는 나라는 천지공사(天地公事)에서 보듯, 하늘과 땅이 하나로 연결되어 후일 땅의 사람이 하늘로 올라갈 때 천국에 갈 수 있도록 그 길을 미리 공사를 해서 틀을 짜놓는 것을 말한다. 전봉준은 천지공사보다 더 시급한 것이 바로 지금 굶주리고 헐벗고 버림받고 착취당하는 농민의 삶이 더 중요했다. 천심 즉 인심(天心卽人心) 하늘과 사람의 마음이 하나라도 저들이 하루라도 편히 사는 날이 우선이었다.

강증산이 태어나기 전, 하루는 그의 어머니 권 씨가 태몽을 꾸었다. 멀쩡하던 하늘이 갑자기 두 갈래로 벌어졌다. 그곳으로 거대한 불덩이 구름이 내려와 자신의 몸을 덮었다. 갑자기 어두워지던 하늘이 불덩이를 감싸며 천지를 밝혔다. 사흘간 해가 지지 않았다. 강증산이 태어날 때 강증산의 아버지도 꿈을 꾸었다. 두 선녀가 하늘에서 내려와 산모를 간호하고 올라가서 깨어났는데, 그 후 일주일동안 이상한 향이 방안에 가득했다.

강증산은 동학혁명은 실패할 것으로 보고 기성 종교로는 새로운 세상을 구원할 수 없다고 판단했다. 그는 유 · 불 · 선 등의 기성종교의 교리와 음양 · 풍수 · 복서 · 의술 등을 연구하는 한편, 신명(神明)을 부리는 도술과 과거 · 미래를 알 수 있는 공부를 하고 1897년부터 3년간 세상을 보다 널리 알기 위해 전국을 돌아다녔다.

1901년 모악산에 있는 대원사에 들어가 수도생활을 하던 중, 그 해 7월 하늘과 땅의 원리를 깨닫게 되고 인간의 욕심과 음란 · 성냄 · 어리석음의 네 가지를 극복함으로써 마침내 깨달음을 얻었다. 대원사에서 깨달음을 얻은 그는 집으로 돌아와 그 해 겨울 증산교 교리의 핵심인 천지공사(天地公事)를 행하였는데, 1902년부터 1909년까지 7년간 모악산 근방을 중심으로 하여 포교했다.

그는 자신이 세운 종교를 "만고(萬古)에 없는 무극대도(無極大道)"라고만 하였을 뿐, 증산도라는 명칭은 훗날 그의 호를 따서 일컬어진 것이다. 그는 39살의 나이에 세상의 모든 병을 짊어지고 죽었다. 훗날 증산도는 보천교, 대순진리회 등 여러 교파로 명맥을 이어나갔다. 그에 대한 자세한 행적은 문헌 甑山天師公事記(李祥昊, 相生社, 1926)과 大巡典經(李祥昊, 甑山敎本部, 1975)에 수록되었고 그의 일부를 필자는 여기에 수록했다.

12편

고부 농민항쟁

1월의 바람은 차가웠다. 바람은 찬 냉기를 하늘에 이고 전라도 전역을 휩쓸었다. 농한기라 농민들은 거의 일손을 놓고 있었다. 찬바람만이 농한기를 잊고 부지런히 겨울 평야를 들락거렸다. 바람의 아우성은 마치 농민의 아우성인 듯 보였다. 구불구불 이어진 논은 경계가 모호했다. 논두렁은 내 것도 내 이웃 것도 아니었다. 그러나 본격적으로 모를 심으면 논두렁은 서로 자기 것인 듯 보였다.

한 뼘의 땅이라도 더 논으로 만들고자 아래 논에서 논두렁을 깎아 내리고 위 논에서 논두렁을 깎아 내렸다. 논두렁의 폭은 해마다 줄었다. 논두렁은 사람들이 지나는 통로이기도 했고 논에서 사는 벌레들의 길이기도 했다. 논두렁은 나의 논을 지지해주는 담장이기도 했고 내 이웃의 논을 지지해주는 성곽이기도 했다. 논은 곧 성이었다. 성은 곧 울타리였다. 울타리의 견고함에 도둑이 침범하지 못하듯 성의 견고함에 적이 못 쳐들어오듯 논두렁의 견고함에 경계는 모호함에서 탈출하고자 애썼다. 농민은 논두렁 안의 자기 논에서 보리를 심고 모를 심었다. 자기 논에서 거둬들인 수확물로 생계를 이어갔다. 그러나 호시탐탐 농민의 뼈를 갉아먹는 탐관오리가 있었으니 이들은 경계의 밖에서 경계의 안을 무력화시켰다. 거둬들이는 호칭에 따라 수확한 곡식을 빼앗았고 그들의 사리사욕에 따라 착취는 경계를 잃어버렸다. 농민의 한숨에 뼈마디가 시렸다.

조병갑이 다시 고부 군수로 발령이 된 지 그 이튿날, 각 동네의 집강이 고부군 외부면 죽산리에 있는 송두호의 집에 모여들었다. 집강이란 각 마을의 풍기를 담당하고 관의 일을 거드는 향청의 한 소임을 가진 직책이다. 전봉준은 미리 최경선 에게 농민군을 이끌고 밤에 집결토록 지시했다. 그날 오후 전봉준은 동학 간부 열아홉 명과 함께 사발통문을 만들었다.

"너희는 지금 이 사발통문을 각 마을에 돌리도록 해라!"

전봉준의 명령에 집강들이 일제히 사발통문을 들고 달려갔다.

마침내 1월 10일 새벽이 되었다. 어둠 너머로 밝아오는 여명은 앞다투어 일어섰다. 몰아치는 새벽바람에 놀라 까치가 울었다. 예로부터 손님이 오면 까치가 운다는 속설은 틀린 말이다. 까치는 익숙하지 못한 낯선 것에의 경계심 때문에 우는 것이다. 사발통문을 돌리는 그들의 찬바람과 피바람을 까치는 이미 알고 놀라서 우는 것이다.

전봉준의 명으로 돌린 사발통문이 각 마을에 돌려지고 그 통문을 읽은 민중들이 속속 모여들었다. 그들은 저마다 낫과 곡괭이, 쇠스랑을 들고 뛰어왔다. 미처 무기를 손에 쥐지 못한 농민에게는 대나무를 깎아 만든 죽창이 손에 쥐어졌다. 이평 말목장터는 사람들로 인산인해를 이루었다. 남녀노소가 따로 없었다. 아이들도 예외가 아니었다. 자는 아이를 깨워 옷을 입히고 손에 손을 잡고 모여들었다. 혹시 거들어줄 게 없나하고 아흔 살이 넘은 할머니도 동참했다.

전봉준은 말목장터 큰 느티나무 아래에서 민중을 내려 보며 외쳤다.

"여러분! 오늘은 우리가 드디어 계획했던 거사를 단행하는 날이올시다. 저 날강도 같은 고부 군수 조병갑의 머리가 댕강 잘려 깃발 끝에 올라갈 날이 오늘입니다. 여러분! 고부 군수 조병갑은 만석보를 쌓는다고 쌀 7백 섬을 착복했습니다. 여러분! 조병갑에게 쌀을 착복 당한 사람은 모두 손들어 보세요!"

"저요! 저는 내년 가을까지 먹어야 할 곡식마저 빼앗겼어요."

팔 남매를 키우며 살고 있다는 장내리의 김 노인이 땀에 찌든 옷자락을 훔치며 울분에 찬 목소리로 말했다.

짚신 장사를 하던 정우면의 김치도가 외쳤다.

"짚신 장사로 겨우 입에 풀칠을 해 왔는데 며칠 전 창고까지 뒤져서 짚신뿐만 아니라 짚다발까지 전부 뺏앗아 가고 말았습니다."

김치도는 정우면 수금리 좌두에 사는 분으로 전봉준을 동학교에 입교시킨 인물이다. 전봉준이 김치도의 손을 잡으며 말했다.

"아저씨! 이런 쳐 죽일 놈이 어디 있습니까? 아저씨께서 만든 짚신이 몇 푼이나 된다고 그것까지 빼앗아간단 말입니까?"

"저는 이유 없이 붙들려갔다가 동네 사람과 어울려 다닌다고 역모죄로 구속되었습니다. 쌀 열 짝 값을 바치면 풀어준다고 협박을 했어요. 이런 놈이 군수라니요?"

정읍에 사는 22세 백락호가 발끈하며 말했다.

"저는 어머니 환갑잔치 해 주려고 십 년 동안 모아둔 돈까지 다 강탈

당했구먼요. 이런 쳐 죽일 놈이 세상에 어디 있습니까?"

태인에 사는 서한경이 울분을 참지 못한 채 땅바닥에 쇠스랑을 찍었다.

너도나도 조병갑에게 당한 피해를 이야기했고 이야기는 절규에 가까웠다. 전봉준은 민중을 선동했다. 그들의 언어가 남의 언어일 수 없었고 그들의 울분이 남의 울분일 수 없었다. 울분은 들불처럼 번졌다. 바람은 번진 들불을 더 채근했다.

"그러게요. 또, 어머니 모친상을 당했다고 2천 냥을 걷어가다니요? 가만 놓아둘 수가 없습니다. 우리가 쳐들어가서 조병갑을 때려죽입시다."

"우리 아버지는 조병갑의 손에 의해 맞아 죽었습니다. 바른말을 했다고 쳐 죽이는 나라에서 지금 우리는 살고 있습니다. 우리 모두 일어섭시다."

전봉준은 눈물을 글썽이며 악이 바친 목소리로 절규했다. 산천이 들고 일어섰다.

민중은 울부짖었다. 악으로 가득 찬 살기가 낫과 곡괭이에 실렸다. 죽창을 번쩍 들 때마다 새벽 서리가 묻혀 희끗희끗했다. 민중이 동요하기 시작했다. 감정에 못 이겨 통곡하는 아낙네가 눈에 띄었다.

전봉준이 다시 소리쳤다.

"여러분! 이제 우리가 일어섭시다. 우리 마을을 우리가 지켜냅시다. 저는 여러분에게 지금 제안합니다."

"첫째, 고부 성을 격파하고 군수 조병갑을 효수할 것, 둘째, 군기창과 화약고를 점령할 것, 셋째, 군수에게 빌붙어 백성을 수탈한 탐관오리를 제거할 것, 넷째, 전주감영을 함락하고 서울로 곧바로 향할 것. 이상입니다. 여러분 할 수 있습니까?"

"예, 빨리 쳐들어갑시다. 전주를 함락하고 서울까지 밀어붙입시다. 썩어빠진 조정까지 확 갈아버립시다."

"와! 와!"

함성은 천지를 진동했다. 진동은 지축을 흔들었다. 새벽이 깨어났다. 민중이 불같이 일어섰다. 일어선 불은 사그라질 줄 몰랐다. 불은 한 번 붙으면 활활 타는 것이어서 조그만 바람에는 끄떡도 하지 않고 오히려 더 활활 탈 수 있는 불쏘시개 역할을 해주었다. 민중을 자극하고 자극된 민중의 뇌관에 화약을 끼얹을 때 뇌관은 맹렬한 기세로 폭파되는 것이었다.

"부녀자와 아이, 노약자는 빠지세요. 그리고 나머지도 지금 나를 따르지 않을 자는 이 자리를 뜨시오. 이후 빠지려는 자는 가차 없이 목을 벨 것이오."

부녀자도 싸움에 동참하겠다고 외쳤지만 전봉준은 극구 말렸다.

"안 됩니다. 우리는 지금 죽음을 각오하고 쳐들어가는 것입니다. 우리가 죽으면 아이들은 누가 키우고 부모님은 누가 모시겠습니까? 누군가는 남아 있어야 합니다."

부녀자와 노약자, 어린아이와 몇몇 젊은이가 이탈했다. 강증산도 여기에 속했다.

전봉준은 큰 칼을 휘두르더니 갑자기 앞에 놓인 오리의 모가지를 댕강 잘라버렸다.

"챗!"

힘없이 오리대가리가 나뒹굴었다.

이유를 모르고 민중의 외침에 귀 기울이던 오리는 맥없이 대가리를 땅바닥에 떨어뜨렸다. 떨어져 나간 오리의 목에서 피가 솟구쳐 나왔다. 전봉준은 그 피를 벌컥벌컥 들이켰다. 이를 지켜보던 사람들의 눈동자가 일순 고요했다. 고요하다 못해 숙연했다. 숙연하다 못해 장중했다. 땅바닥을 구르던 오리의 눈이 일순 민중의 눈과 마주쳤다. 민중은 눈을 바로 뜨지 못했다. 민중은 그 숙연한 고요 때문에 눈을 뜨지 못했고 오리는 그 숙연한 목숨 없음에 눈을 부릅뜨고 쉬이 감지 못했다. 오리는 민중과 눈싸움을 계속 하는가 싶더니 마침내 눈을 감았고 민중은 오리의 감은 눈 밖에서 기신기신 눈을 떴다. 그리고 주먹을 불끈 쥐었다.

'피를 보는 자 피로 망한다고 했는데…….'

지켜보던 강증산이 혼잣말로 걱정했다. 강증산이 보는 미래는 전봉준의 미래가 아니었다. 그 미래는 곧 자신이 개척해나가야 할 자신의 미래였다. 그 미래를 전봉준이 따라가기엔 하늘의 운이 미치지 못했다. 강증산은 자신만이 세상을 바꿀 유일한 사람이라고 생각했다. 오리의 피를 벌컥 들이켠 전봉준은 그걸 따질 시간이 없었다. 오직, 민중의 힘으로 민중 아닌 탐관오리를 격멸시켜야 한다는 논리만이 전부였다. 전부는 일부 위에서 군림했다. 일부와 일부가 모여 전부가 되고 전부는 일부의 내일이 되었다. 오늘 일부가 또 다른 오늘을 만나 내일의 전부가 탄생하는 것이었다. 전봉준이 오늘을 걱정했다면 강증산은 오늘 이후의 내일을 걱정하는 중이었다. 뻔히 보이는 앞날이 바둑판의 몇 수 앞을 아는 것처럼 강증산에게는 뚜렷했다. 강증산은 고부 관아로 향하는 농민들의 발걸음 소리를 먼발치서 안타깝게 바라보고만 있었다.

전봉준은 피 묻은 칼을 높이 쳐들며 외쳤다.

"나는 지금 여러분에게 피로써 선서하는 바이다. 지금부터 모든 농민군은 내가 진두지휘 하겠다. 내 말을 어기는 자는 이 칼이 용서치 않으리라! 우리의 목표가 완수되는 날까지 산 자여! 나를 따르라!"

"와! 전봉준 장군 만세!"

"전봉준 장군 만세!"

만세 소리에 맞춰 풍물패의 신나는 풍물이 이어졌다. 그것은 흡사 전쟁터에서 북을 둥둥 치며 아군의 사기를 충전시키고 아군의 공격 방향을 알려주는 신호나 다름없었다. 징과 꽹과리의 요란한 울림은 농민군의 사기를 올려주었다.

산자가 뛰었다. 말목장터에서 농민은 뛰었다. 그들은 아직 산자였다. 살았기 때문에 뛰었다. 언제 그들이 죽은 자가 될지는 알 수 없었다. 그들은 죽은 자로 이름이 불리기를 원치 않았다. 아직은 죽을 때가 아니라고 그들은 생각했다. 그들이 죽을 날은 산 날보다 훨씬 더 먼 훗날일 거라고 믿었다. 일부는 달구지를 끌고 일부는 달구지를 타고 달렸다. 그들은 고부로 뛰었다. 황톳길에 쌓인 눈이 달구지의 바퀴자락에 풀풀 날렸다. 거센 눈보라도 민중의 힘 앞에 맥없이 주저앉았다. 주저앉은 눈길을 분노에 찬 민중이 다시 뛰었다. 그들의 뜀은 절박했다. 절박한 호흡이 턱에 콱콱 막혔다. 호흡은 숨 가빴고 숨 돌릴 틈이 없었다.

농민은 미리 예동 김 진사의 집에 만들어 두었던 칼과 창을 들었다.

급작스레 깎은 죽창을 든 사람도 있었다. 죽창이 없는 사람은 행군 중에 군데군데 널려 있는 주위의 대나무를 잘라 죽창을 만들어 가졌다. 단지 겁을 주려는 게 아니었다. 쳐 죽여도 시원찮을 원한이 사무쳐 농민들의 눈에선 광기가 흘렀다. 광기는 살기를 동반한 것이어서 피를 봐야 끝이 난다. 끝이 나기 전까지는 민중은 물러섬이 없었다.

이들은 고부의 북성 안으로 물밀듯 쳐들어갔다. 굳게 닫힌 성문을 김도삼은 곡괭이로 부쉈다. 성문이 열렸다. 도망치다 붙잡힌 관군 한 명이 김도삼이 찌른 죽창에 찔려 고꾸라졌다. 피가 튀었다. 김도삼의 얼굴에 핏물이 튀겨 얼었다. 피가 튀겨 떨어져 나뒹구는 관군을 또 다른 관군이 목격했다. 목격한 관군이 흥분했다. 결국, 군아를 지키던 관군의 칼에 의해 농민군 두 명의 목이 떨어졌다. 그들의 칼은 날렵했다. 추풍낙엽처럼 댕강 잘린 머리가 군아 바닥을 굴렀다. 눈을 뜬 농민군의 머리가 또르르 구르다 관군을 쳐다보았다. 관군은 겁에 질려 고개를 돌렸다. 옆에서 목이 잘려나가는 동지를 바라보는 농민군은 이제 보이는 것이 없었다. 피는 피를 불렀다.

"저놈 죽여라!"

죽창이 관군의 가슴을 찔렀다. 곡괭이가 관군의 머리를 부수었다. 아수라장이었다. 농민군은 군아 안으로 달려가 아전 세 명을 잡아 목을 베어버렸다. 베고 베이고 잘려나간 머리가 나뒹굴며 오늘을 기억할 뿐 내일을 기억하지 못했다. 아비규환의 피비린내 나는 살육전이 자행되었다. 피는 또, 피를 불렀다. 악은 악을 불렀다. 피와 악이 엉겨 붙어 필요악이 되었다. 정익서와 최경선은 무고하게 잡혀 옥살이를 하는 농민을 구출했다. 젊은이들은 무기고를 부수고 무기를 꺼내 달구지에 실었다.

"조병갑을 찾아라!"

누군가 소리쳤다.

김도삼과 이우재는 고부군아 안에 있는 조병갑의 내사로 쳐들어갔다. 김도삼이 칼을 빼들고 방문을 열었다. 놀란 바람이 재빨리 토방마루를 지나 휑하니 달아났다.

"앗, 살 살려주세요."

미처 저고리를 다 걸치지 못한 기생 한 명이 드러난 젖가슴을 숨기며 벌떡 일어났다.

"네 이년! 조병갑은 지금 어디 있느냐?"

"새벽에 도망갔어요!"

"이런 한 발 늦었군, 어디로 갔느냐?"

"글쎄 어디로 간다는 말은 없었구먼요."

"누구랑 갔느냐?"

"영원에 사는 조성국 씨가 찾아와서 큰일 났다며 모시고 갔어요."

김도삼은 젊은 혈기를 가진 박남철과 이맹우에게 조병갑을 뒤쫓아가라고 명령했다. 그들은 바람같이 달려 정읍 쪽으로 조병갑을 뒤쫓았으나 이들의 행방은 묘연했다.

주인이 도망친 관아는 질서가 없이 우왕좌왕했다. 쳐들어온다는 첩보를 받고도 관군은 이에 대비할 수 없었다. 죽음을 피해 달아나는 민중이 아니라 죽기를 각오하고 뛰어든 민중은 자살테러를 하는 것이나 마찬가지다. 그들에겐 죽음이 영광이었고 그들에겐 삶은 극히 큰 의미가 없었다. 산자는 죽을 날을 위해 싸웠다. 죽은 자는 산자의 행방을 몰랐다.

그러나 관군은 달랐다. 살아야 했다. 상부의 지시대로 움직이는 꼭두각시에 불과했다. 조정의 녹을 먹고사는 사람에 불과했다. 살아야 했다. 죽음은 자신과는 무관한 일이라고 생각했다. 관군은 죽음의 이유를 몰랐다. 그래서 도망쳤다. 쫓는 자 앞에서 대항하다 죽는 것보다 도망쳐서 목숨을 부지하는 것이 관군에게는 나았다. 그것이 숙명이었고 그것이 고부 농민 항쟁이었다.

조병갑은 고부를 탈출해 곧장 전주로 피신했다가 전주 감영을 찾아갔다. 농민군에게 쫓긴 그의 몰골은 거지와 다름없었다. 그의 표정은 어두웠다. 그는 김문현에게 목숨을 구걸했다. 추웠다. 전라감사 김문현이 깜짝 놀라서 그를 불러들였다. 고부 항쟁은 이미 김문현의 귀에 들어와 있었다.

"이게 어찌 된 일이오?"

"전봉준이란 놈이 고부 관아를 습격했습니다. 쫓기다가 겨우 나리한테 찾아왔습니다. 살려주시오. 감사 나리! 저한테 군사 1천 명만 주십시오. 당장 고부로 달려가 난을 일으킨 전봉준이 이놈 목을 댕강 잘라 오겠습니다."

전라 감사 김문현은 눈을 흘기며 조병갑을 바라보았다.

"지금 그걸 말이라고 하시오? 군사가 없어 고부가 쑥대밭이 되었겠소이까? 어허! 무능한 게지요. 농민들을 어떻게 대했기에. 쯧쯧."

김문현은 조병갑을 심하게 질책했다. 조병갑은 할 말이 없었다.

농민 항쟁이 일어난 지 1주일 만에 이들은 무기와 곡식을 싣고 진을 말목으로 옮겼다. 만석보는 농민들의 힘으로 파괴되었다. 말목은 이평에 장이 서던 말목장터를 말한다. 소문은 하늘을 찔렀다. 소문은 손화중과 김개남에게까지 전파되었다. 손화중과 김개남은 진심으로 기뻐했다. 오백여 명이던 농민군은 어느새 만여 명으로 늘어났다. 사람들은 농민군의 대열에 합류하려고 인산인해를 이루었다.

13편

정월에 온 손님

장지문은 아버지를 땅에 묻었다. 가슴에도 묻었다. 묻지 않은 세상을 원망하며 묻어버린 세상과 이별했다. 장지문은 최시형과 헤어진 후, 이른 아침 아버지의 유언에 따라 길고 긴 여행길을 재촉했다. 장지문은 어디까지가 강원도고 어디부터가 전라도 땅인지 알지 못했다. 정월의 날씨는 매서웠다. 엽전 몇 닢과 주먹밥을 보자기에 싸서 허리춤에 묶고 길을 나섰다. 봉화, 영주를 넘어 예천으로 향하는데 날이 저물었다. 간간히 보이던 검은 구름은 소백산에 걸쳐 눈 폭풍을 만들었다. 그녀의 입김이 머리카락을 스쳤다. 스치던 입김이 머리카락에 달라붙어 얼었다. 머리카락마다 상고대가 피었다. 칼을 품은 바람이 그녀의 볼을 찢었다. 벌겋게 얼어붙어 터진 자리에 피가 맺혔다. 장지문은 기신기신 걸었다. 소백산 죽령고개가 구름에 가려 사라졌다. 눈보라는 한치 앞의 미래를 예언하지 않았다. 무릎까지 차오르는 눈을 헤치고 더는 나아갈 수 없었다. 장지문은 예천 읍내를 얼마 남기지 않고 기어이 탱자나무 울타리가 끝나는 어느 시골집에서 쓰러지고 말았다. 쓰러진 장지문 옆에서 개가 컹컹 짖었다. 개 짖는 소리에 개 주인이 방문을 열었다. 깜짝 놀란 사내가 뛰어나왔다.

"낭자! 눈을 떠 보시오!"

쓰러진 장지문을 사내가 보듬어 아랫목에 뉘였다. 장지문의 몸이 펄펄 끓었다.

사내는 부엌으로 들어가 아궁이에 마른 통나무 세 개를 더 밀어 넣었다. 나무 아래 갈퀴나무 두 줌을 뿌렸다. 잘 마른 갈색 솔잎은 불이 붙자 삽시간에 맹렬히 일어섰다. 사내는 찬 물수건을 장지문의 이마에 얹어주었다. 열이 좀 가라앉자 사내는 보리밥에 물을 붓고 펄펄 끓여 그녀 앞에 내밀었다. 이윽고 장지문이 눈을 떴다.

"드세요. 드릴게 이것밖에 없구먼요."

수염이 덥수룩한 사내가 거구의 몸을 방바닥에 앉히고 자신을 내려다보고 있었다. 방안에는 온갖 동물모양의 가죽이 걸려있었다. 장지문이 놀라 재빨리 방어 자세를 취했다. 사내가 말했다.

"진정하세요. 저는 사냥을 해서 먹고 삽니더."

"신세를 지게 되었군요. 고마워요."

장지문이 일어나 앉으며 대답했다.

"어디를 가시는 길입니까?"

궁금한 듯 사내가 물었다. 장지문은 대답할 기력이 없었다. 사내가 조심스럽게 내미는 숟가락을 받아 보리 국물을 마셨다. 목젖을 타고 몸속으로 내려간 보릿국물이 솜이불에 물이 스며들 듯 한꺼번에 퍼졌다. 아득한 것들이 깨어나 안온한 것들 속으로 파고들었다. 따뜻한 온돌방의 훈기와 사내의 훈훈한 인정과 보릿국물의 따스함이 혼합되어 장지문은 취했다.

"피곤할 텐데 아무 걱정 말고 주무세요. 저는 부엌에서 자리다."

사내가 나가면서 불을 꺼 주었다. 장지문은 낯설음에 대한 두려움으로 몸을 뒤척이는가 싶더니 피곤에 지쳐 이내 잠이 들었다.

이튿날 장지문이 눈을 떴다. 문득 생각이 나서 장지문은 얼른 부엌문을 열었다. 부엌에 있어야 할 사내가 보이지 않았다.

'어디 갔지?'

장지문은 고개를 갸웃거리며 찬장 옆에 퍼놓은 보리를 씻어 밥을 지었다. 한참 후에 사내가 돌아왔다.

"꿩을 잡아왔구먼요. 조금만 기다려요."

사내의 칼이 꿩의 가죽을 벗겼다. 사내는 벗긴 가죽 안에 짚을 넣어 박제를 만들었다. 장지문이 익숙한 사내의 손놀림을 바라보았다.

"완전히 말려야 합니다. 잘 말려서 팔면 양식과 바꿀 수 있구먼요."

사내는 알몸이 된 꿩의 배를 갈라 버릴 것만 버리고 깨끗이 씻은 다음 끓는 물에 집어넣었다.

삶은 꿩고기와 보리밥으로 아침식사를 마치자 장지문이 말했다.

"그만 일어서겠습니다. 무엇으로 이 은혜를 갚아야 할지 모르겠습니다."

"그 몸으로 어디를 가신다는 말입니까?"

"전라도 고부까지 가야 합니다. 갈 길이 멉니다."

"가야 할 연유를 말해 주시오."

"저는 동학교인입니다. 전봉준 접주님을 뵈어야 합니다."

"동학 말입니까? 동학이 대체 무엇이온데 온 나라가 이렇게도 술렁인단 말입니까?"

"동학은 사람이 곧 하느님이며 만물이 모두 하느님이라고 보는 천도교(天道教)입니다. 천심 즉 인심(天心卽人心)은 하늘의 마음이 곧 사람의 마음이라는 뜻입니다."

"어렵군요."

"동학에 대해 더 궁금하신 점이 있으면 최시형 교주님을 찾으세요. 이곳 동학 접주님께 가르침을 받으셔도 됩니다."

"지금 이곳 경상도는 주자학이 대세입니다. 주자학을 따르는 대부분의 유생들은 다른 종교는 사교라고도 하고 이단이라고도 합니다. 대부분의 양반들 눈에는 눈엣가시 같은 종교지요. 각 고을마다 유생들과 향리로 이루어진 민보군이 활동합니다. 조심하세요."

"고맙습니다."

"이름이나마 알 수 있겠습니까?"

"저는 장지문입니다."

사내가 장지문을 되뇌는가 싶더니 말했다.

"저의 이름은 나상무입니다. 다시 뵐 수 있는 기회가 오면 좋겠습니다."

"동학을 믿게 되면 언제든 다시 뵐 날 있으리다. 그럼 이만……."

사내는 장지문이 시야에서 보이지 않을 때까지 바라보았다. 눈도 그쳤고 바람도 멎었다. 장지문은 사내가 담아준 꿩고기와 소금을 보자기에 싸서 허리춤에 묶었다.

모처럼 햇살이 눈부시게 내리쬐었다. 내린 눈이 일제히 보석처럼 반짝거렸다. 기력을 회복한 장지문의 발걸음이 가벼웠다. 아쉬운 듯 사내의 눈이 장지문의 뒤태에서 헤어나지 못했다. 바람은 순했으며 햇살은 살이 여물어 토실토실했다.

14편

자객

1월 17일 말목으로 진을 옮긴 농민군은 말목에서 굶주린 백성과 재산을 빼앗긴 농민에게 곡식을 나누어주었다. 농민들은 아이와 어른 할 것 없이 모두 말목장터에 와서 곡식을 받아갔다. 모처럼 환한 웃음이 농민들에게 보였다. 말목 장터를 순시하던 전봉준과 최경선도 흐뭇했다.

"접주님! 참 보기 좋습니다."

최경선이 전봉준 곁에서 이를 지켜보며 말했다.

"그러게 이제 보릿고개는 면할 수 있을 게야. 빨리 제대로 된 군수가 들어와야 할 텐데……."

"각지에서 지금 농민들이 속속 모여들고 있습니다. 만 명도 넘겠구먼요."

"그러게 저들이 저렇게 모이는 것은 좋다만 저들을 다 훈련시키고 먹이고 하려면 많은 식량이 필요할 텐데 큰일이야."

전봉준은 진심으로 걱정했다. 먹어야 싸울 수 있기 때문이다.

"일단 농민들 배는 굶기지 않았으니까 나머지는 군량미로 보관하죠."

최경선이 방책을 내 놓았다.

"그래, 일단 그렇게 하자. 그런데 그다음이 문제야. 싸움이 길어지면 식량은 금세 바닥이 날 텐데……."

전봉준은 앞으로 더 큰 싸움이 자신을 기다리고 있다는 것을 알았다. 그것은 전봉준 자신의 동물적인 감각에서 나오는 것이었다. 그 능력은 강증산에 비해 뒤지지 않았다.

"김덕명 금구 접주님께 부탁을 해 보시죠."

최경선이 전봉준의 심중을 헤아리고 말했다.

"이미 우리를 도와주고 있긴 하다만 다시 부탁을 해 봐야겠다."

이후, 김덕명은 이들의 뒤에서 물자를 조달하는 역학을 맡았다. 김덕명의 문중 재산이 동학농민운동에 대대적으로 지원되었다.

이튿날, 이평 말목장터에 장이 열렸다. 농민군이 모이고 사람이 인산인해를 이루자 장꾼들은 더 늘어났다. 엿장수, 술장수, 떡장수, 팥죽장수 등 장판마다 사람들은 호기심 어린 눈으로 모여들었다. 사람이 모이자 관상쟁이와 야바위꾼이 모여들었고 군데군데 투전판과 윷놀이 판이 꾸려졌다. 막걸리에 취해서 싸우는 사람, 콧물을 질질 흘리는 어린 아이를 달래는 열다섯 살 색시 등 장은 어수선했다. 짚신을 파는 사람, 옹기장수도 눈에 띄었다. 돈이 없는 이들은 곡식을 가져와 생필품과 바꿔갔다. 전봉준은 장에 나온 백성을 배불리 먹였다. 전봉준이 시장을 둘러보고 있는데 최경선한테 전갈이 왔다.

"전라 감영에서 정석진이란 장교가 찾아왔는데요. 긴히 상의할 일이 있다는데요."

"혼자 왔더냐?"

"예, 혼자랍니다."

"안으로 모시게."

정석진은 전봉준과 일대일로 협상에 들어갔다.

"난을 일으킨 죄는 국법에 어긋난 중대한 죄임을 알 것입니다. 아직 조정에는 이 사실을 보고하지 않았으니 조용히 해산하면 없던 일로 하겠다는 전라감사님의 말씀입니다."

시종 정중한 어투에 전봉준은 차분하게 말을 받았다.

"지금 해산을 하란 거요? 우린 역적모의를 해서 나라를 어지럽히고자 일어선 게 아니오. 당장 조병갑의 모가지부터 자르고 각 고을 수령에게 백성의 재산을 함부로 강탈하지 말라고 영을 내리시오. 그게 선행되지 않고는 우리는 물러설 수 없소이다."

전봉준의 말에는 위엄이 있었다. 위엄 뒤에는 결의가 숨겨있었다. 눈빛을 타고 흐르는 전봉준의 결의를 정석진의 눈이 똑바로 바라볼 수 없었다. 그 위력은 섬광처럼 섬뜩했다. 바로 그때였다. 장터에서 건장한 사내 10여 명이 몰려다니며 주위 동정을 살피고 있었다. 저마다 손에는 당목 자루를 들고 있었다. 순찰을 돌던 김도삼에게 이들의 움직임이 시야에 잡혔다. 김도삼은 같은 농민군들과 함께 창을 들고 이들을 막아섰다.

"어이 형씨들! 쪼까 나 좀 봅시다."

일순 긴장이 엄습했다. 사내의 얼굴이 붉어졌다. 눈빛이 사시나무 떨듯 떨렸다. 사내의 뒤를 따르던 아홉 명의 사내가 제일 앞에 선 사내의 눈빛만 바라보았다. 그것은 대장의 명령만 기다리겠다는 부하들의 모습과 흡사했다. 김도삼의 눈빛은 벌써 그들의 심리를 읽었다.

"지금 저를 불렀습니까? 담배 사시려고요?"

사내는 당목 자루를 치켜들었다. 태연함을 가장한 것이었기에 사내의 목소리는 떨렸다.

"형씨들 이 동네 사람이 아닌 것 같은데 여긴 왜 왔소?"

의심의 눈초리가 낯선 사내들에게 꽂혔다.

"아, 보면 몰라요? 담배 팔러 다니잖소?"

사내의 말투가 반항 조로 변했다. 그의 목소리가 심하게 떨렸다. 상대의 허세 사이로 공세는 시작된다. 흔들리는 허의 공간을 메워 보려고 사내는 안간힘을 썼다.

"어디 그 자루 좀 한 번 봅시다. 안에 있는 물건을 꺼내보시오."

사내는 당황했다. 이윽고 일행에게 눈짓을 하는가 싶더니 사내는 자루에 손을 넣었다. 사내가 꺼낸 것은 담배가 아니었다. 사내는 자루에서 시퍼런 칼을 꺼내 들었다. 동시에 뒤따르던 사내들이 일제히 당목 자루에서 칼을 꺼냈다. 태양빛이 시퍼런 칼의 칼날을 물고 번뜩였다. 칼날에는 살기가 가득 얹혀 파르르 떨렸다.

당황한 농민군이 뒤로 물러났다. 물러서는 농민을 향해 사내는 창을 밀치고 정확히 김정민의 목을 내리쳤다. 김정민의 목에서 피가 솟구쳤다. 영원에서 온 동학도인데 김도삼이 아끼는 인물이었다. 김정민이 피를 뿌리며 그 자리에 쓰러졌다.

"우리는 전라 감영에서 제일가는 검객이다. 순순히 물러서라!"

맨 앞에 섰던 사내가 우렁차게 외쳤다. 자신감이다. 그것은 분명 농민군을 먼저 죽여 피를 본 굶주린 자의 포효였다.

"뭣들 하느냐! 창을 던져라!"

김도삼이 외쳤다.

죽창은 정확히 포효하던 사내의 관자놀이를 향해 날아갔다. 사내가 잽싸게 피했다. 다시 두 개의 창이 날아갔다. 사내는 한 개의 창을 피했지만 두 번째 창을 피하지 못했다. 사내가 창이 꽂힌 채 쓰러졌다. 일제히 농민군은 그들을 향해 죽창을 던졌다. 칼은 죽창의 기세에 놀라 죽창은 공세가 되고 칼은 허세로 변했다. 공세는 탄력을 받아 더 저돌적으로 적의 머리를 향해 날았다. 놀란 나머지 사내들이 달아났다. 달아나던 사내가 창에 맞았다. 창을 맞은 사내는 열 발자국을 도망치다 쓰러졌다. 쓰러지는 자리에 피가 낭창했다. 그는 죽지 않았다. 죽지 않은 사내의 등에 칼이 스치는가 싶더니 이내 섬광이 스쳤다. 일순 사내는 침묵했다. 농민군은 그를 밟고 다른 일행을 뒤쫓았다. 바로 그때였다. 밖에서 고함을 들은 정석진이 갑자기 자리에서 일어서더니 몸을 날려 막사의 벽에 걸려있던 전봉준의 칼을 집어 들었다.

"슈우욱!"

정석진은 잠시의 틈도 없이 바로 전봉준의 머리를 내리쳤다. 매서운 전봉준의 눈빛이 자신의 칼에 비춰졌다. 자신의 칼에 자신이 죽어야 하는 운명을 전봉준은 믿지 않았다.

'저 칼은 내 칼이다. 내가 맞을 칼은 내 칼이 아니다.'

생각과 동시에 전봉준은 내리치던 칼을 피해 잽싸게 앉아 있던 통나무 통을 집어 칼을 막았다. 칼은 통나무에 박혔다. 정석진이 칼을 빼려할 찰나 전봉준의 발은 정확히 정석진의 명치를 깊숙이 파고들었다. 그의 엄지발가락이 명치 깊숙한 내장을 후볐다. 정석진은 피를 토하며 쓰러졌다. 그러나 그는 다시 일어났다.

고통을 느끼며 정석진이 움찔하자 전봉준은 들고 있던 통나무를 던졌다. 통나무는 정석진의 머리를 향해 돌진했다. 정석진은 날아오는 통나무를 피해 창호지로 만들어놓은 창문으로 몸을 날렸다. 창호지 문이 힘없이 부서졌다. 부서진 문밖으로 정석진의 몸이 튕겨나갔다. 통나무도 정석진을 향해 창문 밖으로 날아갔다. 정석진은 도망쳤다. 통나무에 박힌 칼이 방향을 잃은 채 바닥에 떨어졌다. 도망치고 없는 맨땅에 통나무가 데굴데굴 굴렀다. 농민군이 뒤쫓았다.

"저기다. 쏴라!"

도망치던 정석진 뒤로 막사를 지키던 농민군의 죽창이 날아갔다. 죽창은 달리는 정석진을 앞섰다. 죽창 한 개는 정석진의 앞 느티나무에 꽂혔고 다음 창은 정확히 정석진의 등을 후벼 팠다. 등에 꽂힌 창이 대롱대롱 매달렸다. 정석진이 세 걸음을 더 도망치다 마침내 쓰러졌다. 다시 다른 창이 쓰러지는 정석진을 베어 물었다. 정석진은 즉사했다.

김도삼은 끝까지 사내를 추격해서 한 사람을 생포했다. 사내가 자백했다. 전라감사 김문현이 보낸 자객이었다. 전봉준은 안도의 한숨을 길게 쉬었다.

'아직은 내가 죽을 때가 아니지 않은가? 나는 죽을 수 없다.'

전봉준은 진을 백산으로 옮겼다. 강증산의 말이 머릿속에서 맴돌았다.

15편

백산

평야지대라서 산은 그 높이를 자랑하지 못했고 땅은 그 넓이를 자랑했다. 정읍에서 이평으로 이평에서 영원으로 이어진 평야는 고부와 평교를 아우르며 백산과 부안 김제를 드넓게 포진하며 곡창지대를 이루었다.

백산을 혹자는 죽산이라고도 했다.

해발 47미터의 낮은 산이다. 산은 낮되 삼한 이래 토성이 쌓여 있어 싸움을 하기엔 안성맞춤이다. 고부 들판으로 이어진 백산은 부안과 김제, 정읍 사이에 있음으로써 교통의 요지가 되었다. 산꼭대기에서 내려다보이는 들판은 그지없이 넓었다.

농민군의 숫자가 헤아릴 수 없이 많아지고 이들은 각각 흰옷을 즐겨 입었다. 이들이 일제히 일어서면 흰옷밖에 보이지 않았으므로 백산(白山)이요, 이들이 앉으면 긴 대나무 창만 보였으니 죽산(竹山)이라 했다.

농민군이 백산으로 총 집결한다는 첩보를 받은 전라감사 김문현은 끙끙 앓았다. 말목장터의 자객침투 실패로 인해 전의를 상실한 채 헤어나지 못했다. 김문현 자신이 직접 조정에 조병갑을 고부 군수로 임명해달라고 애원하지 않았던가? 그랬으니 섣불리 조정에 보고했다가는 자신의 목이 먼저 날아갈 판이었다. 전라감사 김문현은 어떻게든 조정이 알기 전에 일을 마무리 짓고 싶었다. 김문현은 마침내 일어섰다.

"전라지역 관군을 총 동원해 전봉준과 동학도들을 처단하라!"

김문현의 명령에 보부상이 움직였다. 보부상은 전시나 국가 위급 시 국가의 군대 역할을 하는 일종의 예비군과 비슷했다. 평상시에는 장사를 하고 전시에는 전쟁에 투입되는 것이다. 이들은 저마다 변장을 했다. 구경꾼 차림, 장사꾼 차림, 농사꾼 차림으로 백산에 잠입했다. 그 수는 200여 명을 넘었다.

백산에 진을 친 전봉준은 새벽녘에 성곽을 따라 농민군을 순시했다.

농민군 한 사람이 눈에 밟혔다. 그의 짚신은 다 닳아 꼬아놓은 새끼가 풀렸다. 풀린 새끼줄에 얼음이 얼어 대롱대롱 끌려 다녔다. 옷은 몇 겹을 기웠는지 누더기였다. 농민군의 발가락이 밖으로 삐져나와 퉁퉁 부었다. 전봉준은 가지고 간 담뱃잎으로 그의 발을 감싸주고 새로 촘촘히 짠 짚신을 신겨주었다. 짚신 안에 지푸라기를 넣었다. 돌아서려던 전봉준이 다시 돌아왔다.

"잠깐 신발을 벗어보시게."

농민군이 신발을 벗자 전봉준이 신발 안에 목화솜을 넣어주었다.

"견딜 만하신가?"

"예."

젊은이는 어쩔 줄을 몰랐다.

"근무 끝나면 부엌 아궁이 옆에서 자도록 조치를 취해 주겠네!"

전봉준은 최경선에게 말했다.

"무리하게 부하들을 근무시키지 말고 자주 교대를 해 주게. 이 엄동설한에 얼마나 춥겠는가? 몸도 추울 텐데 마음은 또 어떻겠는가? 말 한마디라도 따뜻하게 해 주게."

"예, 장군님!"

성곽 안쪽이 무너져 길이 사라진 곳으로 들판의 찬바람이 바람 길인 줄 알고 몰려왔다. 바람은 막힘과 막힘 사이로 몰려다니며 막힌 곳을 소통하려고 애썼다. 나무가 울창한 숲보다 계곡의 바람이 훨씬 강하다. 바로 그 때문이다. 전봉준은 팔을 걷어붙이고 가마니에 흙을 담아 성곽에 쌓았다. 전봉준의 흙 묻은 손이 터서 갈라졌다. 이를 보던 부하들이 극구 말렸다.

"장군님! 아랫사람들 시키십시오. 혹시라도 몸에 변고라고 생길까 걱정입니다."

"아닐세! 저들이라고 이 일이 어디 하고 싶겠는가? 이 추위에 자기 몸 하나 건사하기도 어려울 텐데……."

성을 따라 꼭대기에 오르니 해가 떠올랐다. 평야가 눈에 훤히 들어왔다. 비뚤비뚤 이어진 논과 밭은 보리가 심겨 있었고 보리는 눈 이불을 덮고 있었다.

'저 보리가 빨리 자라 농민들이 배불리 먹어야 할 텐데, 걱정이구나!'

전봉준은 몰려드는 농민군들의 안위가 걱정이었다. 싸우려면 먹어야 했고 이기려면 튼튼해야 했다.

보름날 밤 전봉준은 민가에서 기르던 돼지 두 마리를 잡아 농민군을 먹였다. 자신은 막사에서 부하들과 먹다 남은 돼지의 발을 삶아서 새우젓에 찍어 먹었다.

"장군님! 좋은 부위를 드시죠. 왜 하필 돼지의 발을 드시고자 하십니까?"

김도삼이 의아해하며 물었다.

"어딘들 어떤가? 나보다 저들이 배불리 먹어야지. 나는 서서 지휘하지만 저들은 온 몸으로 적을 맞아야 하지 않는가? 저들의 수고가 어찌 나와 비교가 되겠는가? 국물이라도 넉넉하게 채워 저들을 배불리 먹이게."

뜨거운 돼지 국밥이 농민군에게 돌려졌다.

막사 안이 숙연해졌다. 최경선은 아무 말도 못하고 돼지의 발을 얇게 잘랐다. 칼은 잘 삶아진 돼지의 발을 부드럽게 잘랐다. 족발은 결을 따라 칼날이 들어가야 잘 잘렸다. 칼을 잘 쓰는 사람은 그 결을 아는 사람이다. 나무를 도끼로 자를 때도 마찬가지다. 결과 반대로 자르면 나무는 잘라지지 않고 튕겨 나간다. 나무의 결과 도끼의 결이 화합을 이룰 때 나무는 부드럽게 잘린다. 최경선이 통마늘을 구해와 잘랐다. 돼지발은 뜻밖에 맛이 있었다. 막사 밖에서 수군대는 소리가 들렸다.

"이보게 돼지를 왜 살코기를 안 먹고 발을 먹는 당가?"

"글쎄. 발이 맛있는 거 아냐? 자기들만 맛있는 부위를 먹는 것 같아. 우리도 집에 가면 마을에 가서 발바닥을 구해 삶아 먹어보세. 저번에 보니 발바닥은 못 먹는다고 싸게 팔더라고."

흙벽에 서서 근무를 서던 농민군의 후각이 일순 고향으로 향했다. 농민군은 서서 울었다. 울음에 묻힌 족발의 삶은 냄새가 서려웠다. 전봉준 장군이 돼지 족발을 좋아한다는 소문은 금세 퍼졌다. 돼지는 돼지의 발이 제일 맛있다는 소문이 그때부터 퍼져 그 후로 사람들은 족발을 즐겨 먹었다.

이튿날은 백산에 장이 섰다. 장꾼이 속속 모여드니 이를 구경하고자 사람이 모여들었다. 농민군 사이사이에 농한기를 맞은 하릴없는 백성은 좋은 구경거리였다. 김문현이 잠입시킨 보부상도 같이 섞였다. 일부는 엿장수로 일부는 구경꾼으로 농민군의 동태를 일일이 감시했다. 그들은 저마다 팔에 새끼를 묶어 그들만의 표식을 했다.

엿장수 한 명이 판을 내려놓고 쉬고 있었다. 이평에서 농민군에 가담한 김정민이 호주머니에 있던 엽전을 손에 쥐며 엿판으로 갔다.

"엿 좀 싸게 주쇼."

"예, 얼마나 드릴까요?"

"한 가락에 얼마요?"

"그냥 가져가쇼. 오늘은 특별히 그냥 드리겠소."

"하하하 정말이오? 살다 보니 이런 날도 있군요."

김정민의 얼굴이 환해졌다.

"그런데 왜 엿을 이렇게 조금 가져왔소? 누구 코에 붙인다고? 다 판 게요?"

"추운데 장사가 되겠습니까? 오늘 다 못 팔면 딱딱해져서 내일은 못 팔거든요."

"아따, 이 사람이. 아 엿은 딱딱해야 맛있잖아요. 엿이 물렁물렁하면 됩니까?"

김정민은 고개를 갸웃했다. 엿장수가 할 말을 잃었는지 얼굴색이 달라졌다.

"하하 내가 아저씨 무안을 주려고 그런 건 아니니까 오해 푸쇼. 엿이나 좀 잘라서 줘요. 너무 길잖소."

'공짜면 황송해서라도 그냥 가져갈 일이지 그놈 참 귀찮게 하네.'

엿장수는 속으로 생각하면서 엿을 끌로 쳤다. 엿가락에 끌을 대고 작은 망치로 톡 치면 엿은 착 부서지면서 잘려나가는 것이다. 그러나 엿장수가 치는 엿은 부서지기만 할 뿐 온전히 잘리지 않았다.

"어라? 아저씨 초짜배기요? 그렇게 해서 장사하겠소?"

열이 오른 아저씨가 엿판을 밀치더니 끌을 아예 김정민에게 넘겼다.

"그것 참, 그럴 수도 있지 잘하면 당신이 한번 해 보쇼!"

얼떨결에 끌을 받은 김정민은 난감했다. 평생 한 번도 엿을 쳐 본 적이 없었기 때문이다.

김정민은 엿판에 엿 한가락을 올려놓고 끌을 비스듬히 뉘이고 망치로 힘껏 내려쳤다.

엿은 엿판을 튕겨나가 진흙 속으로 빠져버렸다.

"아이고 이런! 미안해요. 딱 한 번만 더 해 보리다."

김정민은 엿이 담긴 자루에서 엿을 한가락 꺼내려고 막 자루에 손을 넣는 순간이었다.

"안 돼! 지금 뭐 하는 거야? 남의 물건에 누가 손을 대라고 했소?"

엿장수가 기겁을 하며 화를 냈다.

김정민이 자루에서 꺼낸 것은 엿이 아닌 바로 칼이었다. 자루에는 칼이 숨겨있던 것이다. 김정민은 깜짝 놀랐다.

김정민이 자루를 쏟자 칼과 활이 나왔다. 무기를 들킨 엿장수가 도망쳤다.

"적, 적이다! 저놈 잡아라!"

이때 성곽 중턱에서 순시를 하던 전봉준이 순시를 마치고 장터로 막 들어오려던 참이었다. 이때 도망치는 엿장수의 얼굴이 포착되었다. 전봉준과는 가까운 거리였기 때문에 쫓고 쫓는 장면이 고스란히 노출되었다. 엿장수는 장터를 빠져나와 산길로 도망쳤다. 두 명이 그를 쫓았고 그 뒤를 다섯 명이 또, 따라왔다. 엿장수와 뒤에서 쫓던 다섯 명은 저마다 팔뚝에 새끼줄을 매고 있었다. 전봉준은 서둘러 등에 메고 있던 활을 들었다. 전봉준은 활에 화살을 장전했다. 그의 눈에 살기가 번뜩였다. 화살은 산자를 향했다. 산자가 명중 당했다. 두 명은 다리를 맞고 쓰러졌다. 무슨 일인가 돌아보다가 다시 두 명은 허벅지를 맞고 쓰러졌다. 한 명은 자세를 낮추다가 어깨를 맞고 쓰러졌다. 엿장수는 혼비백산 하여 다시 도망치기 시작했다. 전봉준이 그를 잡으려고 뛰었다.

전봉준의 옷은 소나무에 긁혀 찢어졌다. 달아나던 엿장수의 팔은 소나무 가지에 찢겨 피가 흘렀다. 엿장수는 지쳐갔다. 이미 산성을 순시하고 오는 길이었기 때문에 전봉준은 그곳 지리를 훤히 알고 있었다. 전봉준은 엿장수가 올라간 산길의 반대편으로 뛰었다. 숨을 헐떡이며 뛰던 엿장수가 조그만 무덤에 와서는 기진맥진했다. 전봉준의 칼이 그의 목을 겨누었다.

"누구의 지시더냐?"

숨이 차 거품을 문 엿장수가 간신히 말을 이었다.

"헉헉, 전라 감사 김문현입니다. 살려주세요."

"몇 명이나 왔느냐?"

"……."

대답이 없자 전봉준의 칼이 그의 머리를 내리쳤다. 칼날이 아닌 칼등이었다.

"아까는 칼등이었으나 이번엔 칼날이다. 다시 묻겠다. 몇 놈이나 왔느냐?"

"이백 명쯤 됩니다. 으아악, 나리 살려주세요."

그는 목숨을 구걸했다.

"마지막으로 묻겠다. 표식은 무엇으로 정했느냐?"

"팔에 새끼가 묶여있습니다."

전봉준의 칼이 가차 없이 하늘을 오르는가 싶더니 이내 엿장수의 관자놀이를 명중했다.

"퍽."

엿장수가 쓰러졌다.

"네가 정신을 차릴 때쯤 부하들이 널 묶으러 올 것이다. 그때까지 기절하고 있어라."

말을 마치자마자 전봉준이 뛰었다. 그리고 보초에게 나팔을 불게 했다. 나팔은 길게 이어졌다. 적이 쳐들어왔다는 전시상태를 전파하는 것이다.

장이 섰던 장터는 이내 쑥대밭이 되었다. 변장을 한 적은 저마다 칼을 빼들었고 농민군은 일제히 죽창을 들고 각자 위치로 향했다.

전봉준이 외쳤다.

"팔에 새끼줄을 묶은 놈들을 무조건 잡아들여라! 반항하면 죽여라!"

"예, 장군님!"

뛰었다. 놈들은 농민군과 섞여서 피아를 구분할 수 없었다. 전봉준의 명령을 받은 김도삼과 최경선이 김정민과 함께 장터로 내려와 명을 했다.

"팔에 새끼줄을 맨 놈들을 모조리 잡아들여라! 반항하면 죽여라!"

"와와!"

서로 구별 없이 섞여서 상황을 지켜보던 보부상이 일제히 도망쳤다. 농민군은 이를 놓치지 않고 이들을 잡아 묶었다. 일부는 묶였지만 일부는 반항했다. 적의 공세가 아군의 허를 찔렀다. 일부는 칼을 들고 농민군에게 대들었다. 짚신을 사려왔던 농민 한 명이 적의 창에 복부를 찔렸다. 대들던 농민군이 말 한마디 못한 채 나뒹굴었다. 창을 찌른 적을 다른 농민군이 칼로 베었다. 대각선으로 적의 옷이 갈라지는가 싶더니 이내 어깻죽지가 벌어졌다. 피가 튀었다. 일부는 쓰러졌고 일부는 농민군을 죽였다. 죽인 일부는 다시 농민군의 창에 맞아 죽었다. 죽음은 죽음 안에서 처참했고 죽음 안에서 처량했고 죽음 안에서 허무했다. 아수라장의 현장에서 서로는 서로를 죽이고 죽고를 반복했다.

마침내 김문현이 보낸 보부상군이 완전히 제압되었다. 죽은 자는 말이 없었다. 농민군에게는 적이었지만 그들도 살기 위해 떠도는 보부상일 뿐이었다.

장터 바닥에 묶여 나온 보부상들의 몰골이 처참했다. 계속 이어진 조사에 그들은 지쳤다. 허기에 지친 그들이 물을 달라고 외쳤다. 김도삼이 얼음물 한바가지를 두레박에 떠서 그들의 목을 축였다. 취조가 끝나자 전봉준이 말했다.

"본시 심성은 곡진 할 터, 그대들이 어찌 그대들의 목숨을 담보로 나라를 허물려 했겠는가? 다 못된 탐관들의 탐욕 때문일 터 이미 죽은 자는 내 고이 장사를 지내 줄 것이네. 그리고 그대들은 지금 바로 풀어 줄 테니 부디 탐관의 앞잡이가 되지 말고 개과천선하길 바라네!"

"고맙소! 나리."

그들은 울먹이며 삶을 지켜준 은혜에 보답했다.

전라감사 김문현은 마침내 사태의 심각성을 인식하고 조정에 보고 했다.

"고부군수 조병갑을 나문정죄(拿問定罪: 죄인을 잡아다 신문하고 죄를 판단하여 결정함)하고 전라감사 김문현은 월봉삼등(越俸三等: 3 등급의 봉급을 줄이는 징계)하라!"

왕명은 지극히 짧았다. 왕명은 짧았지만 삼엄했고 명령은 신속했다.

"그리고 용안 현감 박원명을 고부 군수에 새로 임명하노라! 장흥부사 이용태는 안핵사로 임명한다."

안핵사가 하는 일은 사건을 조사하고 수습하는 일종의 암행어사와 비슷한 임무였다. 전국 각지에서는 곳곳에서 소요사태가 이어졌다. 왕의 명을 받은 안핵사가 이들을 소탕했다. 박원명의 고부 군수 부임 소식과 함께 계절이 바뀌었다.

봄이다.

햇살이 가물가물 아지랑이를 데리고 밭두렁으로 산책을 나왔다. 냉이가 환하게 이파리를 벌리고 햇살을 안았다. 갈아엎지 않은 밭에서는 풀잎이 기지개를 켰다. 여물을 먹고 겨울을 나던 소가 모처럼 뒷산으로 나들이를 나와 갓 발아한 풀잎을 뜯어먹었다. 아랫마을 사는 박영감이 지팡이를 짚고 뒷산에 나와 햇살 나들이를 했다. 노인은 윗도리를 벗어 이를 잡았다. 농민군은 해산해서 각자 일터로 갔다. 젊은이들이 쟁기를 지고 논에 나와 소의 등에 멍에를 씌웠다. 독새기 풀이 가득한 논바닥이 쟁기의 칼날에 일제히 물구나무를 섰다. 흙속에서 살던 지렁이가 갈아엎은 흙더미에 지상으로 나왔다. 나는 새가 지렁이를 단숨에 물고 어디론가 날아갔다. 바람은 시원했고 따뜻했다. 일순 평화가 찾아왔다. 뒷동네에 살던 은숙이와 종순이가 소쿠리를 들고 쑥을 캐러 나왔다. 검은색 치마와 하얀 저고리가 바람에 나부꼈다. 은숙이와 종순이는 서로 장난을 치며 까르르 웃었다. 냉이와 쑥이 소쿠리에 담겼다. 이웃집 총각이 쟁기질을 하다 잠시 쉬며 땀방울을 훔치곤 은숙이를 바라보았다. 얼굴이 발개진 은숙이가 종순이에게 눈짓을 했다. 둘은 힐끔 총각을 보더니 총각이 시야에서 보이지 않을 뒷산으로 올라갔다. 뒷산에는 달래가 올라왔다. 옷을 벗어 이를 잡던 할아버지가 계면쩍은지 옷을 입었다. 가까이서 뻐꾸기 울음소리가 들렸다. 고부 땅에 찾아온 봄은 나른했다. 봄빛에 풀어진 흙은 헐거웠다. 얼고 녹기를 반복한 흙은 그 틈에 공간이 생겨 헐거워진다. 헐거워진 흙이 아침이면 고드름처럼 일어섰다. 나른한 기운에 헐거운 흙 사이로 보리가 쑤욱 올라왔다. 싸움 없는 평화가 이어졌다. 전봉준은 이런 봄이 오래 이어지길 바랐다.

16편

전봉준의 여자

전봉준은 2남 2녀의 자녀를 두었다. 3두락에 불과한 전답으로 생활을 했던 그로서는 삶이 그렇게 녹록치 않았다. 훈장도 하고 간간히 약을 지어 팔기도 하며 전봉준은 새로운 세상을 꿈꿨다. 고부 농민운동으로 집과 떨어져 살던 어느 날이다.

훈훈한 봄바람이 살포시 불던 날, 전봉준이 기거하던 막사에 손님이 찾아왔다.

"장군님! 손님이 찾아왔는데요."

"누구냐?"

"웬 여자 분이십니다."

"여자?"

전봉준은 놀랐다. 태어나면서부터 지금까지 여자라곤 아내밖에 모르고 살았다. 정신없이 살아온 자신에게 여자란 가당치도 않았다. 이 밤에 자신을 찾아올 여자가 누군가 전봉준은 궁금했다. 전봉준은 기억을 수없이 되돌려 봐도 이 야심한 시각에 자신을 찾아올 여자는 기억밖에 있었다.

"들여보내라!"

호롱에 불을 붙인 심지가 깜박이며 타들어갔다.

여자가 문을 열자 바깥바람이 일순 몰려와 호롱불이 심하게 흔들렸다.

"앉으시오."

그녀는 다소곳이 방 울목에 섰다.

"먼저 절부터 받으세요."

그녀는 큰절을 올렸다. 난처해진 전봉준이 얼른 일어나 맞절을 했다.

"뉘라서 나에게 큰절을 하는 것이오?"

말을 끝냄과 동시에 전봉준은 다소곳이 앉은 그녀의 이목구비를 천천히 뜯어보았다.

그녀는 넓은 이마에 반달눈이 동그랗다. 머리에 수건을 덮어 썼는지 머리카락이 누워있었다. 눈썹은 짙고 숱이 많았다. 찬바람을 맞아 벌겋게 상기된 볼은 터서 핏물이 고였다. 머리는 긴 머리였으나 둘둘 감아 비녀를 꽂았다. 하얀색 저고리에 언뜻 드러나는 어깨의 굴곡이 가녀리고 아름다웠다. 얼기설기 바람을 막고자 저고리 위에 두른 옷가지가 손아귀에서 볼품없이 덜덜 떨었다. 허리는 쏙 들어갔고 맵시는 정갈했다. 검은 치마를 입고 발은 버선을 신었다. 버선 한쪽은 헝겊을 덧대서 보기 흉했다. 입술은 부르터서 피가 맺혔다. 부르터진 입술 사이로 보이는 치아는 왼쪽에 덧니가 있어 내면으로 흐르는 귀염성은 숨길 수 없었다. 눈빛은 찬란했고 자태는 반듯했다. 언뜻 스치며 마주치는 눈동자는 매웠다.

전봉준의 가슴이 콩닥콩닥 뛰었다. 한편으로는 이 야심한 밤까지 얼마나 먼 거리를 그녀가 걸었을까 걱정하는 마음에 가슴이 뛰었고 한편으로는 그 흉한 몰골 안에 숨겨진 그녀의 아름다운 자태에 매료되어 나타나는 사내의 떨림이기도 했다.

"보아하니 젊은 처자 같은데 어인 일로 이런 야심한 밤에 절 찾았소?"

그제야 처녀는 다소곳이 내리깔았던 눈을 똑바로 떠서 전봉준의 시선을 감당했다.

"저의 이름은 장지문입니다. 저는 최시형 교주님의 휘하에서 동학을 공부했던 교인의 딸입니다."

'장지문? 어디서 많이 들어본 이름이다.'

전봉준은 골똘히 생각하다가 끝내 기억의 끝을 붙잡지 못한 채 말을 이었다.

"그래요? 교주님께선 안녕하십니까?"

"교주님께선 접주님의 고부 농민 봉기를 걱정하셨습니다."

"그래 교주님께서 뭐라고 하셨소?"

"교주님께서 말씀하시길 고부 봉기를 일으킨 이들은 국적이요. 사문의 난적이다. 아비의 원수를 갚으려면 효로써 행할 일이지 서두르지 마라!"라고 하셨습니다.

"내가 고부 군수를 몰아내야만 했던 이유는 나보다 교주님께서 더 잘 아실 게요. 나라가 나를 볼 때 나는 국적일지도 모르오. 그러나 농민이 나를 볼 때 나는 영웅이라는 칭호를 받고 있소. 내가 아버님의 원수를 갚고자 함은 자식 된 도리로서 당연히 가져야 할 효의 으뜸이오.

교주님께서 서두르지 말라고 하심은 때를 기다리라는 뜻일 게요. 내가 보는 때는 없소이다. 내가 행하는 지금이 때이고 때는 기다려서 오는 것이 아니라 행동하는 자에게 오는 것이오. 분명히 전하시오. 나의 뜻에는 굽힘이 없소이다. 나는 나의 양심에 추호도 거리낌이 없소이다. 나의 안위만을 생각했다면 나는 이 거사에 나서지 않았을 게요."

"접주님 심려를 놓으소서. 저는 지금 최시형 교주님의 동학 농민운동의 만류를 부탁받고 온 게 아닙니다. 저의 아버지와 어머니는 동학 운동을 하시다 돌아가셨습니다."

그녀는 갑자기 말문을 닫았다. 회한이 서려 말보다 행동이 먼저 느껴져서 설움이 복받쳤다. 그녀의 뜨거운 눈물이 옷고름을 적셨다.

"진정하시고 계속 해요. 내 다 들어주리다."

전봉준은 그녀에게 따뜻한 생강차를 내 주었다. 그녀는 자리에 앉아 말을 이었다.

"아버지와 저는 최시형 교주님의 동학에 심취해서 최시형 교주님께서 가는 곳이면 어디든 따라가서 교리를 공부했습니다. 아버님은 포교에 힘쓰셨고 저는 아버님과 교주님의 잔심부름을 하며 때론 부녀자들에게 동학을 포교하며 살았어요. 어머니께서도 동학 운동을 하다가 돌아가셨지요. 어느 날, 관군이 몰려들었습니다. 교주님께서는 급히 피신하셨는데 아버님은 평소 다리가 불편하셔서 그들과 맞서 싸우다가 끝내 생을 마감하고 마셨습니다."

"저런 안됐군요."

전봉준은 진심으로 걱정했다.

"돌아가신 아버님으로부터 접주님에 대한 인물 됨됨이를 많이 들어

알고 있습니다. 아버님께서는 마지막 유언이라고 하시며 제가 전봉준 접주님의 휘하로 들어가 정성껏 접주님을 보필하라고 하셨습니다."

장지문이 허리춤에 숨겨놓은 화선지를 꺼내려다 가까스로 참았다.

"나는 이미 결혼을 한 몸이오이다. 또한 나이가 처자보다 훨씬 더 많습니다. 내 어찌 젊은 처자를 몸종 부리듯 할 수 있겠소? 그만두시오."

"아니 되옵니다. 저는 아버님이 돌아가신 후 접주님께 충성을 다 하기로 이미 맹세했습니다. 제가 이 먼 곳까지 온 연유도 다 하늘의 뜻이라고 생각합니다. 부디 저를 버리지 말아주십시오. 접주님의 몸종이라도 되겠습니다."

그녀의 청은 애절했고 간절했다.

"혹시 그대의 청이 이 못난 나를 잘 알지 못하고 소문만 듣고 행하려 하는 것은 아닌지 심히 우려되는바 내 그대에게 다시 하루의 말미를 주리다. 내일까지 잘 생각해 보시고 그 마음이 행하는 곳에 정녕 내가 있거든 내일 밤 다시 나를 찾도록 하시오."

"고맙습니다. 접주님!"

"밖에 누구 있느냐?"

"예, 말씀하십시오. 접주님!"

"이 손님을 정성껏 모시고 내일 떠나거든 가는 길 편안하도록 정성껏 준비해서 고이 가시도록 도와주시게."

어떻게 하루가 지나갔는지 전봉준은 몰랐다. 그의 눈에 자꾸만 어른거리는 장지문이란 처자의 모습이 종일 눈에 밟혔다. 한편으로는 고이 떠나길 바랐고 한편으로는 남아있길 바랐다. 이 또한 하늘의 뜻이라면 그대로 따르리라는 그의 다짐이기도 했다.

이윽고 이튿날 밤이 찾아왔다. 전봉준은 백산 산성을 한 바퀴 순찰한 후에 막사로 돌아왔다. 토방에 처자의 고무신이 가지런히 놓여있었다.

일순 전봉준의 얼굴에 환한 미소가 번졌다. 그리고 이내 다시 침착한 모습으로 평정심을 유지했다. 전봉준은 헛기침 소리를 두 번 했다.

"어험. 어험."

"안으로 드시지요. 접주님!"

전봉준의 기침소리를 듣고 황급히 방문을 열고 마루에 나와 고개를 숙이는 그녀의 자태는 하늘에서 갓 내려온 선녀나 다름없었다. 어제의 그 피곤함에 찌들고 콧물이 흐르며 해진 옷에서 풍기는 삶의 노곤함은 찾아볼 수 없었다. 목욕을 한 후 새 한복으로 곱게 단장하고 그 아리따운 얼굴에 분칠까지 한 상태로 다소곳이 머리 조아리는 그녀야말로 선녀 같았다.

"들어갑시다."

전봉준은 들어가면서 생각했다.

'기이한 일이다. 저 처녀가 입은 한복이 내가 아내에게 해준 한복과 닮았구나.'

장지문이 다소곳이 앉았다.

"가지 않았소이다. 그려. 내 충분히 기회를 주었거늘……."

"많이 생각했습니다. 나리의 농민을 사랑하는 마음이 얼마나 깊은지 직접 보고 들었습니다. 최시형 교주님께서 말씀하신 내용과는 많이 다르다는 것을 실감했습니다. 이분이라면 내 목숨 다 바쳐 보필을 해도 되겠다는 생각이 들었습니다. 부디 저를 거두어 주십시오."

"이름이 지문이라고 했소?"

"예, 나리."

"가까이 오시오. 내 그대를 이 밤 다 하도록 오래오래 지켜보고 싶소."

"부끄럽습니다."

"지금 이곳은 농민운동으로 시국은 한 치도 종잡을 수 없을 만큼 어수선해요. 우리는 탐관오리를 몰아내고 농민이 잘사는 나라를 만들고자 지금 이 싸움을 시작한 것이오. 이런 와중에서 내가 자네를 어찌 마음 편히 볼 수 있겠소? 내 오늘 그대의 진심을 알았소. 그러나 내일 일은 나도 모르오. 오랜 시간 자네를 내 곁에 둘 수 있을지 나도 알 수 없소. 그래도 자신 있소?"

"거두어 주신다면 목숨을 다 바쳐 나리의 종이 되고 싶습니다."

"종이란 말은 거두세요. 만민이 평등한 사회를 건설하는 게 우리의 목표요. 자네나 나나 다 사람이오."

타들어가던 호롱의 불이 꺼졌다. 허기에 지친 바람이 막사의 창호지문을 휙 지나갔다. 지문이의 옷 벗는 소리가 바람에 묻혔다. 구름 속에 머물던 달이 백산 산성을 비췄다. 창호지 문에 달빛이 부옇게 드리웠다. 지문의 알몸이 뚫린 창호지 문틈에 노출되는가 싶더니 이내 이불 속으로 빨려 들어갔다.

"가까이 오시오!"

"……."

그녀는 아무 말 없이 전봉준의 품으로 자신의 나신을 파묻었다. 뜨거웠다. 온몸의 피가 한 곳으로 쏠렸다. 중심을 지키던 혈류가 마침내 한곳에서 만났다.

"먼 길 오느라 얼마나 고생했소?"

"오직, 나리를 볼 수 있다는 희망 하나만 가지고 달려왔습니다."

"그 마음이 평생 변하지 않을 자신이 있소?"

"자꾸 묻지 마소서. 지금 이대로도 기뻐서 죽을 것 같사옵니다."

"……."

장지문은 돌아가신 아버지의 유언을 생각했다. 은혜를 갚으라던 아버지의 유언을 장지문은 실천했다.

시린 달빛도 때론 이글이글 타오를 줄 알았다. 두 사람의 알몸에 뿜어져 나오는 애간장은 절절 끓어 넘쳤다. 작고 가녀린 달빛이었지만, 그 빛은 두 사람을 충분히 태우고도 남았다. 장지문의 몸은 열렸고 그녀의 마음은 자꾸만 전봉준의 아내에게 갔으나 끝내 아내의 시선을 감당하지 못했다. 아내의 넓은 마음이 바다 같으니 이해해 줄 거라 장지문은 스스로 굳게 믿었다.

17편

고부 군수 박원명

안핵사로 파견된 이용태는 농민군의 위세에 밀려 고부에 들어올 생각은 얼씬도 못했다. 성질이 포악하고 법 위에서 무지막지하게 권력을 휘두르는 인물로 이미 정평이 나 있었다. 이용태는 선뜻 고부로 바로 가지 못하고 새로 부임한 박원명이 일 처리를 해주었으면 하고 바랐다.

2월 말에 발령받은 고부 군수 박원명은 농민군의 세력을 누르기보다는 그들과 타협하는 방책을 썼다. 타협에는 서로 적정선을 놓고 협상을 하는 것이라서 반감은 극히 작을 수밖에 없었다. 박원명은 각 동네에 방을 붙였다.

[새로 부임한 고부 군수입니다. 조정에서는 이번에 무장봉기를 일으킨 농민군을 처벌하지 않기로 했습니다. 농민군이 저지른 모든 죄는 묻지 않기로 했습니다. 그러나 이후 다시 이런 일이 발생하거나 임금의 해산명령에 불복하는 사람은 가차 없이 하옥하라는 엄명입니다. 지금 즉시 해산하도록 부탁합니다. 고부 군수 박원명]

전봉준도 마음이 동했다. 고부 군수로 내려온 박원명이 전봉준에게 말했다.

"내가 그대의 청을 들어줄 테니 이제 백산 봉기를 끝내고 각자 일터로 돌아가시오."

전봉준이 화답했다.

"새로 부임하신 군수님의 심안을 본즉, 농민을 진심으로 위해줄 것으로 사료되는 바 나 전봉준은 군수님만 믿고 이제 일터로 돌아가겠소."

"고맙소! 내 성심성의껏 농민을 위해 봉사하겠소."

박원명의 말은 진솔했다.

전봉준은 농민군을 모아놓고 말했다.

"어제 나는 새로 부임한 고부 군수 박원명을 만나고 오는 길이오. 그는 우리가 해산하면 그동안의 모든 일을 눈감아 주겠다고 했소. 조정의 방침이 그렇다고 하니 보복은 없을게요. 이제 농사도 지어야 하고 봄이 되었으니 일단 해산하고 박원명 군수를 믿어봅시다."

"안됩니다. 저들은 겉으로 사탕발림을 하는 것입니다. 우리가 무기를 내려놓고 손을 들면 저들은 가차 없이 우리를 가둘 것입니다. 어디 한두 번 속았습니까?"

"옳소!"

"그럼 이렇게 합시다. 일단 우리가 손에 쥔 무기는 우리가 보관하기로 합시다. 이미 조정에서 유화정책을 펼쳤다면 무기 몇 자루쯤은 없어져도 그냥 넘어갈 것이오."

농민군은 눈감아주겠다는 박원명의 말을 믿을 수가 없었다. 전봉준이 반대하는 농민군을 향해 소리쳤다.

"만에 하나 우리가 해산했을 때 저들이 우리를 잡아 가둔다면 그때 다시 일어나기로 합시다. 우리를 가둔들 동네 사람 모두를 가둘 수는 없을 테니까 말입니다. 그때는 대대적으로 봉기를 하는 걸로 합시다."

"장군님의 의견이 정 그렇다면 장군님의 의견에 따르겠소이다."

장흥 벽사 역에도 봄은 왔다. 언뜻 보면 봄이었지만 자세히 보면 겨울이다. 겨울은 봄 앞에서 심하게 뒤채였다. 꽃샘추위가 쉬이 가려 하지 않았다. 역이란 관리들이 말을 타고 이동하다 잠깐 쉬며 말에게 먹이를 먹이는 곳이다. 말이 긴 행로에 힘들어 하면 다른 말로 바꾸기도 했다. 말을 보살피고 먹이를 대 주는 사람을 역졸이라 했다. 역에서 잔심부름을 하는 하인도 역졸이다. 그들은 유사시 암행어사의 지휘권에 속했다. 역에는 먼 길에 지친 관리들이 쉴 수 있는 곳도 있었다. 역졸은 하는 일이 단순해서 크게 배운 사람이나 양반이 하는 일이 아니었다. 관리들의 명령하나에 따르는 천한 신분이었기에 그들의 가슴속에 쌓인 응어리는 매우 깊었다. 폭발하면 터질 것처럼 사나웠다. 낮은 신분에 억압된 응어리가 쌓이고 쌓여 누구든 제대로 건들면 금방 폭발하고야 말았다.

춘향전에서 이 도령이 암행어사가 되어 "암행어사 출두요!" 했을 때 몽둥이를 들고 우르르 몰려가던 수백 명의 사람들이 바로 이 역졸이다.

이용태는 장흥 벽사 역에서 8백여 명의 역졸을 모았다. 안핵사 이용태의 신분은 암행어사와 다름없었다. 즉, 그의 말은 임금의 명령과도 같은 것이어서 그가 행차하는 곳이면 모든 살아있는 것들은 머리를 조아려야 했다.

이용태가 역졸을 몰고 장성에 도착하자 고부에 정보를 탐색하러 갔던 장교한테 연락이 왔다.

"그래 지금 고부는 어떠냐?"

새로 부임한 고부 군수 박원명이 먼저 들어가 사태를 일부 수습했다는 소식을 듣고 이용태가 사건을 조사하러 가는 길이다.

"고부 군수 박원명이 들어와 농민군을 해산시켰다고 합니다."

"전원 해산했더냐?"

"지금 해산 중이랍니다. 내일 노인들을 위한 잔치를 베푼다고 합니다."

"이런! 천하에 날강도 같은 놈들을 뭐가 좋다고 잔치를 베풀어준단 말이냐? 박원명 군수가 미친것이 아니냐?"

이용태는 펄펄 뛰었다.

"농민군이 완전히 해산할 때까지 오늘은 여기서 하루 묵겠다. 여기서 여장을 풀라 해라!"

먼 길을 걸어온 역졸들은 장성에서 노곤해진 몸을 모닥불에 의지했다. 그들은 여장을 풀자마자 곯아 떨어졌다.

이용태는 마차에 태워 데리고 온 기생을 끼고 술을 마셨다. 한참 낮술에 취할 무렵 고부에서 연락이 왔다.

"오전에 해산을 미루던 농민군들도 모두 해산하기 시작했습니다. 백산에 장막도 걷고 있다 합니다."

"하하 그래? 이놈들 내가 온다는 소리를 들었나 보다. 그래 무기는 전부 반납했다더냐?"

"아닙니다. 무기는 그대로 가지고 해산한다 합니다."

"이런 나쁜 놈들, 무기도 반납하지 않으면서 해산은 무슨 얼어 죽을 해산? 관가에서 빼앗은 식량은 어찌했다더냐?"

"식량은 전부 농민들에게 나눠주고 3일 전에는 줄포 전운소 곡식창고를 부수고 쌀 3백 석을 가져갔다 합니다."

"이런 쳐 죽일 놈들! 왕명을 어기고 쌀을 훔쳐? 여봐라! 당장 쳐들어가야겠다. 자! 출발하라!"

성격이 불같은 안핵사 이용태가 가만있을 리 없었다. 예전 같았으면 농민군의 사기에 기가 죽었을 그였지만 이미 퇴로를 열고 철수하는 농민군이 그의 눈에 무섭게 보일 리가 없었다.

간신히 식사를 하고 곯아떨어진 역졸들에게 그의 고함은 너무나 가혹했다. 역졸들이 겨우 눈을 떴다. 그들의 욕설은 입 주위를 배회했지만 차마 입 밖으로 뱉어낼 수는 없었다. 무지막지한 이용태의 보복을 역졸들이 감당하기엔 역부족이었다.

그들은 저마다 몽둥이와 대창을 들고 이를 악물고 걸었다.

"길을 비켜라! 안핵사 나리 행차시다! 물렀어라!"

참으로 긴 행렬이다. 이용태를 태운 마차가 앞섰고 후미에는 기생이 탄 가마가 가마꾼에 의해 이동이 되고 있었다. 길은 작았고 행렬은 길었다. 길을 걷다 어깨에 부딪히는 농민들을 역졸은 발로 걷어찼다. 논바닥에 나가떨어지는 농민의 옷에 진흙이 튀었다. 역졸이 키득키득 웃었다. 모든 사람은 이들의 행차 앞에서 머리를 숙였다.

멀리서 쟁기를 지고 소를 몰고 오는 노인이 보였다.

"길을 비켜라!"

노인은 길을 비켰다. 소는 역졸의 말을 알아들을 수가 없었다. 노인은 길을 비켰지만 소는 길을 내어주지 않았다.

"워~워!"

노인이 소의 고삐를 잡아당겼다. 비키라는 신호였다.

소는 작은 길을 비켜 갈 수가 없었다. 소가 멈칫했다. 화난 역졸이 소에게 달려들었다. 역졸의 대창이 소의 등허리를 찔렀다. 창이 등허리에 박혔다. 놀란 소가 발버둥 쳤다. 소는 뒷발로 역졸의 사타구니를 강타했다.

"악!"

역졸이 힘없이 쓰러졌다. 등에 창이 꽂힌 소는 미쳐 날뛰었다. 아득히 퍼지는 고통을 감당하는 소의 인내심은 결국 죽음 앞에서는 무용지물이었다. 소가 갑자기 펄쩍펄쩍 날뛰었다.

"음~메."

소가 날뛰자 이용태를 태운 가마는 소를 피해 샛길로 달아났다. 8백 명의 역졸을 향해 소는 필사적으로 달렸다. 역졸들이 혼비백산했다. 일부는 논으로 빠지고 일부는 밭둑으로 굴렀다. 피할 수가 없었다. 이에 격분한 역졸 두 명이 달려들어 노인을 밀어버렸다.

"아아악!"

노인은 쟁기를 짊어진 채 힘없이 개울로 나뒹굴었다. 소의 등에선 피가 줄줄 흘렀다. 소의 머리에 받혀 두 명의 역졸이 쓰러졌다. 순간 나머지 역졸의 모든 창이 소한테 집중되었다.

소는 만신창이가 된 채 무수히 많은 대창을 받았다. 그들이 던진 대창은 소의 전신을 고슴도치처럼 만들었다. 선혈이 낭창한 채 소는 비틀거리다 팔백 명의 역졸이 끝나는 길 끝에서 숨이 끊어졌다.

"나리 소가 죽었습니다. 어떻게 할까요?"

"그냥 출발하라!"

들일을 하던 마을 주민들은 우르르 달려와 쓰러진 노인을 부축했다. 노인의 숨은 아직 끊어지지 않았으나, 소의 숨은 이미 끊어졌다. 노인이 슬피 울었다. 억장이 무너지는 처절한 슬픔이 노인의 어깨를 들썩거렸다. 지켜보던 마을 주민들이 울분을 참지 못하고 일어섰다.

"농민군이 해산한지 하루도 지나지 않았는데, 벌써 이지경이니 장차 이 일을 어쩌면 좋단 말이오? 이용태 저놈이 가만있지 않을 것입니다. 다시 우리가 뭉쳐야 합니다. 어서 전봉준 장군께 가서 이 사실을 아뢥시다."

18편

전봉준의 아내

전봉준은 새로 부임한 고부군수 박원명만 믿고 오랜만에 아내가 있는 집으로 향했다.

천태산 줄기가 치마바위의 너른 바위 건너편에서 땅거미가 지며 어둑했다. 변산의 붉은 노을이 소리 없이 잦아들었다. 전봉준은 말목장터에서 황태 두 마리를 사서 새끼에 묶었다. 헤진 짚신 사이로 밤이슬이 채였다. 마을 입구에 접어들자 이미 어둠은 동네 전체를 감쌌다.

전봉준의 초가집 지붕 굴뚝에 연기가 모락모락 피어올랐다. 싸릿대를 얼기설기 엮어 만든 마당 울타리에 아이의 옷가지가 널려있었다. 전봉준은 마른 옷을 걷어 손에 쥐었다.

"나 왔네."

호롱불이 문풍지 바람에 실려 흔들렸다. 대답이 없다.

"용규야, 아버지 왔다."

대답이 없자 전봉준은 부엌으로 향했다. 매콤한 연기가 부엌에 가득했다.

"부인!"

아내가 소리가 들리는 부엌문을 바라보았다.

"아니? 어쩐 일이시래요?"

"어쩐 일이긴 내가 내 집 들어오는데도 이유가 있어야 하오?"

"어서 들어가세요. 저녁 지을게요."

"애들은?"

"저녁 먹고 자요."

아내가 가마솥에 밥을 짓고 솥에 더운물을 끓였다. 이슥고 저녁상이 들어왔다. 시원한 황태해장국의 김이 모락모락 올라왔다.

"같이 좀 드시구려."

"저는 아까 애들과 먹었어요. 저 좀 씻고 올게요."

아내가 끼얹은 물이 튀어 도마가 젖었다. 젖은 도마에 붙은 마른 솔잎이 덩달아 젖었다.

잠자리에 막 들려고 할 때 아내가 뭔가를 꺼냈다.

"이것은 제가 손수 만든 여인의 누비옷입니다. 추위에 얼마나 고생이 많겠습니까? 내가 지었다는 말은 하지 말고 그녀에게 전해주세요."

"그녀라니요?"

애써 태연함을 보이며 전봉준이 반문했다.

"더는 묻지 마소서!"

묻지 말라는 아내의 말이 전봉준의 심금을 울렸다. 전봉준이 아내의 눈을 바로보지 못하고 호롱불의 불꽃을 바라보았다.

아내가 다시 말했다.

"사나이는 전쟁에 나갔으면 싸워 이기면 되는 것입니다. 걱정이 많을 텐데, 마음이 편해야 나라 걱정 한가지만이라도 제대로 하지 않겠어요? 그러니 근심걱정일랑 묻어두소서. 곁에 두고 많이 위로 받으소서."

"당초 무슨 말씀을 하시는지 도통 감이 없소이다. 부인."

전봉준이 할 수 있는 말이다. 인정도 불인정도 할 수 없는 순간의 밤이 그렇게 깊어갔다. 아내의 바다 같은 마음이 전봉준을 울렸다. 전봉준은 속으로 울었고 아내는 겉으로 울었다. 아내의 몸은 뜨거웠다. 볼을 타고 흐르는 아내의 눈물을 전봉준의 손끝으로 거두었다.

"새로 부임한 박원명이 잘 할 것이라고 했으니 믿어봅시다."

며칠 후, 이용태의 횡포가 심하다는 급보를 받은 전봉준은 길을 나섰다. 전봉준이 사는 집이 전봉준이 죽을 자리는 아니었다.

막사에서 전봉준은 장지문을 불렀다. 그리고 아내가 지어준 선물을 건넸다.

"입어 보시오. 그대에게 잘 어울리지 싶소."

"은혜 백골난망이옵니다. 제가 접주님께 이런 선물까지 다 받을 줄이야."

"아내의 정성이 담겨있소이다. 나도 모르겠소. 왜 아내가 여자 옷을 나에게 주는지……."

장지문은 알았다. 그러나 애써 말하지 않았다. 옷을 갈아입으며 전봉준의 아내가 했던 마지막 말을 생각했다.

'그만 고생하고 남편을 만나 보세요. 여기에 왔었다는 말은 하지 말고 편하게 보도록 해요. 이 한복은 보자기에 싸서 줄 테니 필요할 때 입으시구려. 그리고 보건데 그대는 장차 큰일을 할 사람 상이니 그 인물됨을 썩히지 말고 한껏 펼쳐보도록 해요. 이것이 내가 그대에게 해줄 수 있는 말

의 전부요.'

장지문은 그 후 전봉준의 침소에 들지 않았다. 아울러 전봉준 역시 그녀를 침소에 부르지 않았다. 장지문은 알았다. 그 바다같이 넓은 부인의 사랑과 전봉준의 자신에 대한 믿음이 얼마나 크고 고귀한 것인지를…….

장지문이 전봉준을 찾아오기 전, 어느 날이다.

겨울바람이 매섭던 어느 날 전봉준의 집에 한 여인이 찾아왔다. 그녀의 몰골은 처참했으며 거지 중에 상거지와 다름없었다. 얼굴은 파리하고 퉁퉁 부었으며 입술은 얼어 터져 피고름이 흥건했다. 며칠을 굶었는지 피골은 상접했고 힘은 없어 금방이라도 쓰러질 것만 같았다.

"계십니까?"

전봉준의 아내가 설거지를 하다 젖은 손으로 부엌을 나왔다. 전봉준은 여인의 처참한 모습을 보고 깜짝 놀랐다.

"뉘시오?"

"여기가 전봉준 접주님의 댁이……."

여인은 그 자리에서 쓰러졌다. 전봉준의 아내가 아이들을 불러 그녀를 방으로 끌어당겼다.

아내는 물을 끓여 따뜻하게 적신 수건으로 그녀의 몸을 닦았다. 이미 기진맥진해있는 그녀는 정신을 차리지 못하고 깊은 잠에 빠져들었다. 훈훈한 아랫목 구들장의 온기가 그녀의 허리를 지졌다. 그녀의 몸에서 지린내가 풍겼다. 아내는 안 되겠다 싶었는지 아이들을 건넌방으로 건너가 자도록 하고 끓는 물을 대야에 담아 방으로 가져왔다. 그리고 그녀의 옷을 벗겼다. 아내는 천천히 그녀의 알몸을 씻겼다. 피가 터진 몸의 여러 곳에서 핏물이 씻겼다. 아내의 손길이 닿은 곳으로 뽀얀 처녀의 살결이 살아났다. 몸 구석구석을 씻기고 얼굴을 씻기고 머리를 감겼다. 비록 상처투성이였으나 그녀의 알몸은 탄탄했고 싱그러웠으며 풋풋했다.

'젊은 처녀가 어쩐 일로 우리 집을 찾아왔을까?'

아내는 알다가도 모르겠다는 표정을 지으며 그녀에게 자신의 옷을 입혔다. 찢어지지 않은 속곳을 찾아 그녀의 아랫도리를 감추었고 젊을 때 입었던 무명 저고리로 그녀의 젖가슴을 감췄다. 다음날 낮이 되어서야 그녀가 깨어났다. 아이들과 아내가 그녀를 바라보았다.

"정신이 드우?"

그녀가 일어서려는데 아내가 말렸다.

"누워 계시구려! 먼 길을 온 듯싶으오."

"강원도 정선에서 왔어요. 전봉준 접주님을 찾아가라는 최시형 교주님의 부탁을 받았어요."

"왜요? 최시형 교주님께 무슨 일이라도?"

"관군에게 쫓겨 어디론가 피신하는데 그 와중에 우리 아버지께서 관군의 칼에 그만 돌아가셨습니다. 어머니는 일찍 여의었고요."

"그런 일이 있었군요. 참, 이러고 있을 때가 아니지 어서 식사해요."

아내는 정성껏 준비한 꽁보리밥과 된장국을 내 놓았다. 장지문이 얼굴을 들지 못하고 꽁보리밥과 국을 비웠다. 장지문이 말했다.

"최시형 교주님과 저의 아버지의 유언이 전봉준 접주님을 보필하라고 하셨습니다. 무슨 연유로 그런 유언을 하셨는지는 잘 모르나 아버지의 유언이기에 따르지 않을 수가 없었습니다. 이곳에서 접주님을 모시고 종살이라도 하겠습니다. 허락해 주세요."

그녀가 무릎을 꿇고 빌었다.

"남편은 이곳에 잘 들르지 않습니다. 지금 농민운동으로 세상이 시끄러워요. 남편이 그 선봉에 서서 일하느라 정신이 없습니다. 그 와중에 당신이 찾아간다면 도움이 되지 않을지 모르겠어요. 어쨌든 몸이 좀 나으면 그때 남편을 찾아가시구려."

"제가 어찌 저의 안위를 걱정하겠나이까? 저는 괜찮습니다. 그저 사모님께서 허락해 주시는 것만으로도 저는 감동입니다. 고맙습니다. 사모님."

장지문은 아내의 집에서 아내의 일을 거들었다. 나쁜 소문이 동네를 돌아다녔지만 장지문은 아랑곳하지 않았다. 장지문은 전봉준의 아내 마음에 들고자 정신없이 일했다. 터진 입술은 가라앉지 않았고 파리한 얼굴은 생기가 돌지 않았다. 일에 치이고 추위에 치인 얼굴은 원상으로 회복되지 않았다. 아내가 말렸으나 장지문은 거침없었다. 밤에는 아이들에게 장지문이 손수 글을 가르쳤다. 며칠 후 아내가 말했다.

"그만 고생하고 남편을 만나 보세요. 여기에 왔었다는 말은 하지 말고 편하게 보도록 해요. 이 한복은 보자기에 싸서 줄 테니 필요할 때 입으시구려. 그리고 보건데 그대는 예사 인물이 아니오. 장차 큰일을 할 사람 상이니 그 인물됨을 썩히지 말고 한껏 펼쳐보도록 해요. 이것이 내가 그대에게 해줄 수 있는 말의 전부요."

"고맙습니다. 사모님. 이 은혜 백골난망이옵니다."

19편

아수라장

봄이 왔다. 봄은 보리밭 샛길로 가서 풀을 키워냈고 밭두렁에도 냉이를 키워냈다. 쑥이 파릇파릇 잡초사이를 치장했다. 치장한 쑥이 낮게 드러누워 하늘을 한껏 바라보았다. 쑥 옆에 억새가 자랐다. 들풀이 일제히 발아했다. 갈색으로 죽어있던 논두렁 밭두렁이 일순 파래지고 논바닥의 독새기 풀이 쟁기질에 물구나무를 섰다. 꽃뱀 한 마리가 물구나무 선 이랑을 넘어갔다. 천태산에 안개구름이 걸렸다. 구름은 오도 가도 못한 채 천태산 위를 빙빙 돌았다. 멀리 아지랑이가 피어올랐다. 새벽부터 일을 나온 농민 한 사람이 꾸벅꾸벅 논두렁에 앉아 졸았다. 새참으로 막걸리 한 잔을 마신 때문이다. 바로 그때였다.

"쿵쿵쿵."

어디선가 말발굽 소리가 나는가 싶더니 이윽고 역졸 네 명이 논두렁에 앉아 졸던 농부에게 달려왔다. 농부는 무슨 일인가 눈을 반쯤 뜨다가 이내 퍽 소리와 함께 쓰러졌다. 무지막지한 그들의 몽둥이가 농부의 머리를 강타했다. 그리고 역졸은 그 농부를 묶어 손수레에 실었다. 피를 철철 흘리는 농부의 반쯤 죽은 육신이 손수레에 실려 마을길을 나서자 저마다 무슨 일인가 놀라서 뛰어나왔다.

"아니 이게 뭐요? 누가 그랬소? 누가 저 지경을 만들어놓았소?"

"이놈은 고부관아를 습격한 폭도다. 너희도 무사하려거든 어서 물러나라!"

"아니오. 저 사람은 농민운동에 한 번도 참석한 적이 없소이다. 우리가 목격자요."

갑자기 역졸의 눈에 쌍불이 켜졌다. 역졸은 같이 있던 다른 역졸에게 명령했다.

"뭣들 하느냐! 저놈들이 입방정을 못 떨게 쓸어버려라!"

삽시간에 역졸의 방망이가 춤을 추었다. 퍽퍽 소리와 함께 선량한 농부의 머리가 깨지고 터졌다. 터진 머리에는 피가 흥건했다. 흥건한 핏물을 파리 떼가 달려들었다. 핏물은 손수레의 나무 틈사이로 흘러 수레바퀴를 물들였다. 젊은이가 손수레를 바삐 움직이며 도망쳤다. 이에 질세라 역졸이 따라붙었다. 피의 얼룩이 군데군데 묻어 수레가 돌아갈 때마다 바퀴는 팽이가 되었다. 젊은이는 백여 미터를 도망치다 끝내 손수레 손잡이에 폭 고꾸라졌다. 아수라장이 따로 없었다. 폭력은 남녀노소를 가리지 않았다. 닥치는 대로 이어졌고 철두철미하게 쓸어갔다. 네 명이던 역졸은 어느새 이십여 명으로 늘어났다. 그들의 만행은 종일 이어졌다. 창동리와 조소리에 사는 농민의 반이 그들의 폭력에 유린당했고 나머지 반은 관아로 압송되었다. 밤이 되었다. 인근 말목장터 부근의 마을이 역졸의 다른 목표가 되었다.

이미 끌려가고 아녀자만 남은 집에 역졸이 침입했다. 욕정에 눈이 멀고 사리판단에 눈이 먼 그들은 집안에서 겁에 질려 웅크리고 있는 아녀자를 무자비하게 폭행했다. 정지에서 아궁이에 불을 지피던 열세 살 여자 아이가 아궁이의 불빛 옆에서 당했다. 아이를 안고 있으면 아이는 떼어내 건넌방에 이불을 뒤집어 씌워놓고 아녀자의 옷을 벗겼다. 엄마와 딸이 같이 있으면 두 사람이 달려들었다. 엄마가 보는 앞에서 딸이 당했고 딸이 보는 앞에서 엄마가 철저히 그들의 욕정에 유린당했다. 그들은 그들의 욕심을 채운 뒤 광에 있는 곡식을 빼앗아 갔다. 대들고 반항하면 몽둥이를 휘둘렀고 농민운동 주모자로 체포했다. 간혹 남자라도 보이면 그들은 가차 없이 죽이거나 다시는 대항하지 못하도록 반신불수를 만들었다. 온 동네에 개 짖는 소리가 그칠 줄 몰랐다. 말을 듣지 않는 집은 불을 질렀다. 동네 여기저가 불길에 휩싸였다.

이튿날 뜻있는 남자들이 겨우 산에서 내려와 부락 사람을 소집해서 간밤의 폭정을 조사했다. 집이란 집은 쑥대밭이었고 여자란 여자는 모두 그들의 성적 노리개가 되었다. 부녀자들은 반항하다 죽고 억울해서 죽고 자식 앞에서 당한 그 수모에 기가 막혀 죽었다. 동네에서 그들에게 맞아 죽은 여자의 시체만 네 명을 넘어섰다. 하룻밤에 죽은 시체만 남자를 포함 여덟 명이나 되었다.

전봉준과 박원명의 화해의 약속은 물거품이 되었다. 약속은 고부군수 박원명과의 약속일뿐, 안핵사 이용태와의 약속은 아니었다. 안핵사 이용태 앞에서 박원명은 허수아비에 불과했다. 전봉준은 비통했다. 민심이 들끓었다. 전라 감사 김문현은 부호들을 잡아들여 그들의 재물을 빼앗았다. 농민들이 봉기하도록 구경만 하고 있었다는 게 그들의 죄목이었다. 마침내 숨죽이고 있던 농민군이 다시 뭉쳤다. 그들의 울분과 원망은 전라도 전역에 들끓었다. 전봉준은 비분강개했다.

20편

창의 포고문

전봉준은 자리를 피해 무장으로 옮겼다. 서너 달 동안 상태를 지켜보았지만, 탄압은 수그러들지 않았다. 오늘 이 마을이 쑥대밭이 되면 내일은 저 마을이 쑥대밭이 되었다. 민심은 갈수록 흉흉했다. 여기저기서 성난 민초들이 우후죽순 들고일어났다. 저마다 낫과 죽창을 들고 역졸들과 맞섰지만 워낙 적은 숫자로 역졸들을 대적하기엔 턱도 없었다.

마침내 전봉준은 무장으로 농민군 두령들을 불러 모았다.

무장은 동학접주 손화중의 근거지다. 김덕명, 김개남, 손화중이 전봉준과 자리를 같이했다.

"의견들 말해보시오. 민심은 갈수록 흉흉하고 안핵사 이용태의 탄압은 극에 달했소. 전라감사 김문현도 마찬가지요. 이대로 죽어가는 우리 농민들을 그냥 보고 있을 수만은 없지 않소?"

전봉준의 비통함을 손화중이 받았다.

"접주님의 말씀이 맞습니다. 억압받고 탄압받는 민중들이 곧 우리가 지켜줘야 할 농민이 아닙니까? 저들이 저렇게 억울하게 죽어 가는데 이대로 보고만 있을 수는 없습니다. 그동안 새로 부임한 고부군수 박원명을 믿었는데 그 역시 안핵사 이용태 앞에서는 맥을 못 춥니다. 이제 우리가 분연히 일어설 차례입니다."

울분에 찬 손화중의 말을 다시 김개남이 받았다.

"지금 민초들이 더는 못 참고 곳곳에서 봉기를 하고 있소. 그러나 숫자가 부족해서 번번이 패하고 있습니다. 우리는 일어서되 한꺼번에 일어서야 합니다. 거국적으로 들고 일어나서 아예 서울까지 치고 올라갑시다. 이놈들은 말로 하면 듣지를 않습니다. 아예 요절을 내버립시다."

이윽고 가만히 지켜보던 김덕명이 눈을 동그랗게 뜨고 결의에 찬 눈빛으로 말했다.

"모든 군수물자는 내가 대겠소. 자네들의 충정어린 마음을 보니 나도 힘이 납니다. 전 장군 우리 힘을 합쳐 저 탐관오리들을 무찌릅시다."

"고맙습니다. 김 동지."

전봉준의 눈시울이 일순 붉어졌다.

"우리의 봉기는 동학교도가 주축이 되어야 하오. 그래야만 통솔과 지역 분담이 원만히 이루어질 것이오. 그대들이 앞장서서 농민군을 지휘하시오. 지금 당장 각 고을 접주들에게 연락해서 봉기하자는 통문을 띄워 주시오."

"예, 알겠습니다. 장군님."

드디어 3월 20일이 되었다.

고부에서 서쪽으로 50리 떨어진 무장에는 모여드는 농민군으로 발

디딜 틈이 없었다. 무장 접주 손화중은 그를 따르는 농민군이 3천여 명이나 되었고 뒤이어 고부에서 출동한 농민군 3천여 명이 무장에 합류했다. 이들은 수천 개의 죽창을 깎아 각자의 몸에 지녔고 총과 낫, 괭이, 가래 등으로 무장했다. 전봉준 부대와 손화중 부대는 무장에서 농민들이 봉기한다는 창의포고문을 발표했다. 이 내용은 신속 정확하게 파발통문으로 각 지역으로 퍼져나갔다.

드디어 전봉준은 연단에 올라갔다. 그를 바라보는 농민군의 눈빛은 지글지글 불타고 있었다. 전봉준은 쩌렁쩌렁한 목소리로 '호남창의대장소' 를 읽었다.

"우리가 일어서는 것은 다른 욕심이 있어서가 아니다. 실의에 빠진 백성을 도탄에서 건지고 국가를 반석위에 제대로 올려놓기 위함이다. 탐관오리들의 손에 나라가 망하는 꼴을 더는 볼 수 없다. 안으로는 탐관오리들의 목을 베고 밖으로는 날로 횡포화 되는 적의 무리들이 얼씬도 못하게 하기 위함이다. 양반과 못된 관리들의 착복 앞에서 농민들은 시름시름 앓고 있다. 앓다가 죽어가고 있다. 죽어가도 누구 한 명 손 하나 까딱하지 않는다. 아녀자가 겁탈당하고 억울하게 죽어가는 농민들의 숫자가 백을 넘는다. 우리는 이들을 구해야한다. 바로 내 이웃이요. 내 동포이기 때문이다. 이들의 원한을 풀어줄 사람은 조정도 아니다. 전라감영도 아니다. 안핵사 이용태도 아니다. 바로 지금 일어난 우리 농민군이다. 조금의 주저함도 있어서는 안 된다. 일어서라. 지금 당장 일어서라. 지금 기회를 잃으면 평생 후회 할 일만 있으리라. 갑오년 3월 호남창의대장소."

울분에 찬 전봉준의 낭독이 끝나자 우레와 같은 함성이 무장 전역을 휩쓸었다. 전봉준은 다시 한 장의 글씨를 펼쳤다. 그리고 외쳤다.

"농민군 여러분! 우리는 지금 정의를 위해 일어섰습니다. 우리는 어디를 가나 정의롭게 싸워야 합니다. 이제 나라를 위해 의연하게 들고 일어난 군대인 것입니다. 이것은 우리들이 꼭 지켜야 할 규칙입니다. 이 규칙을 어기는 자는 가차 없이 목을 베겠습니다."

1)사람의 목숨을 소중하게 생각하라. 사소한 것이라도 물건을 함부로 부수지 마라.

2)군대를 이끌고 서울로 가서 탐관오리들을 숙청한다.

3)서울을 더럽히는 일본 오랑캐를 몰아낸다.

4)충성과 효도를 다하고 우리는 오직 세상을 바로 세우는 것에만 모든 열정을 바친다.

5)내 이웃의 물건을 탐내지 마라. 의로써 의를 행하고 충으로써 충을 행하자.

전봉준은 다시 12가지의 세세한 규칙까지 모두 읽고 이 모든 내용을 각 파발통문에 넣어 각 지역에 보냈다. 여기저기 사방에 방이 붙고 성난 민중이 불같이 일어나 무장으로 속속 모여들었다.

마침내 전봉준의 진격명령이 떨어졌다.

"진격하라! 우리는 고부관아를 다시 접수한다."

"와!"

뼈에 사무친 함성은 무장을 뒤덮었고 고부로 들어가는 바람에 날개를 달아주었다. 바람결에 날아간 소문은 그들의 발걸음보다 더 빨랐다.

소문을 들은 역졸들이 웅성거렸다.

"글쎄 전봉준이 이끄는 대부대가 이리로 진격했다네. 숫자가 무려 만여 명이나 된다는구먼, 원한이 뼈에 사무쳐서 눈에 띄기만 하면 가차 없이 죽인다고 하네."

"자네 말이 사실인가?"

"아, 무장에서 소금을 팔던 털보가 내 친구 아닌가? 그 친구한테 다 들었구먼."

"큰일일세. 이러고 있다가는 우리 제명에 못살지. 안 되겠네 우리 도망치세."

소문에 놀란 역졸들이 손 한번 쓰지 못하고 줄행랑을 치기 바빴다. 소문은 공포를 몰고 왔다. 역졸들의 목숨이 경각에 달려있다는 사실은 소문이었으나 현실보다 더 무서웠다.

전봉준 부대가 고부에 도착했을 때는 이미 역졸들이 줄행랑을 친 뒤였다.

전봉준은 군아에 억울하게 잡혀온 농민들을 풀어주었다. 죽음을 기다리던 그들의 눈빛은 거의 빈사상태였고 희망을 기다리는 눈빛은 어디에도 없었다. 옥에서 풀려나온 이들의 눈빛은 순간 변했다. 초죽음 상태에서 죽을 날만 기다리던 무고한 이들의 눈빛이 일순 살아났다. 감옥 밖 포플러 나무의 움트는 이파리가 흔들렸다. 까치가 포플러 나무 꼭대기 까치집에서 반갑게 울었다.

전봉준은 전열을 가다듬고 다가올 전투를 대비했다. 고부에 며칠 더 머무른 후, 이들은 백산으로 진을 옮겼다. 전봉준이 다시 들고 일어나 고부를 점령했다는 소문은 전라도 전역으로 퍼졌다. 피 끓는 이들이 속속 농민군에 합류했다. 물밀 듯 밀려오는 농민군의 흐름은 노도와도 같았다. 손화중 3,580명, 김개남 1,350명, 김덕명 2,100명 등 그 숫자는 12,000명을 넘나들었다.

농민군의 숫자가 늘어나자 전봉준은 전열을 가다듬었다.

총 대장에 전봉준, 총관령에 손화중과 김개남, 총참모에 김덕명과 오시영, 영솔장에 최경선, 비서로 송희옥, 정백헌이 임명되었다.

"우리는 이제 전주를 점령하러 간다. 나를 따르라!"

산자는 전봉준 장군을 따랐다. 죽은 자가 이루지 못한 내일의 희망을 산자가 대신 이룩하고자 이들은 진격했다. 전봉준은 마침내 이들을 이끌고 백산을 떠났다. 동도대장이라고 쓰인 백기의 대장기에는 보국안민의 기치를 표방하는 문구가 쓰여 있었다. 격문은 사방으로 보냈다.

21편

황토현 대첩

4월1일, 보리밭의 보리가 키 자랑을 하며 쑥쑥 자랐다. 농민운동을 나간 농민의 논두렁에도 잡초가 무성했다. 키가 큰 풀은 베어져 소를 키우는 할아버지의 지게에 실렸고 밭두렁의 클로버는 아이들이 토끼를 주려고 뜯었다. 클로버의 꽃이 아이들의 바구니에 담겼다. 수십 개의 깃발을 앞세우고 둥둥둥 징을 치며 농민군은 논두렁의 베어진 풀 위를 걷고 뜯겨진 클로버 밭두렁 길을 걸었다. 보리 한 포기라도 밟지 않으려고 농민군은 한 줄로 길게 줄을 서서 걸었다. 먼저 떠난 선발대는 벌써 전주에 도착해서 상황을 시시각각 농민군 진영에 보고했다.

전봉준은 원평에 진을 쳤다. 상황이 급박하게 돌아가자 전라감사 김문현은 할 수 없이 모든 사실을 조정에 보고했다. 조정은 격분했고 왕은 격노했다.

왕이 물었다.

"전라도는 조선왕조의 선조가 태어난 곳이다. 타 지역과 어찌 같을 수 있겠느냐? 근래 창궐한다는 동학의 무리를 없애 안민지책을 강구하라!"

"분부대로 시행하겠나이다."

그러나 고부 민란은 안핵사 이용태도 감당하지 못했다. 조정은 부심했고 임금은 근심했다. 연일 이어지는 김문현의 보고는 날이 갈수록 동학이 창궐하여 전라 병사의 힘으로는 다스릴 수 없는 지경에 이르렀다고 올라왔다.

조정은 마침내 특단의 대책을 강구했다.

"시국이 어수선한데 농민들까지 발광을 한단 말이냐? 홍계훈을 양호초토사로 임명하여 경군을 파견하겠다. 이에 앞서 전라도에서는 감영군을 출동시키도록 해라!"

감영군은 영병 700명, 토병 560명, 보부상대 1,000여 명으로 편성했다.

4월 3일 감영군은 태인 화호 나룻가에 진을 쳤다. 무서운 양총소리가 천지를 진동했고 총알은 수없이 백산을 넘나들었다. 이경호가 이끄는 부대는 백산 어구에 진을 치고 나루 길을 끊었다. 농민군의 보급로를 끊어버리면 며칠 버티지 못하고 항복할 것이라는 생각에서였다. 전라중군 김달관과 초관 이재섭은 토병 수천 명을 거느리고 백산 십리지점에 진을 쳤다. 유영호가 이끄는 보부상대 천여 명은 백산 후방 삼십리 지점에 진을 쳤다. 모든 감영군이 총 출동해서 백산을 에워쌌다. 동학 농민군은 긴장했고 감영군은 포위망을 좁혀왔다.

소문은 꼬리를 물고 퍼져나갔다.

"글쎄 전라 감영군의 숫자가 만 명이 넘는다네. 조정에서도 군대를 파견한다네."

소문은 삽시간에 전봉준의 귀에 들어갔다. 전봉준은 다시 백산에 진을 쳤다.

"동요하지 마라! 조정에서 파견한 부대는 아직 도착하려면 멀었다. 조정의 군대가 들이닥치기 전에 우리는 저들을 쳐부숴야 한다. 나에게 좋은 작전이 있으니 명령만 따르라."

밤이 이슥할 무렵 전봉준은 비밀리에 장지문을 불렀다.

"그대가 할 일이 있소."

"무엇이옵니까? 명령만 내려 주소서. 저는 이미 나리의 몸입니다."

"이런 일을 시켜서 미안하오. 허나, 그대가 아녀자이기 때문에 들킬 염려가 없다고 사료되는바 그대가 이번일의 선봉에 나서주면 좋겠소."

"저보고 적진에 쳐들어가라는 말씀이온지요?"

장지문이 놀라며 반문했다.

"아니요. 6일 저녁에 우리는 황토현 아래에 진을 칠 것이오. 그날 대대적인 전투가 있을 거외다. 전투를 하기 전에 농민군이 배불리 먹어야 하오. 그래서 그러는데……."

전봉준은 장지문의 귀에 대고 귓엣말을 했다. 벽에도 귀가 있다는 속담을 전봉준은 믿었다.

"여부가 있으리까? 내 목숨을 담보 잡혀 꼭 장군님의 명령을 실행하겠나이다."

"고맙소. 낭자."

전봉준의 입술이 뜨거웠다. 전봉준은 물을 벌컥벌컥 마셨다. 장지문의 입술도 뜨거웠다. 장지문은 찬물에 얼굴을 씻었다. 뜨거워진 마음을 들킬세라 그녀는 서둘러 그의 방을 나왔다. 밖에 나온 장지문이 아랫입술을 깨물었다. 장지문은 하늘을 올려다보았다. 눈부시게 반짝이는 수많은 별이 하늘에 박혀있었다. 장지문은 그 하늘에 전봉준의 얼굴을 그렸다. 그리고 빌었다.

"부디 무탈하게만 계셔주소서."

어느 틈엔지 전봉준이 곁에 서 있었다.

"나리 없는 밤이 무서울 것 같사옵니다."

"운명이라 생각하시오. 그대 없는 곳이 곧 나의 죽을 자리요. 나의 죽을 자리는 내가 선택하는 것은 아닐 테지만, 나라가 바로 서기 전에는 죽을 수 없소."

"나리! 혹시라도 사지라 판단되시거든 저부터 죽이소서. 나리 없는 세상을 저는 혼자 못살겠사옵니다."

"내 그대에게 무엇을 더 바라리오. 고맙소! 낭자. 나라가 바로 세워지거든 그대에게 후한 상을 내리리다."

"상은 필요 없나이다. 그저 이 몸 둘 곳 나리 곁이면 족하옵니다."

애절하고 애절했다. 쓰러져 죽으면 그곳이 사지일 테지만, 두 사람의 사지는 이곳이 아니라고 스스로 다짐했다.

"밤이 깊었습니다. 그만 주무세요. 그럼 내일 새벽에 떠나겠나이다."

전봉준이 멀어지는 장지문의 손을 잡아끌었다.

"가까이 오시오."

"……."

장지문의 말없음이 전봉준의 애간장을 녹였다. 전봉준이 장지문을 꼭 껴안았다. 거기까지였다. 장지문은 전봉준이 깨어나기 전, 여장을 갖추고 길을 떠났다. 그녀는 전형적인 시골 여인네 복장을 했다. 장지문이 백산을 떠나 영원 쪽으로 오는데 진을 치고 있던 감영군이 보였다. 장지문은 고개를 숙이고 진지를 멀리 돌아서 그곳을 지나치려고 애썼다. 그러나 진지에서 순찰을 하던 관군 두 명에게 발각되고 말았다. 관군은 장지문을 붙잡았다.

"어디서 오는 길이냐?"

관군이 물었다.

"백산에 다녀오는 길입니다."

장지문의 대답은 그 다음 질문을 생각했다. 생각대로 관졸은 다시 물었다.

"백산은 무슨 연유로 갔다 왔느냐?"

"다섯 살배기 아들이 피부병이 생겨 하도 긁어서 피가 뚝뚝 떨어지는데 마땅히 약이 없어서 백산 쪽에 가면 문둥이 촌의 약이 잘 듣는다는 소문을 듣고 약을 구하러 다녀오는 길입니다."

"그럼 약을 꺼내 보거라!"

난감했다. 장지문은 미쳐 그 대답의 확실성을 준비하지 못했다.

"……."

장지문이 말을 못하고 얼버무리자 관군이 들고 있던 창을 장지문에게 겨누었다.

"이년이 수상하다! 끌고 가자!"

하얀 저고리에 검은 치마를 입은 장지문의 치마가 순간 허공을 날았다. 장지문은 허공에 금 하나를 그으며 사뿐히 내려앉는가 싶더니 이내 그의 발등은 관군의 목을 강타했다.

"차차차착!"

"어이쿠."

관군 한 명이 쓰러지자 남은 관군 한 명이 창으로 장지문을 공격했다.

창은 날카로웠고 예리했다. 예리한 창끝이 장지문 앞에서 요란하자 장지문은 허를 발견하지 못했다. 장지문이 공세 뒤에 숨은 허세를 발견하고자 몇 발자국 도망쳤다. 관군이 안심하고 도망치는 장지문을 공격했다.

도망치는 장지문의 속도와 공격하는 관군의 속도가 비례했다. 촌음을 다투는 위기에서 마침내 장지문은 가속도가 붙은 걸음을 갑자기 돌려서 옆으로 비꼈다.

"휘익."

갑자기 돌아서서 비끼는 장지문의 민첩성을 관군이 간파하지 못했다. 관군이 속도를 줄이지 못하고 두어 걸음 더 나아가는 찰나였다. 장지문은 거기에서 허세를 발견했다. 공세 뒤에 오는 허세를 장지문은 정확히 돌려차기로 관군의 허리를 쳤다.

"아이쿠."

관군이 허리를 잡고 주저앉자 장지문은 치마를 허공에 날리며 공중에서 내려찍기를 실행했다.

관군이 실신했다.

"내가 떠나거든 눈을 뜨거라. 너의 죽을 자리를 연장시켜 주겠다."

장지문이 다시 태연하게 길을 떠났다.

몇 분 후 정신을 차린 관군이 장지문을 찾았지만 이미 사라지고 없었다. 관군이 감영군 대장에게 보고했다.

"귀신을 본 것 같습니다. 처녀 귀신한테 당했습니다."

"대낮에 무슨 귀신이냐? 이놈들이 제정신이 아니구나. 냉수를 마시고 속을 차리거라!"

감영군은 숫자가 많게 하려고 일렬종대로 진격했다. 깃발이 요란했다. 싸움을 신속하게 하려고 이들은 군량을 가지고 나서지 않았다. 닥치는 대로 빼앗아 이들의 배를 채웠다. 그들이 머문 동네에서 그들은 배를 채웠다. 그들의 약탈은 양반 상민이 따로 없었다. 동네에서 키우던 개와 돼지의 씨가 말랐다. 닭은 말할 것도 없었다. 양반집의 패물은 모두 그들의 손아귀에 들어갔고 관군의 소매와 바지춤에 빼앗은 보석을 감추었다. 일부는 마을의 아녀자를 겁탈했다. 농민들은 이들이 온다는 소식만 듣고도 무서워서 마을을 도망쳤다. 그들이 지나간 마을은 쑥대밭이 되었다. 이경호가 명령했다.

"오늘은 화호리에 진을 친다. 모두 배를 채워라."

수십 명의 보초만 남기고 이들은 마을로 들어갔다. 악랄한 이들의 소문은 이미 마을에 퍼져 농민들은 집을 버리고 숨었다. 빈집에서 이들은 먹을 것을 찾아 먹고 그조차 없으면 직접 곡식을 찾아서 밥을 지어먹었다. 끝까지 집을 지키는 농민들은 그들과 싸웠다.

"밥을 지어라!"

감영군 네 명이 한 집에 들어갔다. 늙은 할머니와 스무 살쯤 되어 보이는 젊은 처녀가 둘이 집을 지키고 있었다. 노인은 치매 증상을 보이고 있었다. 아픈 어머니를 두고 젊은 처녀는 혼자 피신할 수가 없었다.

처녀는 부엌으로 들어가 밥을 지었다. 할머니가 말했다.

"당신들 대체 누구여? 우리 딸 사위되려고 왔나? 우리 딸 예쁘지? 침들 닦아. 우리 딸 아무한테나 못 줘 이것들아."

"저 노인이 미쳤나. 우릴 보고도 겁을 안 먹네. 하하."

"그러게 말이야. 다들 도망치고 난린데. 저 할망구 겁도 없단 말이야"

감영군이 재미있다는 듯이 웃었다. 이윽고 밥이 차려졌다.

이들은 쑥국에 밥을 말아 배불리 먹었다. 딸이 들어오기 전에 이들은 모종의 모의를 했다. 할머니는 여전히 되지도 않은 이상한 말을 하고 있었다. 이윽고 한 사내가 부엌으로 갔다. 설거지를 하고 있던 처녀를 사내는 그녀의 입을 막고 헛간으로 데리고 갔다. 지푸라기가 가득한 헛간에 처녀를 쓰러뜨리고 사내는 정신없이 그녀를 겁탈했다. 처녀가 발악을 했다. 그녀의 저고리가 찢어졌다. 젖가슴이 찢어진 옷 사이로 빠져나왔다.

"안돼요! 싫어요. 아. 살려줘!"

안방에서 딸의 목소리를 들은 어머니가 말했다.

"우리 딸이 왜 자꾸 소리를 질러? 사람들이 많아서 즐거운가 보네. 허허."

사내가 반항하는 그녀의 얼굴을 때렸다. 처녀가 울었다. 사내는 인정사정없이 그녀의 치마를 벗겼다. 처녀는 공포에 질려 말도 제대로 하지 못했다.

처녀의 사타구니에서 피가 흘렀다. 사내가 옷을 추스르고 나오자 다음 사내가 들어갔다. 이미 엉망이 된 처녀의 사타구니를 그들은 순서대로 도장을 찍었다. 처녀는 끝내 마지막 사내의 도장을 받다가 실신을 하고 말았다.

"니기미, 시팔."

만족을 못한 사내가 몇 번 처녀를 흔들더니 기척이 없자. 헛간에 불을 질러버렸다.

"밖이 왜 이렇게 환해? 지금이 밤 아녀? 아. 따뜻하다."

창호지 문 사이로 활활 타오르는 헛간의 불길을 할머니는 낮으로 착각했다. 사내들이 도망치고 할머니와 실신한 처녀는 끝내 타오르는 불길 속에 갇혀 재가 되고 말았다.

감영군은 밤이 되자 백산을 공격했다.

이들은 각자 가지고 있는 총을 동진강 너머 백산으로 갈겨댔다. 신식총은 유효사거리가 200미터가 넘었으며 분당 12발이 나갔다. 농민군이 가지고 있는 총은 사거리가 고작 30미터밖에 되지 않았다. 한방 장전해서 쏘는데 1분이 걸렸다. 상황이 불리하자 농민군은 백산을 버리고 후퇴했다.

이튿날 농민군이 후퇴했다는 보고가 올라오자 감영군은 이들을 추격해 동진강을 건넜다. 감영군이 떠난 화호리는 을씨년스러웠다. 피신했던 농민들이 마을로 돌아왔다. 불에 탄 헛간에서 처녀의 시체가 반쯤 탄 채 알몸으로 발견되었다. 발견된 시체에 파리 떼가 들끓었다. 농민들은 경악했다.

그들의 만행은 농민군에 그대로 보고되었다. 전봉준은 경악했고 손화중은 발악했다. 특히 성질이 불같은 김개남은 분을 참지 못하고 재떨이를 내 던졌다. 재떨이에 맞은 항아리가 산산조각이 났다.

"이런 쳐 죽일 놈들이 다 있나? 안되겠다. 내 이놈들을 당장 요절을 내고 말테다. 장군님 제가 먼저 공격하겠습니다."

전봉준이 김개남을 말렸다.

"전쟁은 감정으로 하는 게 아니다. 평상심을 유지하라. 우리가 흥분하면 먼저 지게 돼 있다. 저들은 고도의 심리전을 하고 있는 것이다. 우리가 그들의 심리에 말려들어선 안 된다."

백산에 비가 내렸다. 비는 구질구질 그 끝을 모르고 이어졌다. 군량 담당관인 김명수는 애초에 별장의 자리에 올려주지 않은 불평으로 이경호를 미워했다. 김명수는 군량운반을 제대로 하지 않았다. 무남병 7백 명과 토병 5백 6십 명이 여러 날을 제대로 먹지 못했다. 비는 연일 이어졌다. 말목장터에도 비가 내렸고 백산에도 비가 내렸다. 추위와 굶주림에 떨며 진지를 고수하는 것도 고역이었다. 병사들은 거적때기로 비를 피했고 우두머리들은 땅굴 속에서 몸을 피했다.

비가 내리자 감영군은 더는 농민군을 추격할 의사가 없는지 백산에 진을 쳤다.

전봉준이 외쳤다.

"저들을 쉬게 해서는 안 된다. 저들을 지치게 해야 한다. 저들은 군량을 가지고 오지 않았다. 그게 저들의 약점이다. 특공대를 조직해서 적의 후미를 치고 빠져라."

최경선은 건장한 청년 열 명을 선발하여 백산의 감영군을 공격했다. 분한 감영군이 진지를 거두고 다시 공격했다.

4월 6일, 농민군은 그들을 끌고 영원을 지나 천태산을 넘어 황토현까지 치고 빠지는 공격으로 그들을 유인했다. 삼십 리 길을 그들은 쫓아왔다. 해가 지자 그들은 더는 공격하지 않았다. 드디어 본격적으로 농민군은 황토현 건너편 산인 사시봉에 진지를 구축했다. 감영군은 황토현에 진을 쳤다. 제대로 먹지도 못하고 며칠 동안 농민군을 ◎느라 기진맥진해진 감영군은 파김치가 되었다. 가지고 온 식량도 없으니 난리도 아니었다. 황토현은 평야에 조그맣게 우뚝 솟은 산이다. 사방이 평야이다 보니 그들은 독안에 든 쥐나 다름없었다. 이곳에서 나고 이곳에서 훈련하고 이곳을 수없이 돌아다닌 전봉준 이었기에 전봉준은 이곳의 지리를 훤하게 뚫어보고 있었다.

애당초 조정에서는 홍계훈이 이끄는 조정의 군대가 올 때까지 공격을 미루고 대기하라는 명령이 있었다. 그러나 김달관과 이재섭은 서로 먼저 공을 세우려고 무리한 공격을 감행했다.

장지문은 무사히 황토현 아래 마을에 잠입했다. 마을 이장에게 전후 사정을 이야기했고 전봉준의 황토현 대첩 날짜를 말했다.

"이번 싸움이 가장 중요한 싸움이라고 전봉준 장군께서 말씀하셨습니다. 농민군이 배불리 먹어야 싸울 수 있다며 여러분들의 협조를 구했습니다. 도와주십시오."

"암요. 도와주고말고요. 내 고부 봉기 때부터 전장군의 소문을 들어서 알고 있어요. 새 나라를 세울 인물인데 이제야 세상에 빛을 보는구먼요. 어서 음식을 준비합시다."

이미 마을사람들의 대대적인 환영을 받는 농민군이었기에 일은 순조롭게 풀렸다. 이장은 마을사람들을 불러 모아 음식을 만들었다. 농민군의 숫자와 필요한 음식의 분량은 장지문이 말해주었다. 깨와 고기와 소금을 넣은 주먹밥 수천 개가 만들었다. 주먹밥은 계란을 짚에 넣고 묶는 것처럼 정갈하게 묶어서 농민군의 허리춤에 멜 수 있게 만들어놓았다.

고을 사람이 분주하자 수상이 여긴 관청의 사람 한 명이 염탐을 나왔다.

"지금 이곳에 무슨 잔치가 있는가?"

"잔치가 있죠. 내일이 이장님 아버지 환갑이잖아요. 환갑잔치를 하려고 한다니까요. 하하하."

"아, 그래요? 난 또……."

염탐꾼이 멋쩍어서 물러났다.

장지문과 이장은 이미 입을 맞춰 놓은 상태였고, 정말로 이장의 환갑이 내일이었던 것이다.

동학 농민군이 진을 치자마자 사시봉 아래 마을에서 음식이 들어왔다. 삶은 닭과 뜨거운 국물이 담긴 김칫국은 농민군의 배를 두둑하게 해 주었다. 장지문이 보자기에 음식을 싸서 전봉준에게 가져왔다.

"그대가 임무를 성공리에 완수했구려! 고맙소."

"그런 말씀 마시고 어서 드세요. 힘을 내야 하니 많이 드소서!"

"그대도 어서 드시구려."

장지문의 볼에 미소가 가득 번졌다.

"꼭 대승하소서!"

"걱정 마시오.내 꼭 저놈들을 물리치리다."

"저도 오늘 밤의 싸움을 돕겠나이다."

"아녀자의 몸으로 무엇을 돕는단 말이요? 이정도로도 충분하오. 이제 몸을 피해 있으시오."

전봉준의 안쓰러움이 장지문의 가슴을 파고들었다. 장지문의 차가운 몸이 전봉준의 안쓰러움에 녹아들었다.

장지문이 물러나고 손화중과 김개남, 김덕명, 오지영, 그리고 최경선이 전봉준 앞에 앉았다. 전봉준이 좌중을 둘러보며 명령했다.

"오늘밤 총공격을 감행할 것이오. 적은 신식 총을 가지고 있소. 낮에 싸우면 우리가 백번 싸워도 이길 가망이 없소이다. 오늘밤 안으로 마무리 지어야 합니다. 밤에는 아무리 좋은 총도 성능을 발휘하지 못합니다."

손화중이 전봉준의 말을 받았다.

"지금 선제공격을 하는 것보다 밤에 분명히 적이 야습을 감행할 것입니다. 우리가 미리 매복을 했다가 역공격을 하는 게 좋을 것 같습니다."

"과연 그대 말이 옳소. 김개남과 손화중 부대는 황토현 적진 팔부능선 후방에 미리 매복하시오. 적의 퇴로는 황토현 남쪽 전방입니다. 그리고 김덕명과 오지영 부대는 사시봉 중간에 매복했다가 적이 사시봉 정상을 탈환하면 바로 공격하시오. 정상에는 우리 농민군 대신 포목으로 허수아비를 세워놓으시오. 최경선은 정예인원을 뽑아서 후퇴하는 적을 섬멸하시오."

명령은 신속했고 정확했다.

한편, 장지문은 곧바로 마을로 내려가서 부녀자들을 모았다.

"오늘밤 치열한 전투가 있을 예정입니다. 전봉준 장군께서는 우리가 여자라고 싸움터에 오지 말라고 하시나 어찌 우리라고 구경만 하고 있겠어요? 우리도 뭉쳐서 싸웁시다."

장지문의 말에 마을 여자들이 주먹을 불끈 쥐었다.

"맞아요. 이참에 모두 바꿔야 합니다. 안 그러면 탐관오리들의 등살에 살 수가 없어요."

"싸움은 남자들에게 맡기고 여러분은 저를 따라오세요. 지금쯤 적들이 지쳐서 쉬고 있을 겁니다. 감영군도 여자들은 대수롭지 않게 생각할 겁니다. 우리가 먹을 것을 가지고 적의 군영에 들어가서 감영군을 유인하는 사이 나머지 여자들은 물동이를 이고 올라와서 적의 포에 물을 붓는 겁니다. 감영군이 포를 쏘지 못하면 아군의 대량 살상을 막을 수 있어요."

"좋아요. 그렇게 합시다."

장지문의 신호에 여자들 스무 명이 줄을 지어 적의 숙영지로 향했다.

"손들어! 움직이면 쏜다. 누구냐?"

감영군의 진지를 지키던 보초가 총을 겨누었다.

"음식과 술을 가져왔어요. 많이 드세요. 호호."

"아이고 계집들이 어쩜 저렇게 말도 예쁘게 한다냐? 가지 말고 놀다가 가. 우리가 밥 다 먹고 실컷 놀아줄게. 하하하."

허기에 지친 군졸들이 벌떼처럼 달려왔다. 보초를 서던 병사들도 음식을 보자 환장했다. 이들은 술을 마셨다. 바로 그때 야음을 틈타 아낙들이 움직였다. 이들은 각자 위치에서 두 사람씩 짝을 지어 포에 물을 퍼부었다. 그리고 쏜살같이 사라졌다. 아래쪽에서 부녀자 두 사람이 물을 붓다가 잡혀갔다.

예상대로 적은 두 패로 나뉘어 야습을 감행했다. 서로 공을 먼저 세우려고 그동안을 참지 못한 김달관과 이재섭이다.

비는 그쳤다. 멀리서 개구리가 울었다. 개구리 소리가 줄기차게 울리더니 어느 순간 울음소리가 딱 그쳤다. 울음소리가 그친다는 것은 적이 야습을 감행했다는 증거다. 적의 이동소리에 놀란 개구리가 일순 숨죽이는 것이었다. 전봉준이 팔로 옆 사람에게 적이 온다는 신호를 보냈다. 저마다 손에는 긴 죽창을 가졌다. 마침내 적은 매복위치에 접근했다. 먼저 접근한 부대가 김달관이 거느린 부대였다. 적은 거침없이 사시봉 정상을 공격했다. 이어서 이재섭이 이끄는 부대가 반대편에서 정상을 향해 공격했다. 김달관의 부대는 이재섭의 부대가 보기에 적 같았고, 이재섭의 부대는 김달관의 부대가 보기에 적 같았다. 어둠 속이라 피아간 식별이 불가능했다. 농민군은 이미 본진을 비운 채 허수아비만이 적들의 공격을 허락했다. 피아간 구분이 없는 이 칠흑 같은 밤, 두 부대는 같은 편인 줄도 모르고 육박전을 감행했다. 바로 그때 매복을 하고 있던 전봉준이 소리쳤다.

"쳐라!"

무수히 많은 농민군의 창이 적을 에워싸고 공격했다. 예상을 깨고 공격해오는 농민군에게 감영군은 속수무책으로 당했다. 감영군의 일부는 자기편의 창에 찔려 죽었고 그 일부는 농민군의 창에 찔려 죽었다. 감영군은 총을 쏘아댔다. 총알은 농민군의 공세를 막지 못했다. 총은 메아리만 크게 들렸을 뿐, 농민군의 목숨을 삼키지 못했다. 속은 것을 안 영관 이경호가 소리쳤다.

"후퇴하라!"

전세가 불리하자 감영군은 후퇴했다. 후퇴하는 적을 최경선 정예부대가 미리 대기하고 있다가 섬멸했다. 본진은 적의 야습으로 헐거워진 상태로 손화중은 손쉽게 적의 본진을 접수했다. 감영군은 퇴각하다가 농민군의 창칼에 찔려죽고 총에 맞아 죽었다. 감영군이 포를 쏘아보았지만 포에서는 물만 나왔다.

싸움이 끝난 이튿날 치열했던 전투현장을 전봉준이 순찰했다. 영관 이경호가 복부에 창을 맞고 죽었고 서기 유상문이 논두렁에 처박힌 채 총에 맞아 죽었다. 숲 이곳저곳에 감영군의 시체가 즐비했으며 논두렁마다 시체가 흩어져있었다. 그 중에는 남장을 한 여자도 섞여있었다. 죽은 병사의 주머니에서 금붙이가 쏟아져 나왔다. 민가를 약탈해서 숨기고 온 보석이었다.

한편 홍계훈은 병력 팔백 명을 이끌고 인천을 출발해 당일 석양에 군산 포에 도착했다. 수로에 미숙하여 해상에 정박했다. 군산 포에 상륙한 홍계훈은 임피에서 노숙하고 7일 전주에 도착하니 이미 황토현 전투에서 대패한 소식이 전해졌다. 농민군이 감영군을 섬멸했는데 그 숫자가 천을 헤아린다는 소문이 전주 전체에 퍼졌다. 이 소문을 들은 조정의 정부군은 공포감에 잠을 못 이루었다.

"아 글쎄 농민군이 도술을 부린다는구먼, 감영군의 포에서 포탄이 안 나오고 물이 나온다네. 그것 참 희한하지."

"동학군들은 신출귀몰한다는구먼. 어제는 백산에서 오늘은 황토현에서 종횡무진 닥치는 대로 감영군을 격파했대잖는가. 이거 안 되겠네 이곳에 있다가는 제명에 못 죽지 어서 도망가세."

공포에 질린 정부군이 겁을 먹고 도망쳤다. 홍계훈은 감히 이들과 싸울 엄두를 내지 못한 채 전주에 머물렀다. 이것이 바로 황토현 대첩이다.

22편

농민군의 남진

황토현 대첩의 대승으로 농민군의 사기는 하늘을 찔렀다. 닥치는 대로 휩쓸었고 반항하는 자는 파도처럼 쓸어냈다. 그들은 성난 파도였고 태풍이었다. 응어리진 한이 봇물 터지듯 터졌으며 가는 곳 마다 그들은 승리했다. 그들 앞에 나설 자는 아무도 없었다.

4월 7일 농민군은 전세를 가다듬어 곧바로 정읍 연지동으로 나왔다. 그들은 석양 무렵 정읍 장교청으로 잠입 옥을 부수었다. 동학 죄인 6명을 석방하고 창, 검 등 많은 무기를 빼앗았다. 또한 공형들의 가사와 도사령들의 가산을 부수고 보부상의 거처를 불살랐다.

흥덕으로 진군한 농민군은 고부 삼거리에서 잠을 잔 후, 이튿날 11시경 흥덕으로 쳐들어가 군기고를 부수고 탄약과 창, 검조총 등 무기를 노획한 후, 고창으로 진군했다. 고창 현감은 이들이 쳐들어온다는 소식에 걸음아 나 살려라 도망쳤다. 그들은 이어서 무장으로 향했다.

손화중의 동학세력이 가장 많았던 곳이 무장이었던 바, 동학세력을 심하게 탄압했던 곳이기도 하다. 그곳 옥에는 44명의 동학 교인이 갇혀있었다. 동학군 10,000여 명이 읍내로 몰려와 동헌과 아사를 부수고 죄수를 석방했다. 그들은 관속, 공형, 수교 등 관속들은 닥치는 대로 베었다. 피는 물보다 진했다. 무장고을이 피로 얼룩졌다. 벼슬아치들이 벌벌 떨었고 농민들은 일제히 환호했다. 농민군의 진군 앞에 막을 자는 없었고 조정은 이들의 공격을 두려워했다.

농민군은 쉴 틈 없이 포를 쏘며 성 밖의 호산봉, 여시매봉에 진을 쳤다. 갑옷과 총검으로 무장한 동학군이 성내를 누비고 다니자 모든 사람이 공포에 떨어 그 어떤 첩자도 쉬이 이들의 근황을 염탐해낼 수 없었다. 이들은 삼일동안 무장에 머물며 전열을 가다듬었다. 전봉준은 작금의 농민군 봉기의 대의를 밝히는 동학포고문을 발표했다.

[세상에서 가장 귀한 것은 바로 사람이다. 하늘의 뜻은 천륜이고 사람의 뜻은 인륜이다. 군신부자는 인륜 중에서 으뜸이다. 임금이 어질고 신하고 곧으며 아버지가 자식을 사랑하고 아들이 효도한 연후에야 나라에 복이 미치는 것이다. 그러나 오늘의 신하된 자들은 보국은 생각지도 않고 녹위만 도둑질하여 왕의 총명을 가리고 아부와 아첨만을 일삼아 보국의 인재가 없고 밖으로는 백성을 학대하는 관리만 많다. 농민은 생업을 즐길 수 없고 또한 몸을 보존할 계책도 없다. 그 학정 때문에 원성은 높아지고 부자의 윤리마저 무너질 판이다. 허다한 세금과 돈은 국가로 들어가지 않고 개인의 사복만 채우고 국가의 빚만 누적되는데 갚을 생각도 없고 교만과 사치만 일삼으니 만인은 도탄에 빠져 허우적거린다. 백성이 잘 살아야 나라가 부강하거늘 이들의 사리사욕에 백성의 곤궁은 헤아리기 어렵다. 우리는 비록 초야의 유민일지라도 국토에 몸 붙여 사는 자라 국가의 위망을 좌시할 수 없다. 수많은

백성의 뜻을 모아 이제 여기에 보국안민의 기치를 내 거는 바 금일의 광경이 비록 놀랍고 두렵더라도 백성은 생업에 종사하며 태평세월을 빌고 함께 임금의 덕화를 입게 된다면 천만 다행으로 알겠다.]

포고문은 그 어디에도 동학 교리에 대한 언급은 없었다. 위정자들의 폭정에 항거했을 뿐, 교에 관한 구절은 일언반구도 없었다. 비록 진두 지휘는 동학교도가 했지만 나머지 농민군들은 거의가 자발적으로 들어와 싸운 백성이었던 것이다.

초토사 홍계훈은 동학농민군이 전라도 일대를 휩쓸어도 움직일 기미를 보이지 않았다. 그는 전주내의 경비강화에 주력했다. 홍명석이 홍계훈에게 보고했다.

"최근 전주에 이상한 소문이 돌고 있습니다. 영장 김시풍이 7월 15일 쿠데타를 일으킬 것이라고 합니다."

김시풍은 곧은 일이 아니면 따르지 않는 담력과 경력을 겸유했고 비록 늙었으나 기력이 강해 어떤 사람도 선불리 그 앞에 나서지 못했다. 세간에선 그를 황토현 싸움에서 장군으로 기용했다면 지지 않았을 것이라고 했다.

"당장 잡아들여라!"

김시풍이 홍계훈 앞에 당도했다. 결박당한 상태였다.

"네가 역적모의를 하고 있다는 데 사실이냐?"

"나는 역적모의를 한 적 없다. 나를 모함하는 술수다."

"바른대로 이실직고 할 때까지 주리를 틀어라!"

"아아아악."

김시풍의 다리가 부러졌다. 악에 바친 김시풍이 힘을 주어 결박을 끊고 군도를 빼앗아 반항했다. 김시풍은 11일 오후 영장 임태두의 입회 아래 남문시장에서 효수되었다. 후일 홍계훈이 효수한 김시풍 사건은 김시풍을 시기하는 역적들의 간계로 홍계훈이 잘못 저지른 실수로 밝혀졌다. 패군한 장수를 처형하지 않고 군기를 숙청하는데, 도리어 간사한 모략으로 유용한 인물을 죽인 것은 홍계훈의 명석하지 못함이니 그는 진정한 장수가 아니라고 갑오약력은 전했다. 조정은 걷잡을 수 없이 번지는 농민군의 반격을 두려워했다.

무장에서 3일 동안 머물렀던 동학농민군은 일부 병력을 잔류시키고 12일 이른 아침 출발하여 영광에 진주했다. 영광의 무기고는 이미 동학농민군의 손아귀에 들어갔다. 영광군수는 지레 겁을 먹고 법성포에서 관곡을 배에 싣고 도망쳤다. 영광에서 4일을 머문 농민군은 함평으로 진격했다. 그들은 기를 앞세우고 창을 들고 칼을 휘두르며 대포를 쏘고 들어오는데 말을 탄 기마병이 백 명이요. 그 가운데는 갑옷을 입었고 혹은 전립을 썼다.

4월 8일 서울에서 파견된 초토사 홍계훈은 각 고을에 방을 붙였다.

[이번 양호의 동학교도를 평정하려고 전주에 머물고 있는바 너희들쯤이야 왕명으로 즉시 초멸될 테지만 너희 백성들이 소요의 피해를 입은 데다 이제 농사철인데 자칫하면 실업의 폐단이 있지 않을까 심히 걱정된다. 우리는 성상의 백성을 생각하는 은혜를 베풀어 이에 방문을 게시하니 동요함이 없이 친척에게 일러 죄를 범하지 말고 평상으로 돌아가라 일러라. 아울러 각 고을의 교졸이 혹시 민폐를 끼치거든 그들

을 결박해놓고 성명을 기록해 보고하면 엄벌에 처하겠노라.]

한편, 홍계훈은 각 고을에 명령하여 동학군의 동태와 두목의 이름, 인원수, 산천의 지형, 도로상황 등을 상세히 기록하여 보고토록 하였다.

홍계훈은 장성에서 동학군을 뿌리 뽑을 계책을 세웠다.

"각 고을은 즉시 영광으로 관군을 집결시키도록 하고 동학농민군이 한사람도 빠져나가지 못하도록 장성을 포위하라."

홍계훈은 정부에 병력 증파를 요청했다. 정부는 병정 5백 명과 강화 포수 3백 명을 증파했다.

농민군의 세력은 날로 커져 지방 관아를 차근차근 접수했다. 조정은 이들이 쉬이 진압되지 않자 다시 근심했다.

23편

청국과 일본의 군사 파견

1893년 3월 17일, 조정이 발칵 뒤집혔다. 임금이 연방 턱수염을 쓰다듬으며 골똘히 생각에 잠겼다. 좌의정인 조병세가 임금의 생각에 마침표를 찍었다.

"전하 동학세력이 만연하나 정부의 힘이 약해 난을 평정하기 심히 어려운 줄로 아뢰오."

조병세의 걱정이 임금의 맞장구로 이어졌다.

"이일을 어쩌면 좋단 말이냐?"

임금이 근심했고 신하가 걱정했다.

"청국의 병력을 빌려와 대신 토벌케 하는 방법밖엔 없는 줄로 아뢰오."

"통촉하여 주십시오."

조정의 대신들이 서로 입을 맞춘 듯 조병세의 의견에 동조했다.

임금이 다시금 수심에 잠겼다. 마침내 임금의 어명이 떨어졌다.

"내무부사 박제순은 들어라! 당장 청국의 주한대표인 위안스카이에게 중국이 군함과 육군을 파견하여 마산 포에 주둔해서 농민군을 진압해 주었으면 좋겠다고 요청해라."

그러나 주한대표 위안스카이는 이에 응하지 않았다.

"병력이 이동하면 먼지가 일터, 먼지 끝에는 칼의 울음소리가 들릴 터, 이에 농민이 동요하여 더 큰 소요가 일어날 터, 어찌 타국의 군대로 귀국의 소요를 막으려 합니까? 귀국의 조정은 사태를 좀 더 지켜보도록 권하는 바입니다."

위안스카이가 도도하게 왕의 청을 거절했다.

사태는 더욱 꼬여갔다.

3월 25일 임금은 경복궁 함원 전에 영의정 심순택, 좌의정 조병세. 우의정 정범조를 집결시켰다. 임금이 허리를 굽혀 그들을 바라보며 물었다.

"그대들은 작금의 현실을 어떻게 판단하는가?"

"실로 어려운 상황이옵니다. 다시금 박제순을 위안스카이에게 보내심이 어떻겠는지요."

이구동성으로 이들이 외쳤다.

위안스카이는 섣불리 조정의 말에 귀 기울이지 않았다. 그의 걱정은 바로 일본이었다.

"우리가 군대를 보내기에 앞서 조정에서 군사를 남으로 내려 보내 진압토록 하시오."

위안스카이는 북양대신 겸 직예총독으로 있던 리훙장에게 이 사실을 알렸다.

"의외의 변고를 만들지 마라. 일본 군함이 인천항에 정박해있는데 섣불리 나섰다가 충돌이 일어나면 큰일이다."

이일은 잠시 주춤하는 듯싶었다. 그러나 황토현 대첩의 패배로 홍계훈은 다시 청군의 원조를 청하는 주청을 올렸다.

"동학 농민군의 세력이 파도 같아서 저의 힘으로 막기엔 역부족입니다. 빠른 시일 내에 외국군대를 지원해 주십시오."

한편, 일본은 조선이 청국에 원군을 요청했다는 소식을 들었다. 일본내각이 비밀회의를 개최했다. 회의는 신속했고 거침없었으며 요란했다.

"조선이 청국에 원군을 요청한 것은 결코 좌시할 수 없습니다. 만약 무시하고 이를 제지하지 않는다면 조선에 있어 서로 공평하지 않은 것이고 청일 양국의 균형이 크게 어긋날 것입니다. 즉각 우리도 군사를 보내야함이 맞습니다."

안건은 만장일치로 채택되었다. 즉시 일본 총리대신과 참모총장, 친왕, 일본 육군중장을 만나 조선으로 가는 비밀 결의를 채택했다. 일본 육군 중장이 회의 결과를 토대로 전군에 알렸다.

"청군은 군사를 5천 명 이상은 파견하지 않을 것으로 본다. 승리를 거두기 위해서 우리 일본은 군사 7천 명을 파견할 것이다."

일본은 조선의 동학 농민군을 없애는 게 목적이 아니라 청국의 군사지원을 빌미로 조선에 침략하여 조선을 접수하고 나아가 중국까지 넘보는 거대한 계획을 세워놓았던 것이다.

일본은 청국의 위안스카이에게 전문을 보냈다.

"우리 일본은 호위로 삼을 경찰 20명을 인솔하고 조선으로 향할 것이다."

일본은 호위경찰 뒤편에 숨어있는 군사 488명, 야전포 4문, 뒤이어 상선에 탄 병력 1,000명을 조정에 보고하지 않았다. 일본군은 인천에 들어왔고 10여척의 군함이 각 항구에 정박했다. 조선은 그때까지 일본의 경찰 20명 이상이 들어온다는 사실을 아무도 몰랐다. 일본은 조선에 전문을 보냈다.

"우리 일본은 제물포 조약과 천진조약에 의거 한국에 군대를 파견하는 바이다."

사리사욕에 눈 먼 조정은 정말 20명의 일본군만 들어오는 것으로 믿었다.

24편

황룡대첩

4월 22일 아침이다.

낮은 구름이 먼 구름을 데리고 몰려와 장성 평야가 그늘 속에서 암울했다. 암울한 논에도 희망의 빛은 있었다. 논에는 모내기가 한창이었다. 쟁기질 하던 소가 잠시 머뭇거리더니 행군중인 동학 농민군을 바라보았다. 깃발을 앞세우고 포를 쏘며 진군하는 모습에 소는 무심히 커다란 눈을 치켜뜬 채 넋을 놓았다. 농민이 채찍을 휘둘렀다.

"이랴! 이놈의 소가 왜 이러나?"

정신이 번쩍 든 소는 젖은 논바닥만 바라보며 있는 힘을 다해 나아갔다. 쟁기에 갈린 흙이 물구나무를 섰다. 겨우내 쉰 탓으로 소의 등은 약했다. 약한 소의 등으로 멍에가 씌워지고 멍에의 힘에 의해 땅은 파이는 것이었다. 소가 힘을 주자 웃자란 독새기풀이 일제히 쓰러졌다. 쓰러진 풀 속으로 개구리가 뛰어다녔다. 뛰어나간 흙뒤로 아지랑이가 피어올랐다. 소의 등에서 땀이 흥건했다. 소는 입에 거품을 물었다. 가쁜 숨을 몰아쉬는 소의 코에서도 쑥향기는 올라왔다. 힘에 부친 소가 쟁기질을 하다가 똥을 쌌다. 똥은 갈아엎은 흙 위에서 퍼졌다. 쇠똥에서 풀 향기가 올라왔다. 겨울에 한가해진 어른들이 말려서 땔감으로 쓰던 똥이다.

쟁기질을 하는 노인의 논을 이웃한 옆 논은 이미 모가 심어졌다. 작은 모가 물속에서 이파리 몇 개만 내놓고 바람에 흔들렸다. 동학 농민군이 지나가자 흙바람이 몰아쳤다. 모는 그 흙먼지를 통째로 뒤집어썼다. 그리고 아무렇지 않은 듯 다시 흔들렸다. 비가 퍼부었다. 봄비다. 비는 심겨진 모들의 어린 싹을 간질였다. 흙먼지가 일순 씻겼다. 모는 신이 난 듯 춤을 췄다.

쟁기질을 하던 소는 비가 내리자 갑자기 힘을 냈다. 빗물에 젖은 논은 더욱 부드럽게 갈렸다. 농민의 다리에 진흙이 튀었다. 농민은 한참 쟁기질을 하더니 잠시 소를 논두렁에 세웠다. 소가 풀을 뜯고 농민이 막걸리에 목을 축였다. 농민군의 행군 소리는 이제 들리지 않았다. 노인은 모처럼 편안하게 막걸리를 들이켰다. 다시 쟁기질을 했다. 점심 때가 되자 농부의 아내가 소쿠리에 도시락을 싸왔다.

"영감! 식사부터 해요. 시장하겠구먼요."

"뭐 하러 가져 왔는가? 집에 가서 먹으면 되는데……."

노인은 논두렁에 짚을 깔았다. 소는 한쪽에서 풀을 뜯어 삼켰다. 농부는 숭늉을 벌컥벌컥 들이켰다.

"아까 봤소? 농민군들이 창과 칼을 들고 영광 관아를 공격한다는데."

"아. 아까 포 소리도 나고 말발굽소리도 나더니만 그 소리였구먼요. 세상이 바뀌긴 하려나 봐요. 별일 없겠지요?"

노인의 아내가 걱정스럽게 말했다.

"별일은 무슨 별일. 아 나라가 잘되자고 들고 일어난 것인데, 듣자니 농민군의 공격에 관군이 꼼짝 못한다고 합디다."

노인이 젓가락으로 김치를 집어서 잘게 찢었다. 찢은 김치를 밥을 뜬 숟가락에 돌돌 말아 막 입에 넣으려 할 때였다.

"어이영감!"

무장을 한 관군의 무리가 농민 쪽으로 다가왔다.

"동학 농민군 놈들이 지나간 곳이 어디냐?"

말을 탄 이학승이 농부에게 소리쳤다.

"이쪽으로 갔구먼요."

농부의 오른손이 오른쪽 산마루를 가리켰다. 농부의 대답이 채 끝나기도 전에 그들은 군사를 이끌고 농민군의 뒤를 쫓았다.

영광에 머물고 있는 초토사 홍계훈은 동학농민군이 함평에서 나주, 장성등지로 향했다는 보고에 따라 이학승과 원세록에게 병정 3백 명을 주어 장성으로 진군시키고 23일 황룡에 있는 동학군을 공격하라는 명령을 하달했다.

동학교도 이용길은 같은 지역 농민군들과 장태를 만들었다. 장태는 일반 장태보다 훨씬 크기가 컸다.

"장태를 뭐 하러 만드는가?"

농민들이 의아해 하며 이용길에게 물었다.

"이번에 닭 농사를 크게 해보려고 그런다네. 하하하."

장태는 대나무를 잘라 타원형으로 만든 닭장을 말한다.

"대나무를 촘촘하게 엮어라. 총을 쏘아도 총알이 들어오지 못하도록 말이야."

이용길과 농민군은 장태 수십 개를 장성군 황룡면 월평리의 산꼭대기에 옮겼다. 그리고 점심을 먹었다. 바로 그때였다.

"꽝! "

관군이 쏘는 포탄이 주먹밥을 먹고 있는 농민군의 진중에 떨어졌다. 십여 명이 현장에서 즉사했다. 점심을 먹던 농민군은 혼비백산 달아났다. 전봉준이 주먹밥을 먹다 말고 소리쳤다.

"물러서지 마라! 관군은 숫자가 몇 명 되지 않는다. 모두 수건으로 머리를 싸매고 입은 앞 옷깃을 물고 엎드려서 장태를 굴려라. 절대 옆을 돌아보지 말고 오로지 앞만 보고 장태를 굴리면 총알이 장태를 뚫지 못할 것이다. 진격 앞으로!"

장태는 저마다의 구름으로 저마다의 언덕을 내려왔다. 수십 개의 장태가 수십 명의 관군을 향해 굴러갔고 장태 뒤에 숨은 농민군의 총이 관군을 명중했다.

"저게 뭐냐?"

이학승이 부하에게 물었다.

"글쎄 장태 같은데요? 웬 장태가 저렇게 굴러오죠? 사람은 보이지 않고요."

"장태를 향해 총을 쏴라!"

총알이 장태를 향해 퍼부었다. 총알은 장태를 뚫지 못하고 튕겨나가 땅에 처박혔다.

"안되겠다. 포를 쏴라!"

포는 쿵쿵 울리며 농민군의 장태를 공격했고 서너 개의 장태는 포탄에 맞아 산산조각이 났다. 쓰러져 죽은 농민군이 늘어났고 목숨을 견

딘 농민군은 옆에서 누가 죽었는지 몰랐다. 입에 문 앞 옷깃 때문에 아무것도 볼 수 없었다. 농민군은 다만 장태를 굴렸을 뿐이고 관군은 다만 포를 쏠 뿐이었는데, 포는 농민군의 숫자를 감당하지 못했고 농민군은 장태 뒤에서 적의 숫자를 겨우 감당했다. 장태는 퍼붓는 포탄 속을 뚫고 기어이 굴러갔으며 장태 뒤에 숨은 농민군의 총알은 기어이 관군의 목숨을 관통했다. 이학승은 부하들 틈에서 장태만 바라보다 끝내 죽었다. 그의 부하 5명도 목숨을 잃었다. 관군은 혼비백산 하여 도망쳤다. 도망치는 관군을 농민군은 끝까지 추격했다. 관군의 포 구르프포와 회선포를 노획했다. 3백 명의 관군이 4천 명의 농민군을 상대하기엔 역부족이었다.

훗날 이용길을 후세사람은 이장태라고 불렀다. 황토현 싸움의 패배와 장성의 황룡대첩에서 대패한 홍계훈과 관군의 사기는 땅에 떨어졌다. 농민군은 곧장 기수를 전주로 돌렸다. 홍계훈은 병력증파와 동시에 청군의 병력 지원을 조정에 건의했다.

[지금 동학이 창궐하여 그 숫자 헤아리기 어렵습니다. 어제 귀화한 자가 오늘 다시 일어나고 동에서 쫓으면 서로 달아나니 그들을 섬멸할 길이 없습니다. 우리 숫자는 적은데 그들은 헤아릴 수 없이 많아 우리의 병사를 나누어서 일일이 대적하기 어렵습니다. 엎드려 빌고 청하건데 외병을 빌려 도와주도록 하면 그 무리로 하여금 세를 확장하지 못하게 조처할 것이니 그들은 외로워서 흩어지고 힘이 궁하여 자해하리라 사료됩니다.]

농민군의 사기는 충천했고 관군은 사지에 내 몰린 고양이 앞에 쥐처럼 처량했다.

왕이 순변사를 차송한 후 대신들을 모아 청병의 청원문제를 논의했다. 왕이 말했다.

"위안스카이(원세개)는 조선이 청병을 요청하면 본국에 전통하여 며칠 사이에 군함이 올 수 있다고 한다. 그대들은 어찌 생각하는가?"

"사세부득이한 일입니다."

"청을 청병하면 일본이 아울러 발동할 우려가 있다."

임금이 염려하자 김홍집이 말했다.

"지금 우리의 병력으로 동학군을 초멸할 수 없어 부득이 하는 일인데 일본은 우리가 청원하지도 않는데 어찌 함부로 발동하리오."

회의가 끝난 후 민영준이 돈영 김병시에게 청국 원병요청에 대한 의견을 물었다.

"동학군의 죄야 용서할 수 없지만, 모두 우리의 백성이 아닙니까? 우리의 군사로 다스리지 않고 다른 나라의 병력을 빌려 이를 토벌한다면 백성의 심정은 어떻겠는가? 민심이 동요할 것이니 이를 삼가는 게 좋을 것이오. 일본도 가만있지 않고 출병할 것이오. 일단 한양에서 지원병을 증파했으니 결과를 더 지켜보도록 합시다."

일본은 천진조약에 의거 조선에 대한 청, 일 동시 출병권을 보유하고 있었던 것이다.

25편

전주 입성

4월 27일은 전주의 서문 장날이다. 아침부터 장꾼들이 들어와 장을 열었다. 짚신 장수가 제일 일찍 와서 양지 녘에 장을 폈다. 짚을 깔고 그 위에 짚신을 가지런히 놓았다. 이른 시각 일을 나가야 하는 농부들이 짚신을 사갔고 젊은 처녀가 짚신을 사갔다. 소금장수도 아녀자의 보자기에 소금을 담아 주었다.

칼을 갈아주는 사람의 엉덩이가 실룩거렸다. 농민군은 무기를 숨기고 시장에 잠입했다. 오시가 되자 장터 바깥의 용머리 고개에서 포성이 들렸다. 뒤이어 총소리가 천지를 뒤흔들었다.

“아이고, 이게 뭔 소리래? 어서 도망치자.”

장을 보던 손님들이 일제히 몸을 숨겼다.

장은 우왕좌왕하는 손님들로 인해 난장판이 되었다. 변장을 한 농민군은 서문과 남문을 통해 서슴없이 들어갔다. 파수를 보던 군졸들은 무슨 영문인지도 모르고 총소리에 놀라고 포소리에 떨다가 돌진하는 농민군의 함성소리에 허겁지겁 도망쳤다. 전주의 풍남문에는 ‘호남제1성’이라 씌어 있다. 평상시 이 문을 출입하는 농민들은 이 간판만 보고도 가슴이 서늘하여 기다시피 문을 들어서야했다. 파수병의 검문은 그렇게 삼엄했지만 오늘만은 예외였다.

농민군들은 여기가 마치 자기 집인 양 도도하게 들어섰다. 누구도 그들의 입성을 막지 못했다. 감사 김문현은 벌벌 떨며 방문을 걸어 잠그고 명령했다.

"서문 바깥쪽의 모든 집을 불태워 버려라."

민가 수천호가 불길에 휩싸였다. 그러나 이미 진입한 농민군에게 서문도 속수무책으로 열렸다. 김문현은 전세의 불리함을 깨닫고 동문으로 도망갔다. 처음엔 교자를 타고 도망갔으나 이미 모든 문이 농민군에게 점령당하자 결국 그는 교자를 버리고 떨어진 옷에 짚신을 신고 평범한 농민차림으로 농민군속에 끼어 이십 여리 밖에 있는 용진촌까지 도망갔다. 김문현은 거기서 백성이 키우던 낡은 말을 타고 줄행랑을 쳤다. 아무도 그가 김문현 감사라는 사실을 알지 못했다. 마침내 전주를 점령한 전봉준이 소리쳤다. 선화당 전체가 쩌렁쩌렁 울렸다.

"우리는 보국안민을 위해 일어섰다. 그러나 벼슬아치라도 우리에게 오면 살려줄 것이요, 거역하면 베리라."

홍계훈은 전주가 함락되는 순간에 전주에 없었다. 영광의 패배로 전의를 상실한 채 농민군의 뒤만 쫓다가 결국 전주성을 내주고 말았다. 민영승과 임태두는 조경묘의 위패와 경기전 태조영정을 받들고 동문으로 탈출 위봉 산성으로 피신하여 위봉사 대웅전에 안치했다.

4월 28일(양력 6월 1일)홍계훈은 금구를 거쳐 전주 용머리 고개에 진을 쳤다. 이미 전주성이 농민군의 손에 들어간 후였다. 성난 관군이 성안으로 대포 3발을 쏘았다. 오후 3시의 햇살이 중천에서 날아가는 포를 구경했고 터지는 포를 구경했다. 포탄이 터지자 산천이 흔들렸다. 포탄은 성안에서 후폭풍을 일으키며 터졌다. 파편이 날아가 농민군을 덮쳤다. 수십 명이 포탄에 쓰러졌다. 팔이 잘린 농민군이 고통에 절규했고 다리를 잘린 농민군이 피범벅이 된 하반신을 보며 고통 속에 의식을 잃었다. 이미 죽은 자는 고통이 없었으나 죽은 자를 지켜보는 산자의 고통은 울분으로 이어지고 울분은 이내 관군의 목을 따야 한다는 절박함으로 살아났다. 성난 농민군 수천 명이 서문과 남문을 열고 용머리 고개를 향해 돌격했다. 남문으로 나온 농민군은 백포장으로 앞을 가리고 산의 남쪽을 타고 올라갔고 서문의 농민군은 서쪽을 향해 뛰었다. 성안의 농민군은 성곽에 늘어서서 관군을 향해 대포를 쏘았다.

관군은 완산주봉 곤지산으로 총공격했다. 농민군의 손에는 창과 대창 화승총 등을 들었고 무기가 없는 농민군은 소나무 가지를 꺾어 흔들면서 주문을 외웠다. 일부는 사다리를 들고 뛰었다. 빗발치는 총탄에 앞서 돌진하던 농민군이 쓰러졌다. 뒤이어 농민군이 쓰러진 자를 넘어서 진격했다. 관군의 신예 무기는 이들을 처참히 무너뜨렸다. 농민군의 시체가 쌓였다. 농민군은 시체를 넘고 넘어서 진격했다.

관군이 동요했다.

"저놈들 저렇게 시체가 즐비한데도 물러날 생각을 안 하는구나. 미쳤나 봐!"

관군이 겁에 질려 도망칠 준비를 할 때 정상에 있던 수백 명의 지원병이 관군을 도우러 내려왔다. 육박전이 시작됐다. 지근거리에서 상대를 쓰러뜨리기에는 포나 총보다 칼이나 창이 유리했다. 칼은 적의 심장을 조준했다. 나의 적은 관군이었으며 나의 적은 농민군이었다. 관군과 농민군은 서로를 적이라 생각하며 평생 닭 한 마리도 잡아보지 못한 그들이 사람을 죽이고 있었다. 보이는 부분이 적의 공세였다. 공세는 허세를 감출 수 있는 유일한 방법이다. 최선의 공격이 최선의 방어라는 말과 일맥상통했다. 농민군은 멈추지 않고 공세를 취했다. 공세 뒤에 숨은 허세를 관군은 찾지 못했다. 한 번에 찔러서 죽지 않은 자는 위에서 창으로 내리찍어 숨을 끊었다. 그러나 관군은 숫자가 많았다. 수백 명의 지원군이 관군에 합류하자 전세는 역전되었다. 이미 죽은 농민군의 시체가 600명을 넘어섰다. 소나무 가지를 꺾어 흔들던 농민군은 맨손으로 적의 칼을 막다가 칼에 찔려 죽었다. 농민군의 공세는 보이지 않았고 몸 전체가 허세였다. 관군은 허를 찔러 농민군을 죽였다. 전세가 급격히 농민군에게 불리하게 돌아갔다. 분위기는 급반전 되었다. 관군의 사기가 올라갔다. 관군은 드디어 농민군의 허가 어디인지 찾아냈다. 느슨하게 덤비는 한두 명의 농민군은 관군 대여섯 명이 달려들어 전신에 칼과 창을 찔러 넣었다. 피 냄새가 낭창했다. 용장 김순명과 동장사 이복용이 관군에게 잡혔다.

동쪽 언덕의 관군도 일제히 이들을 향해 발포했다. 갑옷을 입고 환도를 차고 총을 가진 농민군 30명이 탄환에 맞아 쓰러졌다. 서쪽 언덕에선 올라오는 농민군을 향해 관군의 총이 쉴 틈 없었다. 할 수 없이 농민군은 돌아서서 달아나다 적의 대포에 맞아 수백 명이 쓰러졌다.

오후 6시가 되자 끝내 농민군은 혼비백산 성안으로 도망쳐 들어가 성문을 굳게 닫고 말았다. 홍계훈이 외쳤다.

"적의 성문을 향해 발포하라!"

홍계훈이 직접 부하 10여 명을 이끌고 성문에 대포를 쏘았지만 문첩이 견고한 성문은 뚫리지 않았다.

"날이 어두워졌으니 일단 철수하자."

그날 밤 성 내외의 민가 수백 채가 불에 탔다. 관군이 쏜 대포에 맞아 집이 불길에 휩싸인 것이겠지만 관군은 농민군이 불을 냈다고 정석모는 보고했다. 차마 눈으로 볼 수 없는 참상이었다.

조정에서는 연일 상소가 빗발쳤다.

"김문현 전라 감사는 전주성을 버리고 단신으로 공주로 도망쳤습니다. 마땅히 극형에 처함이 가할 줄로 아뢰오."

"대신들의 뜻이 그러하니 김문현을 거제도로 유배하라."

이에 만족하지 못한 대신들이 다시 청원해서 더 큰 엄벌을 내리기를 원했다.

"그럼 김문현을 거제도로 유배시키고 위안리치 형을 가하라."

위안리치는 탱자나무 울타리에 가두는 것을 말한다.

상소는 끊이지 않았다. 김문현을 사형시키라는 상소였다. 조신들이 다시 간청했으나 대사헌이 말했다.

"더는 이 문제를 제기하지 말라!"

대사헌은 삼사의 대간을 바꿔버렸다. 바뀐 대간이 다시 상소했고 다시 대간을 바꿨다. 청을 할 때마다 대간을 바꿨다. 대사헌이 임금께 다시 청했으나 임금은 듣지 않았다. 대사헌이 총 사직을 감행했다. 6월 2일 이후 열흘 동안 계속 상계를 올렸으나 결국 김문현은 거제도 위리가자의 형이 집행되었다.

전주가 동학군에 함락되자 마침내 조정에서는 위안스카이를 통해 원병을 요청하는 국서를 보냈다.

[우리나라 전라도는 지금 동학의 무리가 창궐하고 있다. 벌써 현성 십여 곳을 함락시켰고 최근에는 북쪽으로 방향을 틀어 전주성까지 함락시켰다. 도저히 우리의 힘으로는 그들을 다스릴 수 없기에 원병을 청하는 문안을 보내니 총리께서 북양대신에게 보내 속히 귀국의 군대로 우리의 폭도를 토벌해 주기를 바란다.]

그리하여 청국에서는 섭사성이 거느리는 청군 9백 10명이 도남호로 아산에 상륙했다. 일본은 제물포 조약에 의거 420명의 육전대가 대포 4분으로 서울에 입성했다. 오호시마가 이끄는 6천여 명의 혼성여단이 인천에 상륙했다. 동족을 다스리기 위해 외적을 불러들여 이제는 청일 양국의 각축장이 되고 말았다.

26편

전주 화약

전주성을 사이에 두고 완산의 관군과 동학 농민군은 두 차례 접전을 치루고 서로 대치상태가 계속 되었다. 정부는 애가 탔다. 조바심에 이끌려 정부는 전라감사 김학진에게 명했다.

"전라감사 김학진은 들어라!"

"예."

"동학군과 화해의 방도를 강구하라!"

김학진은 삼례역에 머물며 정부의 의중을 동학군에게 전했다. 동학군은 폐정개혁을 내용으로 하는 소지를 관군 측에 보냈다.

"우리가 태어난 곳도 조선이요. 자란 곳도 조선인데 어찌 조선을 미워하리오. 임금에게 반역하고 어찌 조선인으로 살 수 있겠는가? 우리가 일어난 것이 비록 놀랍고 당황스러운 일일 것이나 먼저 생민을 도륙하기 시작한 사람이 누구였는가? 전 관찰사 이용태가 아닌가? 죄 없는 서민을 수없이 살육하고 세금을 착복하고서도 반성조차 없는 현실이 어찌 개탄스럽지 않겠는가? 대원군에게 국정을 맡기자는 것은 당연한 일이거늘 어찌 불궤죄로 몰아 죽이려하는가? 성을 점령하고 무기를 거두어들인 것은 우리의 몸을 지키고 그들에게서 목숨을 구하기 위한 대책일 뿐이라는 것을 어찌 모르는가? 아울러 폐정개혁을 요구하는 내용을 첨부해서 보내니 정부에서 속히 시행하기 바란다. 깨닫고 속죄하는 방법은 오직 관군 측에서 선처해서 임금에게 보고하는 길 뿐이다. 할 말은 이것뿐이다."

5월 5일 관군 측에서 회신이 왔다.

"무릇 백성이 억울하면 나라에 호소하고 나라가 듣지 않으면 다시 호소하고 자꾸 호소하다보면 들어주지 않을 일이 무엇이 있겠는가? 각 고을의 폐정은 가히 두어도 될 것은 둘 것이며 고칠 것은 과감히 고치겠노라. 지금 여러 가지 조목을 들었으나 이치에 맞는다고 단정 지을 수 없다. 너희들이 가지고 있는 군기를 모두 바치고 성문을 열어 관군을 맞아들여 정부의 호생지덕을 받도록 힘쓰라."

전봉준은 심야 회의를 소집했다.

"지금 정세는 급박하게 돌아가고 있소이다. 계속 밀고 서울로 올라가려니 이미 들어온 외병들의 항전이 사납기 그지없소. 이미 청국군과 일본군이 인천을 통해 들어와 서울로 향한다고 들었소. 이들이 우리와 대결하면 이들은 각종 신식 무기로 우리를 초토화 시킬 것이오. 이들은 우리를 잡아들일 구실로 온 것이외다. 이들이 쳐들어올 빌미를 제공한 것이 우리라고 조정은 생각하는 것이오. 즉, 이들의 외세가 우리나라에 발을 붙이지 못하게 하려면 우리가 이쯤에서 평상으로 되돌아갔다가 후 일을 도모하는 게 좋지 않을까 합니다만 동지들 생각은 어떻소?"

전봉준의 말을 김개남이 받았다.

"무슨 소리를 하시오? 우린 이미 죽을 각오를 하고 여기까지 온 게 아니오? 끝까지 쳐들어가서 청, 일 양국군을 축출하고 임금이 바른 정사를 하도록 해야 하지 않겠소? 우리가 다시 평상시로 돌아간다면 그동안 쌓아올린 탐관오리 척결은 누가 해준답니까? 당장 치고 올라가 서울을 점령하고 외국군대를 물리치는 게 상책일 듯하오."

최경선이 말했다.

"큰일입니다. 지금은 모내기철이라 농촌은 매우 바쁩니다. 보리는 다 익어서 누렇게 말라가고 있습니다. 일부는 쓰러져 보리에서 싹이 나고 있소이다. 보리 수확할 사람이 노인들과 아녀자들뿐이오. 어젯밤에도 백여 명의 농민군이 성을 빠져나갔소. 일손이 턱없이 부족하여 농민군의 손이 절대적으로 필요합니다."

손화중이 최경선의 의견에 동조했다.

"그렇습니다. 먹고 살 궁리는 해야 싸움도 할 수 있는 것이오. 일단은 자기 식솔이 굶어죽게 할 수는 없소이다. 지금은 싸울 때가 아니라 농사를 지을 때입니다. 일단 청일양국군대가 쳐들어올 빌미를 제공하지 않는 게 급하오. 전쟁은 그 후 가을걷이가 끝나고 해도 됩니다. 이쯤에서 정부의 화해요구를 받아들여야 합니다. 정부에 폐정개혁을 요구했고 개혁을 하겠다고 정부에서 답이 왔으니 이쯤에서 잠시 평상으로 돌아가는 게 좋을 듯하오."

토의는 쉽사리 끝나지 않았다. 일부는 서울까지 쳐들어가서 탐관오리를 척결하고 외세를 물리치자는 강경파였고 일부는 일단은 물러서서 농사일에 전념하고 사태를 지켜본 후에 다시 봉기하자는 온건파였다. 강경파의 목소리는 컸고 온건파의 목소리는 작았다. 강경파는 목소리가 컸지만 메아리는 공허했고 온건파의 목소리는 작았지만 지극히 현실적이었다. 농민군 대부분이 온건파의 말에 수긍했고 처자식이 없는 총각들과 과격한 몇몇 동학도와 농민이 세상을 완전히 바꾸자고 강경파의 의견에 동조했다. 봄에서 여름으로 치닫는 바람은 지극히 훈훈했고 일부는 더웠다.

홍계훈 초토사가 미적거리는 동학농민군에게 재차 화약할 것을 방문으로 내걸었다.

"전후에서 호유했는데도 의심을 푸는 자가 없으니 실로 개탄스러운 일이다. 그대들은 어찌 그렇게 어리석은가? 너희의 목숨을 구하려거든 곧 성문을 열고 나가라. 나가는 자 쫓지 않을 것이며 살려고 나가는 자 죽이지 않을 것이다. 이미 왕명이 떨어졌으니 이것은 실로 거짓 없는 진실이다. 그렇지 않으면 곧장 성을 파괴하고 너희들을 남김없이 몰살시킬 것이다."

방은 고을에 붙었고 농민군의 게시판에도 붙었다. 방문은 한 번에 끝나지 않고 매일 이어졌다. 농민군의 마음이 흔들렸다.

"너희들이 그렇게 의심하면 지금 성을 나서는 자에게 물침표(아무도 침해하지 말라는 표시)를 만들어주겠노라. 각자는 각자의 집으로 돌아가 생업에 전념하라. 무기를 거꾸로 들고 관군 쪽으로 와라."

정부 측의 제의는 제의를 넘어 성화였다. 성화는 재촉이었고 재촉에 흔들리는 민심은 동요했다. 전봉준은 폐정개혁 27조를 정식으로 제출했고 정부가 이를 수락했다. 그날이 바로 5월 7일이다. 이른바 전주화약이 성립된 날이다. 개혁안은 대략 이랬다.

1.전운소를 없앨 것.
2.국결을 가하지 말 것.
3.보부상의 작폐를 금할 것.
4.도내환전은 구감사가 거두어 간 즉 민간에 다시 이앙할 것.
5.대동미를 상납하기 전 각 포구의 미곡무역을 금단할 것.
6.동포전은 매호 춘추 2냥씩 정전할 것.
7,탐관오리를 파면할 것.
8.임금을 옹폐하고 매관매직가고 국권을 농간한자를 축출할 것.
9.관장이 된 자는 해경 내에 입장할 수 없으며 수전을 만들지 말 것.
10.전세는 전례에 따를 것.

등이다. 폐정개혁안은 동학농민군의 집강소에서 일시나마 실천되었고 후일 갑오경장에 반영하여 조국의 근대화에 기여했다.

홍계훈은 장위영 포대 1대와 회선포 1좌, 대포 2좌를 남기고 모두 철군했다.

27편

지리산의 봄

지리산 노고단에도 봄은 왔다. 화엄사경내를 아우르던 매화가 피고 지고 동백도 피고 졌다. 산수유가 지천으로 피었다가 졌고 꽃 진 자리마다 이파리가 무성했다. 화엄사에서 노고단으로 오르는 길에는 대나무가 자생했다. 하늘 무서운 줄 모르고 여린 대나무는 봄빛에 기지개를 활짝 켰다. 키는 하루가 다르게 쑥쑥 자랐다. 키 높은 곳엔 대나무가 키 낮은 곳엔 냉이 꽃이 만발했다. 남녘의 봄은 그윽한 향기를 가득 안고 순간 무르익었으며 산골의 농민의 마음도 순간 봄을 닮아갔다. 농민은 밭에 고구마를 심고 고추도 심었다. 집 안마당의 따뜻한 담벼락 아래에서 키운 고구마 순을 잘라 밭에 옮겨 심고 항아리에 물을 길어와 뿌렸다. 시들하던 고구마순은 하루가 다르게 뿌리를 뻗고 힘을 냈다. 사내들은 산에 지천인 두릅을 꺾었다. 쇠죽솥에 데친 두릅을 고추장에 찍어 막걸리와 마셨다. 한 잔의 술이 노동의 고통을 위로했고 한 가닥의 노래가 노동의 고통을 다독였다. 위로받은 노동의 고통이 삶의 업이었다면 다독인 노동의 고통은 행복으로 승화되었다. 고통을 이기면 행복해진다는 진리를 농민은 한 잔의 술로 알아냈다. 화엄사에서 노고단으로 향하는 중간 성삼재에서는 오늘도 기합소리가 끊이지 않았다.

"앞차고 가로막고 올려 때려 찌르기. 얍!"

"얍!"

열세 명의 여자가 한꺼번에 토하는 기합소리는 톤이 높았고 되돌아온 메아리는 앙칼졌다.

"뒤돌아서서 돌려 차고 고개 숙여서 막고 다시 되돌아가며 찌르기. 얍!"

장지문의 구령소리는 우렁찼다. 이따금 놀러온 까치가 그녀의 기합소리에 깜짝 놀라 울었다.

"똑바로 해라! 정신을 딴 데 팔고 있으니 제대로 동작이 통일되지 않잖아. 다시 정위치!"

장지문은 손에 대나무를 다듬어 만든 지휘봉을 들었다. 대나무의 매끈한 부위에서는 햇빛을 스칠 때마다 실핏줄 같은 햇살 한 가닥이 물렸다. 각자는 긴 창을 들고 각자의 위치에서 각자의 동작을 통일시키며 무술훈련을 받았다. 각자의 눈빛은 호랑이의 눈처럼 번뜩였고 원한에 사무친 듯 표정은 굳게 다물었다.

"표정이 너무 딱딱하다. 우리가 원수를 갚기 위해서 훈련을 한다고 생각하면 안 된다. 무술은 자신의 마음을 정복한 연후라야 자유자재로 동작을 펼칠 수 있다. 알겠나?"

"예."

"무술은 체력이 없으면 할 수가 없다. 우리의 몸은 이미 우리의 것이 아니다. 저기 노고단 정상이 보이는가?"

"예, 보입니다."

"정상까지 찍고 집까지 내려온다. 나보다 뒤처지는 사람은 오늘 밤 불침번을 서야한다. 알았나?"

"예!"

"뛰어!"

열세 명의 여자가 뛰었다. 각자 창을 들고 각자는 땀을 뻘뻘 흘리며 봄볕을 달렸다. 노고단의 아지랑이가 졸린 눈으로 뛰는 여자를 바라보았고 여자들은 졸릴 틈을 주지 않고 뛰고 또 뛰었다.

장지문이 다시 훈련장 아래에 있는 집까지 뛰어 내려온 시간은 해가 뉘엿뉘엿 질 무렵이다. 열 명의 여자가 장지문을 앞섰고 두 명의 여자가 장지문을 앞지르지 못했다.

"오늘 불침번은 두 명이 교대로 한다."

이들은 폐가를 고쳐서 임시방편으로 기거했다. 훈련이 없는 틈틈이 산나물을 뜯어 말리고 그것으로 반찬과 국을 끓였고 일요일엔 근처 마을로 내려가 사람들에게 동학을 가르쳤으며 식량을 얻어왔다. 훈련이 끝나고 저녁식사가 끝나자 이들은 근처 계곡으로 향했다.

저마다 땀에 전 옷을 벗고 목욕을 했다. 희부연 속살이 계곡물에 보이자 부끄러운 듯 이들은 앞가슴을 감췄다. 봄빛에 달궈진 물이었어도 물은 매섭게 차가웠다. 이들은 서로 등을 밀어주며 하루의 노곤한 몸을 상대에게 의지했고 노곤한 몸의 피로를 상대에게서 위로받았다. 내 피곤함보다 내 이웃의 피곤함이 먼저 걱정되었고 내 몸의 고달픔보다 내 이웃의 고달픔을 먼저 생각하며 이들은 서로의 알몸을 씻겨주었다. 살을 부비고 살갑게 살아온 날들이어서 이들의 우애는 남달랐다.

"아이. 추워!"

이제 갓 스무 살이 된 영옥이는 특유의 어리광을 부렸다. 농민군활동을 하던 영옥이의 아버지가 관군에게 총을 맞아 죽고 어머니마저 병으로 죽자 영옥이는 죽은 아버지의 원수를 갚겠다며 장지문을 찾아왔다.

"와! 이제 보니 영옥이 살색이 뽀얗네 남자들이 환장하겠는걸. 호호. 탐스럽다 얘. 호호."

황토현 전투에서 남편을 잃고 졸지에 과부가 된 서른두 살 정희가 놀렸다.

"어머머! 언니는 뭐 아직 안 예쁜가? 가슴이 풍만해서 남자들이 보면 기절하겠는걸요. 호호."

정희는 정말 예뻤다. 가슴도 가슴이려니와 나이에 못지않게 쏙 들어간 허리며 한껏 올라간 엉덩이가 매력적이었다. 정희는 틈틈이 우스갯소리로 죽은 남편의 자랑을 늘어놓곤 했다.

"우리 신랑 살아있을 때는 나는 밤마다 잠을 못 잤다우."

"왜, 못자요 언니?"

"넌 시집을 안가서 모를 거야. 글쎄 내가 그렇게 좋은가 봐. 자려하면 깨워서는 젖 좀 달라고 하질 않나. 자려 하면 깨워서 뽀뽀해 달라고 하지 않나. 호호."

"아니 뭐. 신랑이 애기인가? 별꼴이야. 흥."

영옥이가 정희네 부부의 밤 생활을 듣다가 얼굴이 붉어졌다.

"어라? 영옥이 얼굴이 왜 그리 빨간 거야?"

장지문이 놀렸다. 놀리던 장지문의 볼도 상기되었다. 장지문은 전봉준을 생각했다. 전봉준과 나누던 대화를 생각했다.

["먼 길 오느라 얼마나 고생했소?"
"오직, 나리를 볼 수 있다는 희망 하나만 가지고 달려왔습니다."
"그 마음이 평생 변하지 않을 자신이 있소?"
"자꾸 묻지 마소서. 지금 이대로도 기뻐서 죽을 것 같사옵니다."
"……."]

그날 밤 장지문은 끝내 말없음표로 대답을 했고 전봉준은 장지문의 알몸을 구석구석 찾아 말없음표가 주는 해답을 찾아 읽었다. 장지문은 달아오르는 열기를 주체하지 못하고 차가운 개울에 온몸을 밀어 넣었다. 뜨겁게 달아오른 장지문의 알몸이 일순 굳어졌다. 헐거워진 몸의 핏줄이 일제히 경직되었다. 장지문은 다시금 긴장을 늦추지 않고 개울을 나왔다.

이튿날은 황토현 대첩에서 노획한 감영군의 총으로 사격훈련을 했다.

"활은 휘어져서 맞힐 자리에 꽂히지만, 총은 반듯하게 나가서 바로 맞힐 자리를 뚫는 것이다. 활의 속도보다 훨씬 총알의 속도가 빠르기 때문에 눈뜨고 피한다고 해도 이미 늦는다. 알았나?"

장지문 교관의 설명은 자세하였으며 어려운 용어를 최대한 피해서 설명했다.

"무서워요."

영옥이 살상 무기 앞에서 떨었다.

"겁내지 마라. 총은 너희들의 목숨을 지켜줄 애인이다. 그러니 시시

때때로 닦고 윤기를 내야한다."

"애인을 윤기 나게 닦으면 잘 해 주나요?"

"푸 하하. 무엇이든 쓰지 않고 처박아 두면 녹이 스는 법이다. 나도 시집을 안가서 잘은 모른다만 아마 내 말이 맞을 거야. 그렇지? 정희 언니?"

"하하하. 하여간 처녀들이 더 밝힌다니깐. 너희들도 시집을 한번 가 봐. 저절로 깨달음을 얻을 거야. 후훗."

정희는 밤마다 황소처럼 대쉬하는 신랑의 능력에 어느 날은 궁금했었다.

"당신 혹시, 나와 결혼한 게 이거 하려고 결혼한 거예요?"

밤마다 해도 도대체 성의 쾌감을 못 느낀 정희의 푸념 섞인 물음이었다.

"내가 결혼한 것은 그동안 못 써먹은 나의 아랫도리를 원 없이 써먹을 수 있다는 이유도 빼놓을 수는 없겠지. 그러나 그보다 더 당신을 매우 사랑하기 때문이었지. 하하하."

정희는 신랑의 말을 듣고 감동했다.

'그래, 아끼면 뭐하나? 내 신랑이 좋다는데 원 없이 주자.'

채 약속한 날이 삼년도 안 돼서 정희의 신랑은 죽었다.

'그렇게 내가 사랑했던 신랑인데, 그렇게 나만 좋아했던 남편인데, 원 없이 주고 원 없이 사랑하고자했던 첫 남자이자 마지막 나의 남자인데, 떡두꺼비 같은 아들 낳자던 사람인데…….'

상념에 젖어 우는 정희를 지문이 다가가 다독였다.

"미안해, 언니. 언니 또 죽은 신랑 생각하는구나?"

"어쩌면 좋니? 나 평생 어떻게 신랑 없이 혼자 사니? 응?"

"언니……."

장지문의 말없음표가 느낌표를 찾지 못해 헤매다가 끝내 같이 울고 말았다.

이튿날은 말을 타고 칼을 쓰는 훈련을 했다. 시간이 지날수록 이들의 무예는 남자도 감히 범접할 수 없는 고수의 길로 향했다. 그때부터 지리산 산골 마을에서는 '13인의 여전사가 호랑이보다 더 무섭다' 는 소문이 파다하게 퍼졌다.

28편

집강소 설치

전주성에서 해산한 농민군 대부분은 집으로 돌아갔다. 일부는 잠시 김제 읍을 점령했다. 홍계훈이 이들을 쫓자 일부는 부안과 고부로 향했다. 이들은 도망치면서 가지고 있던 무기를 반납했다. 다시 싸우려는 목적은 그들에게 없었다. 홍계훈이 양호순변사에게 있는 사실을 있는 대로 보고했다. 보고는 밝았으며 정부의 기대를 반영한 보고였다.

해산한 농민군의 일부는 거리의 불량배가 되어 삼삼오오 몰려다니며 민간인의 물건을 뺏고 폭력을 일삼았다. 각 고을의 수령은 힘이 없었고 이들을 제압할 조정의 힘도 미치지 못했다. 이미 화약을 맺은 전봉준의 명령도 이들의 귀에 들리지 않았다. 이들은 도둑이나 불량배로 남았다. 일부는 거리의 부랑아가 되었다. 일부는 흉악범이 되었다. 흉악범으로 변해버린 농민군의 일부를 옳게 지도하지 못한 것을 두고두고 전봉준은 후회했다. 전봉준은 억장이 무너졌다.

관찰사 김학진이 6월 어느 날 전봉준을 초대했다. 전봉준이 전주 감영에 들어서자 감영군이 양쪽으로 도열했다. 삼베옷에 큰 갓을 쓰고 의젓하게 그가 들어오는데 풍채는 작았지만 절도가 있었고 외모는 허름했지만 꽉 다문 표정은 섬뜩할 만큼 강단이 있었다. 감영군이 전봉준의 출현에 경의를 표했고 전봉준이 이들을 무심히 바라보았다. 무심히 아지랑이는 피어올랐고 무심히 제비는 감영의 처마 밑에 집을 지었다. 까치가 제비집 근처를 배회하다 연거푸 울었다. 포플러 이파리가 바람에 흔들렸다. 꽃이 진 벚꽃 나무의 이파리가 무성했다. 저들은 저마다의 가지에서 저마다의 흔들림으로 봄을 유혹했고 유혹당한 봄이 저들에게 따사로운 햇살을 내밀었다.

"먼 길 오시느라 수고했소."

김학진이 찾아온 전봉준을 위로했다.

"별말씀을 다 하십니다. 나라 걱정에 하루도 편할 날 없음은 저나 관찰사님이나 매 한가지일 것이오."

전봉준이 관찰사의 노고에 화답했다.

"그래 앞으로 폐정개혁을 어떻게 실행하면 좋겠소?"

김학진이 차를 들이켰다. 생강차의 찻물이 아린 목을 적셨다.

"각 군현에 집강소를 설치합시다. 동학교도들이 각 고을에 들어가 서기, 성찰, 집사, 동몽을 두어 관청 역할을 할 것이오."

생강차의 따뜻함이 전봉준의 가슴을 녹였다. 훈훈했다.

"그렇게 하시오."

김학진은 빈 찻잔을 내려놓으며 편하게 말했다.

이리하여 전봉준은 전라도 전역에 53개의 집강소를 설치했고 동학농민군의 민정이 시작되었다. 집강이란 시비에 밝아 기강을 바로잡는 직책이다.

김학진 관찰사는 선화당을 전봉준에게 내 주고 징청각으로 물러앉았다. 전봉준은 집강소에 12항목의 실천 요강을 시정목표로 내걸었다.

1. 동학인과 정부사이는 오랜 감정을 없애고 서정에 협력할 것.
2. 탐관오리는 그 죄목을 조사하여 처벌할 것.
3. 횡폭한 부호를 처벌할 것.
4. 불량한 유림과 양반을 처벌할 것.
5. 노비문서는 불태워 없앨 것.
6. 칠반천인의 대우를 개선하고 백정의 머리에 쓰는 평양립을 벗게 할 것.
7. 청춘과부의 개가를 허용할 것.
8. 무명잡세를 거두지 말 것.
9. 관리채용은 지역을 차별하지 말고 고루 등용할 것.
10. 외적과 내통하는 자는 처벌할 것.
11. 공사채는 물론하고 기왕의 것은 무효로 할 것.
12. 토지는 공평하게 나누어 경작케 할 것.

이상은 폐정개혁에 넣었던 내용이었는데 정부에서 삭제했던 내용이다. 집강소는 이를 실현했으니 과히 혁명적인 개혁이다.

집강소의 힘은 대단했다. 관리의 문서를 검열했고 백성의 소장을 처리했으며 전도에 힘썼고 군기와 마필을 거두어 집강소의 호위군을 조직했다. 목표로 내세운 실천요강을 착실히 실천했다. 불태워 없애 노비딱지가 떼인 노비들이 환호했다. 세금이 반으로 줄어들어 살맛이 났다. 간간히 뜻하지 않게 부랑자들이 섞여 그들의 불법한 행패는 상상을 초월했다. 부랑자가 속한 조직은 이른바 허가된 깡패집단과 흡사했으니 그들의 위세는 하늘을 찔렀다. 전봉준은 이들을 가려내 축출하는 작업도 게을리하지 않았다.

전봉준은 금구, 원평에 앉아 전라북도를 통할하고 김개남은 남원에서 남도를 통솔했다. 손화중과 최경선은 서남부지방을 통솔했다. 전봉준은 20여명의 기마부하를 이끌고 각 고을을 순시했으며 농민군을 지휘했다. 그러나 전라도 전역이 쉽게 집강소의 허락을 용인했던 것은 아니었다. 나주, 남원, 운봉이 최후까지 동학농민군에게 항거하여 집강소 설치를 막았다.

"최경선은 나주로, 김개남은 남원으로, 김봉득은 운봉으로 군을 이끌고 가서 성을 접수하시오."

전봉준의 명에 의해 이들은 각각 현지로 진군했다.

최경선이 3천 명의 군을 이끌고 나주성에 이르니 나주목사 민종렬은 나주 읍내의 백성을 선동했다.

"우리는 동학도들에게 우리의 땅을 내줄 수 없소. 국가의 역적이고 유도의 난적이며 그들의 눈에는 정부도 부모도 없는 놈들이오. 그들한테 우리의 고장을 맡길 수 없소이다. 우리가 들고 일어나야 합니다. 우리 똘똘 뭉쳐 나주 성을 지킵시다."

"와! 와!"

나주성은 서북으로 태령이 둘러있다. 동남으로 대강이 성을 돌아가고 그 안에서 방어를 하면 성은 쉬이 함락이 어려울 요새였다. 최경선이 외쳤다.

"포를 쏘아 저들이 싸움에 응하게 하라!"

수십 발의 포를 쏘아보았지만 이들은 성안에 꼭꼭 숨어 나올 줄 몰랐다. 성문은 우두커니 서있었고 바람은 성문 안으로 들어가지 못했다. 성문 위에 걸린 등불만 성 밖 바람소리를 들었다. 농민군이 우르르 몰려와 성문을 밀어보았지만 헛수고였다. 사다리를 걸고 성을 오르려 했으나 그럴 때마다 성안에서는 대완포와 장대포를 응사해 이들을 막았다. 포탄이 터질 때마다 성이 울렸고 등불이 울었다. 화염은 바람에 섞여 성 주위를 빙빙 돌았다. 쓰러진 자 위에 다시 쓰러지는 자는 동학군이었을 뿐, 민종렬은 꼼짝도 하지 않았다. 할 수 없이 동학군은 30리 밖의 어등산에 진을 쳤다. 이들의 대치로 나주의 민심은 극도로 흉흉했다. 민정도 갈팡질팡했고 평온하던 나주는 악화일로를 걷고 있었다. 전봉준이 마침내 전면에 나섰다.

"내가 가야겠소. 민종렬을 만나 담판을 짓겠소."

"위험합니다. 가지 마십시오. 가시면 죽을 수 있습니다."

최경선이 말렸지만 전봉준은 그 말의 진위를 의심하지 않고 물렸다.

"내 죽음의 헛됨에 변명의 당위성을 논하지 않으리다. 이렇게 대치만 하고 있으면 양쪽 모두의 희생이 너무 큽니다. 담판을 짓고 빨리 끝냅시다."

8월 13일 전봉준이 나주성 밑에서 부하 십여 명을 대동하고 무장하지 않은 채 외쳤다.

"나는 김학진의 문첩을 가지고 영리와 비밀히 왔으니 민종렬과의 면담을 허락하라!"

잠시 후, 서문이 열렸다.

목사가 전봉준을 보고 스스로 고개를 숙였다. 작은 풍채에서 뿜어져 나오는 카리스마는 천지를 제압했고 조금의 주눅이나 당황함 없이 전봉준은 준비된 대화의 장을 열었다.

"지금 전라도 전역은 집강소의 설치로 민심이 점차 안정을 취하고 있소이다. 탐관오리에게 민정을 맡기기에는 홀대받는 농민의 설움이 너무 커서 차마 보고 있을 수가 없소이다. 그런데 왜 그대만은 나주 성을 내주지 않는지 실로 개탄스러울 뿐이외다."

전봉준의 말은 백번 옳았고 백번 들어도 논리 정연했다. 민종렬은 당황했고 간담이 서늘했으며 말문이 막혀 할 말을 잃었다. 그저 고개를 숙인 채 전봉준의 말을 경청할 뿐이었다.

"내 말을 듣고 있소이까?"

"듣고 있습니다. 소문대로라면 동학군들은 천하의 역적이고 부모도 모르고 임금도 모른 채 오직 자신이 제일이라고 설쳐대는 무리라고 들었소이다. 그 소문의 진실을 내가 의심해야할 때가 오겠습니까?"

"지금 나한테 묻고 있소이까? 소문은 발이 없어 날아다닙니다. 발 없이 날아다니는 소문을 어찌 그대는 사실이라 믿는 것이오? 목사답지 않소이다."

"나는 끝까지 나주 성을 지킬 것이오. 당신의 소문이 헛소문이길 바라리다."

전봉준의 설득은 끝내 통하지 않았다. 성을 지키던 수령들이 수군댔다.

"전봉준이 나가거든 뒤에서 총을 쏘아 죽이자고."

"그래, 지금이 절호의 기회란 말이야."

아는지 모르는지 전봉준은 설득을 포기하고 성문을 빠져나가려고 걸었다. 당당한 걸음에 불안함은 없었다. 바로 그때였다. 전봉준은 다시 서너 걸음을 옮기다 갑자기 멈췄다. 그리고 휙 돌아섰다.

"우리는 아주 가는 것이 아니라 영암에 내려갔다가 3일 후에 다시 담판을 지으러 오겠소. 그동안 옷을 갈아입지 않았더니 옷이 땀에 절고 냄새가 지독하니 빨았다가 다시 오거든 돌려주면 고맙겠소."

전봉준이 건네는 옷가지를 수령이 오른손으로 받았다.

"그렇게 하지요."

수령은 서둘러 총을 왼손으로 내려놓았다.

'그래 3일 후에 다시 오면 그때 죽여도 늦지 않을 거야.'

수령은 그렇게 생각했지만, 기회는 다시 오지 않았다. 한번 떠난 전봉준이 다시 올 리 없었다.

김개남은 남주송을 선봉으로 김중화는 중군을 삼아 남원 성을 공격했다. 남원부사가 막았으나 이내 성은 함락되고 부사 김용헌을 붙잡아 그의 죄를 따졌으나 이에 불복하자 그 목을 베어 관문에 매달고 방문을 지어 시가에 붙였다. 떨어진 그의 목에 파리 떼가 들끓었다. 뚝뚝 떨어진 핏물을 빗물이 쓸고 지나갔다. 팔십 먹은 노파가 폭우를 뚫고 그의 목을 거두어 묻어주었다. 새로 판 흙이 빗물에 휩쓸렸다. 노파는 꾹꾹 눌러 땅을 밟았다. 짚신사이로 흙탕물이 고였다. 노파의 발가락이 갈라 터져 시리도록 아렸다. 노파는 깊이 울었다. 그의 울음을 빗물이 달랬다.

남원 성을 접수한 김개남은 전라좌도각 군현을 통할했다. 순천에는 영호도회소를 설치하고 김인배를 영호대접주로 하여 영남의 서남부까지 관장했다.

집강소는 폐정개혁을 그대로 추진했다. 한편으로는 농민군을 강화해 유사시를 대비했고 일부는 군량미를 비축했다. 농민 스스로 자발적으로 지방행정을 실시한 것은 최초의 일이다. 집강소는 안정되게 몇 달을 이어갔다.

29편

갑오전쟁

출병한 청국 군대의 공격 대상이 전주화약으로 농민군이 해산해버려 공격 대상은 존재하지 않았다. 청국은 부존재의 당위성을 인정하려 했고, 일본은 인정하지 않았다. 일본 또한 출병을 위한 핑계가 성립될 수 없었으나 이유 뒤에 숨은 그들의 야욕은 끝내 한반도를 침략했다. 이후 동학에 대한 문제는 더는 거론의 대상이 아니었다.

1894년 6월 8일이다. 정부는 일본에 공식적인 항의를 표했다.

"우리는 전라도 일부의 동학도의 반란으로 잠시 청국의 힘을 빌리려 했을 뿐이다. 그러나 일본은 우리 정부의 허가도 없이 군대를 파견했다. 이미 동학군은 전주화약에 의거 해산되었으므로 더는 외국군이 우리나라에 머물 이유가 없다. 그런데도 귀국의 군대는 아직 철수하지 않고 있으니 심히 황당하다. 당장 철수해주기를 바란다."

청국은 주 청국일본 공사관을 통해 일본에 각서를 보냈다.

"지금 인천과 부산 등, 항구는 안정되어 있다. 다만 통상을 하는 곳에 병력을 주둔시킨 것은 보호를 위함일 뿐이다. 귀국이 군대를 보낸 것은 그대들의 백성을 보호하기 위함이니 병사가 결코 많을 필요가 없다. 또한 조선에서 귀국에 군대파병을 청한 것이 아니니 조선의 수도로 들어가 사람을 놀래게 해서는 절대 안 된다. 하물며 일본과 청국이 만나면 서로 말이 다르기 때문에 어떤 불상사가 일어날지도 알 수 없다. 그런즉, 귀국 대신에게 전보를 보내 속히 철군할 것을 요청하기 바란다."

일본이 즉각 항의했다.

"우리 일본은 조선이 청국의 속방이라는 것을 승인하지 않는다. 우리가 군사를 파견한 것은 제물포 조약에 의한 것이고 아울러 파견 할 때에도 톈진 조약의 규정에 따른 것뿐이다. 파견한 군사의 숫자는 우리가 알아서 할 일이다."

양측의 교섭은 순조롭지 않았다. 위안스카이는 일본 정부에 전문을 보냈다.

"본인은 더는 추가 파병을 하지 않을 테니 일본도 더는 조선에 병력을 파병하지 말 것을 서로 약속하자."

서로 간 교섭을 순조롭게 이어지는 것처럼 보였다. 이들이 철수하지 않고 계속 날짜를 늦추자 조병직이 다시금 일본에 군대 철수를 건의했다.

"이미 전주의 도적무리는 제거되었고 우리 수도 또한 안정되었다. 그런데 귀국의 군대가 우리 도성으로 들어오고 그 수효도 배가 넘었다. 인심이 놀라고 각국의 손님도 놀라는 중이다. 귀 공사가 속히 사태를 파악하고 귀국에 전보를 보내 군대를 전부 철수할 수 있게 해주기를 바란다."

그러나 일본은 듣지 않았다. 최초에는 자국민의 보호를 위해 군대가 남아야 한다는 논리였다가 나중에는 동학군 섬멸이었고 나중에는 조선의 내정개혁이었다. 철병에 서로 의논해서 동시에 철수하자는 청국 측의 제안을 일본은 생가지 자르듯 잘라버렸다. 일본 조정은 조선 침략이 목표였다. 일본의 침략행동에 대한 중국의 대응은 혼란스럽고 갈피를 잡기가 어려웠다. 리훙장과 위안스카이는 당면한 문제를 피해가려는데 급급했다. 청국은 결국 일본의 야심이 조선침략에 있음을 간파하고 6월 17일 리훙장에게 전보를 보냈다.

"일본은 우리가 철병을 서두르자 그 본색을 드러내기 시작했다. 그들은 우리의 작은 부대를 마치 대부대를 마주하는 것처럼 배치하고 있다. 우리도 부대를 응집하여 저들을 토벌하고 다시 철병문제를 의논해야 맞을 것이다."

즉, 청국도 강경하게 일본과 싸우자는 내용이었다.

청국의 대응은 일본과는 근본적인 시각차가 있었다. 청국은 말 그대로 출병동기가 동학도에게 있으니 동학군을 색출해 씨를 말리면 일본군도 철수를 하지 않겠느냐는 논리였다. 일본은 동학도는 그저 핑계일 뿐이고 조선을 통째로 삼키려는 야욕을 숨기고 있었던 것이다.

일본은 점차 청국을 배척하는 회의를 진행했다.

일본의 어전회의가 있던 날이다. 회의를 주제한 자는 일본 천황이다.

"우리 일본은 현재 정황에 대해 청국과 의견을 같이할 수 없다. 조선의 시국이 지금 풍전등화 같은데 우리 일본이 가만있으면 그것 또한 일본의 수치다. 조선과 오랜 교린관계에 어긋나는 것이고 자위에 관한 도리도 아니다. 우리 일본은 결코 조선에 주둔한 군대를 철군하지 않을 것이다."

회의 내용은 중국에 그대로 보내졌다. 이것이 바로 일본정부의 청국에 대한 최초의 절교서였다. 27일 두 번째 일본의 증원부대가 인천에 도착했다. 주한 일본군의 숫자는 이미 7,600명에 달했다. 청국의 주둔군을 크게 앞질렀다. 일본의 전쟁의 칼날은 그렇게 뽑아졌다.

1894년 6월 22일 마침내 일본은 대청국에 대한 전쟁을 선포했다. 아울러 조선에 조선은 청국의 속방인가 아닌가에 대한 답변을 하라고 다그쳤다. 아울러 일본은 조선에 대해 내정을 개혁하라는 주문을 했다. 무슨 답이 나와도 일본에 만족할 구실을 찾기는 어려웠다. 조선은 시국의 앞날이 어둡고 긴 터널이라고 예상했고 예상은 적중했다. 조선은 일본의 질문에 답했다.

"조선 정부는 종래 자주 국가인데 청국이 우리에게 어떤 호칭을 쓸 것인가는 청국 스스로의 문제지 우리가 관여할 일이 아니다. 청국 군대가 우리나라에 있는 것은 우리가 청국에게 지원을 부탁했기에 우리가 쫓을 수는 없는 일이다."

일본의 속셈은 조선 침략이 목적일 뿐, 내정개혁이나 청국의 조선 속방은 문제가 아니었다.

일본은 조선의 답변에 분개했다.

"청국이 속방을 보호한다는 명목으로 파병을 하는가? 이것은 청국이 명백히 조선의 국권을 침해한 것이 아니고 무엇인가? 일본이 귀국에게 내정을 개혁하라고 권고하는 까닭은 평화 유지차원인데 귀국이 동의하지 않았으니 오늘 이후로 우리일본은 우리의 이해와 사태를 파악해 독자적으로 그 필요한 수단을 사용할 것이다."

일본의 의도는 결렬이었고 결렬은 조선 침략의 이유였다. 일본의 위협에 청국은 문제를 피해가기에만 급급했다. 공포에 질린 위안스카이는 일본의 군사력이 청국이 감당할 수준을 훨씬 넘었다고 판단했다. 그는 무조건 청국으로 귀국하겠다고 리훙장에게 전보를 보냈지만 리훙장은 수번이나 거절했다.

일본과의 군사적인 대치관계를 포기하고 청국으로 철수한다면 청국은 일본의 침략을 방임한 꼴이 된다. 리훙장은 거절했으나 위안스카이는 다시 전보를 보냈다.

"제가 사절이므로 국가의 체면과 관련이 되는데 앉아서 협박을 당하니 무슨 면목이 있습니까? 만약 전쟁을 준비하는 것이면 본관을 귀국시켜 정황을 자세히 알아보는 게 상책이고 여기에는 계급이 낮은 관리를 두는 게 상책일 듯싶습니다. 속히 저를 보내주십시오."

위안스카이는 목숨을 구걸했으나 청국은 끝내 거절했다.18일 몇 번의 거절 끝에 결국 청국은 위안스카이의 귀국을 허락했다.

마침내 7월23일 새벽 3시 일본은 조선에 통고했다.

"장차 적당한 시기에 병력으로 우리의 권리를 보호하겠다."

새벽 4시다. 일본은 각국의 외교사절에게 개전 사실을 통보했다.

성명이 통보되는 중에도 일본은 경복궁을 치밀하게 공격했다. 공격은 숨 가빴으며 일체의 지체도 없었다.

일본의 혼성여단 1개 연대 2,000여 명이 경복궁으로 들이닥쳤다. 여명이 밝지 않은 새벽은 칠흑같이 어두웠다. 잠든 궁의 새벽은 온통 꿈나라였다. 바람은 단조로웠으며 별은 구름 뒤에 숨었다. 칠월의 온도는 차지 않았으며 풀잎에 내려앉은 이슬의 무게도 헐겁지 않았다. 갑자기 영추문 쪽에서 총성이 울렸다. 새벽을 가르는 총소리는 컸다.

총소리는 메아리를 동반하고 남산까지 울렸다.

"탕."

소스라치게 놀란 궁 밖 개 한 마리가 크게 짖었다. 이에 질세라 짚신장수가 키우던 개도 따라 짖었다. 이윽고 총알은 비 오듯 쏟아졌다.

일본군 일부가 영추문을 밀었으나 헛수고였다. 성을 지키던 시위대 일부가 일본군에게 총을 쏘았다. 총알은 어둠속에서 방향을 잃고 헤맸다.

"탕탕탕."

일본군의 최신식 소총소리가 연발로 울렸다. 사방의 사병이 쓰러졌다. 뒤이어 사다리가 담에 걸쳐졌다. 일본군은 순식간에 사다리를 넘었다. 넘는 일본군에게 궁을 지키던 시위대가 발포했다. 움직이는 것들은 살아있는 것들이어서 이들은 총의 표적에 쓰러지지 않았다. 일부는 담을 넘었고 일부는 동소문에 불을 질렀다. 화염이 밤하늘을 갈랐다. 담을 넘은 자들이 잠긴 문을 열었고 일본군은 물밀 듯 궁내로 몰려갔다. 오오토리가 곧장 임금의 어소인 즙경당에 들어가 잠자던 임금 이희와 민비에게 총을 겨누었다.

"꼼짝 마시오. 지금부터 귀국의 임금을 연금하겠소."

고종왕의 다리가 사시나무 떨 듯 떨렸다. 잠결에 눈만 끔벅이는 왕 이희를 일본군이 에워쌌다. 신하가 제지했다. 제지한 신하가 목에 총을 맞아 쓰러져 즉사했다. 일본군은 연금된 임금 이희 옆으로 조선의 모든 신하들의 출입을 막았다. 신남영에 있던 기영병이 건춘문으로 들어가 일본군에 항전했다. 일본군이 포를 쏘았다. 포는 순식간에 기영병 수십 명을 쓰러뜨렸다. 포에 맞은 건춘문의 담벼락이 주저앉았다.

일부는 포탄에 맞으면서 총을 쏘았고 일부는 총을 쏘다가 일본군의 칼에 찔려 사망했다. 즙경당이 온통 피로 얼룩졌다. 피비린내가 건춘문 밖으로 퍼졌다. 이미 일본과 내통하던 안향수가 궁내로 들어와 기영병에게 외쳤다.

"이미 엎질러진 물이다. 항전하지 마라."

"안됩니다. 저들이 궁을 침입하여 임금을 연금하는데 어찌 보고만 있으란 말입니까?"

기영병들이 들고 일어났다.

"이미 대세는 기울었다. 모두 총을 버려라."

울분을 참지 못한 기영병이 군복을 벗어놓고 나가버렸다.

같은 시각 또 다른 일본군이 운현궁에 몰려갔다.

"국태공(대원군 이하응)은 우리와 함께 궁으로 갑시다."

일본군 대장이 외쳤다.

"무엄하다. 나는 절대 가지 않겠다."

"국왕전하의 칙령이오. 어서 서두르시오."

대원군이 입궐하자 일본은 모든 통수권을 대원군에게 일임하도록 왕과 민비를 종용했다.

일본은 갑오년에 두 개의 전쟁을 일으켰는데 그 먼저가 경복궁 침략이었고 다음이 청일전쟁이다. 왕은 일본이 시키는 대로 명령했다.

"죄가 가벼운 자와 정치범을 석방하라. 통위사에 신정희, 총어사에 판윤 이봉의, 장위사에 좌윤 조의연을 임명한다. 아울러 모든 정무는 대원군에게 맡기노라. 또한 좌포장에 이원희, 우포장에 안향수, 병판에 김학진, 전라감사에 박제순, 내무협판에 김가진, 부승지에 이원궁,

내무참의에 유길준, 김하영, 김학우를 제수하노라."

대원군이 다시 집권하자 대원군은 친청파인 민영준, 민형식, 민응식 등 민 씨 일파를 섬으로 유배시켰다. 그리고 궁에 존재하던 박수무당을 내쳤다. 대원군은 이미 일본과 임시로 내통했으며 내통의 힘으로 일본을 업고 조선의 권력에서 다시 살아났다. 대원군은 내부의 원수인 민 씨 일파를 척출하는데 성공했다. 아울러 숙원인 부국강병과 왕권확립을 바탕으로 열강의 힘을 이용해 일본을 몰아내는 게 최종목표였다.

7월 25일 일본은 풍도에서 청국군의 군함과 병력 운반선을 선제공격했다. 청국은 참패했다. 27일 청국의 주한 공사인원이 일본의 강요에 의해 본국으로 철수했고 청국과 조선의 외교관계는 중단되었다. 8월 들어 갑오전쟁은 전면전으로 확대했다.

일본은 군국기무처를 신설하고 왕권신장이라는 허울로 대원군을 그들의 손아귀에서 노는 꼭두각시로 만들었다. 그리고 온건 중도파인 김홍집을 총리대신으로 앉히고 친일정부를 수립하여 국정개혁을 실시했다.

군국기무처는 3개월 동안 208건을 심의 의결하는 개혁의 주체세력이 되었다. 문벌, 반상제도, 문무존비(文武尊卑) 구별의 폐지, 노비의 매매 금지, 연좌율 폐지, 조혼금지, 과부 재가 허용 등 조선사회의 폐단으로 지목된 여러 제도와 관습에 대해서도 개혁하였다. 갑오경장의 27개 개혁안은 꼭 필요한 개혁이었지만, 그 주체가 일본이었고 이를 실천하기에는 조선은 너무나 침체된 나라였다. 왕실은 썩었으며 세계정세에 문외한 이었다. 백성은 고루한 풍속이 미신이라도 버리길 원치 않았다. 대원군도 일시적으로 일본에 의지했지만, 결국은 청나라가 우리 문화에 부합된다고 여겼다. 일방적으로 일본의 강압에 의해 실시된 개혁인지라 민심은 극도로 이반되었고 일본에 대한 반감은 걷잡을 수 없이 커졌다. 개혁은 쉽게 민심을 파고들지 못했다. 개혁법은 공표만 되었지 유명무실이 되고 말았다.

대원군은 일본의 꼭두각시놀음에 자신이 이용당하고 있음을 느끼자 마침내 치밀한 계획을 세우기 시작했다. 대원군은 외부와 일본의 외세에 못 이겨 동학농민군을 설득하는 효유문을 24살의 청년 정석모에게 전달하도록 시켰다.

정석모는 전주 부호가의 출신으로 일찍 사마시를 합격하고 운현궁에 출입하여 대원군의 신임이 두터웠다. 서울에서 김태정과 고영근이 대원군의 효유문을 들고 정석모를 찾았다.

정석모는 전라 관찰사 김학진에게 이일을 논했다.

"동학군 가운데 남원의 김개남이 가장 우심하니 김개남을 먼저 효유하면 나머지 동학군도 이에 따를 것이오."

정석모와 일행 5명은 9월 7일 전주를 출발해 남원으로 향했다.

정석모는 임실현감 민종식의 출영을 받아 저녁밥을 먹고 많은 관졸을 동원하여 횃불을 들고 길을 재촉했다. 밤늦게 이들은 남원에 도착했다.

"정석모 일행이 도착했습니다. 어찌 할까요?"

남원을 지키던 사병이 보고했다. 김개남이 말했다.

"성찰 집사를 시켜 처소를 정해주어라."

이튿날 아침을 먹은 정석모가 김개남을 찾아가니 김개남은 정청에 앉아있었다.

다부진 체격에 호리호리한 몸매의 소유자 김개남이 떡 버티고 앉아있는데 그 위세만 봐도 산천초목이 부르르 떨 것 같았다. 나이어린 정석모가 그 위세를 간신히 버텼다. 그리고 짐짓 위엄을 드러내며 말했다.

"국태공(대원군)의 효유문을 가지고 왔소이다. 여기 있소."

김개남의 눈이 효유문을 읽었다. 눈빛은 시종일관 무거웠다.

"그대들이 온 뜻과 국태공의 뜻을 다 알았으니 물러가 있어라. 차후 결론을 말하겠다."

김개남은 이들을 성찰 세 사람에 한사람씩을 배당해서 처소에 들여보냈다. 각각 격리해서 감시하게 한 감금이나 다름없었다. 정석모는 나이 60이 넘어 보이는 안접주의 집에 기거했다. 안접주가 젊은 청년 정석모를 가엾게 바라보았다.

점심때쯤 네 번의 포소리가 울렸다. 정석모가 물었다.

"이것이 무슨 소리입니까?"

"오늘 장대에서 기재를 올리는데 어떤 풍파가 있을 모양이오."

정석모의 얼굴빛이 일그러졌다. 얼마 후 군졸 30여 명이 달려와 안접주에게 말했다.

"대접주께서 장대에 좌정하여 기제를 올리는데 정석모를 끌어오라 하옵니다."

"이미 짐작했던 일이오. 잠시만 기다리시오."

안접주가 술상을 차리고 정석모에게 술을 권했다.

"오늘 풍파가 있을 예정인가 보오. 정신을 차리시오. 뜻하면 이루어지는 일이 반드시 있으리다."

"저의 뜻이 삶인지 죽음인지 저도 모르겠소이다."

얼마 후 정석모가 끌려와 장대에 이르니 이미 수만 군중이 운집했다. 김개남의 호령이 추상같았다. 같이 온 다섯 명도 이미 끌려와 가쇄를 씌워 꿇어앉아 있었다. 정석모가 큰 소리로 외쳤다.

"나는 국태공(대원군)의 명을 받고 왔소. 만약 그대가 귀화하지 않으면 그만이지 어찌 이처럼 나를 욕보이시오?"

이에 김개남이 격노했다.

"네 아직 어린나이에 마땅히 집에서 글이나 읽을 일이지 어찌 공명심에 눈이 어두워 맹동을 하느냐? 개화당에 추세하여 국태공을 꾀여 이 효유문을 얻어왔으니 이 어찌 국태공 자신의 생각이라 하겠느냐? 이놈들을 매우 쳐라!"

각자는 곤장 다섯 대씩 난타 당했다. 허벅지가 터지고 피가 낭창했다. 이들은 가쇄를 씌운 채 처소로 돌아갔다. 김개남이 정석모를 잡아넣은 것은 대원군의 참뜻이 어디에 있는지 이미 알고 있었기 때문이다. 정석모가 남원에 도착하기 하루 전에 이미 서울에서 한통의 비밀문서가 전달되었다. 그것은 대원군의 손자인 이준용과 이건영이 만든 문건이었다. 문건의 내용은 이러했다.

"정석모가 보낸 효유문은 외부의 체면에 못 이겨 작성된 거짓문서입니다. 대원군께서는 경복궁에 일본군이 들어와 있다는 사실과 하루빨리 동학군이 기병하여 궁을 탈환해줄 것을 바라고 계십니다."

이를 먼저 접한 김개남은 정석모가 다음날 들여온 문서를 보고 대노하여 이들을 참수할 계획이었는데 마침 전봉준한테서 편지가 온 것이다.

"정석모 일행이 가져온 효유문대로 우리가 따르면 절대 안 되오. 우리에게 유진무퇴란 없소이다. 그러니 이들을 붙잡아 처형하시오."

김개남이 생각했다.

'전 장군 말대로 이들을 죽이면 후일 모든 책임을 나에게 전가할지도 모를 일이다. 그러니 나는 이들을 죽여서는 안 된다. 그리고 하루빨리 서울로 쳐들어가야겠다.'

다음날 김개남은 다시 정석모 일행을 끌어와 문초했다.

"내 이제 들으니 저들은 모두 너의 꼬임에 빠져 들어왔다 하니 너는 실로 죽어야 할 사람이다."

"나는 꼬임에 빠져 온 게 아니고 국태공이 나에게 위탁해서 온 것이고 저들은 나를 따라온 것에 불과하니 저들은 죄가 없다."

정석모의 말을 듣고 있던 김개남이 벌떡 일어나며 격노했다.

"네 이놈 나이도 어린 것이 어찌 그리도 당돌하냐? 네가 정말 죽고 싶어 환장했구나. 정녕 죽어도 원망치 않으렷다."

마침내 곤장으로 10대를 더 때리니 정석모는 인사불성이 되고 말았다. 반나절이 지나도 정석모는 깨어나지 못했다. 허벅지의 피가 흥건하다 못해 뼈가 보였다. 저녁 무렵에 정석모가 깨어났는데 그곳은 담양 접주 남응삼의 집이었다. 그의 목에는 가쇄가 씌워있었다.

"나이어린 소년이 어쩐 일로 이렇게 곤욕을 당하느냐? 불쌍하구나."

다음날부터 정석모는 이곳에서 집강소의 전령문장을 대신 써주는 일을 맡았다. 장독 때문에 정석모는 몇날 며칠을 신음했다. 며칠 후 김개남의 도성찰이 정석모를 찾았다.

"가쇄를 풀어라. 혹, 대접주의 문책이 있거든 내가 시킨 일이라 전하라. 나를 따라 담양으로 가자. 너에게 공사장(접주 다음가는 직책) 자리를 주마."

정석모는 그때부터 공사장 일을 맡아 집강소 일을 보게 되었다. 정석모는 후일 이원상, 유예근과 함께 함육학교를 공동설립하고 1910년 동교장이 되어 후세 교육에 힘썼다. 그러나 점차 친일 쪽으로 기울어 조선총독부의 관리가 되어 1915년 전주군 참사(全州郡參事)를 지낸 것을 비롯하여 전라북도참사 · 전라북도내무부촉탁 등을 역임하였다. 그때 전봉준이 살아있었다면 탄식할 일이다.

30편

전봉준의 밀명

일본의 경복궁 침략에 조선의 백성은 경악했다. 일본의 의중이 개혁에 있는 것이 아니라 조선을 통째로 삼키려는 야욕에 있음을 간파한 백성은 곳곳에서 들고 일어났다.

6월 27일, 함열의 농민군과 옥구의 농민군이 들고 일어났다. 29일은 무장의 농민이 봉기했다. 예전의 봉기가 탐관오리 축출이었다면 지금의 봉기는 일본침략에 항거하는 봉기였다. 청, 일 전쟁의 시작으로 일본은 조선의 백성을 차출해갔고 나아가 물자를 거둬들였다. 농민의 삶은 피폐했으며 국토는 전쟁의 소용돌이에 휩싸였다. 청국과 일본의 전쟁에 조선의 백성이 동원되어 떼죽음을 당하는 아수라장을 전봉준은 걱정했고 최시형은 분노했다. 농민의 봉기는 거세게 일어났다. 나라 없음이 탐관오리보다 더 감당하지 못할 것이었기에 이들의 봉기에는 농사일도 우선이 될 수 없었다. 전봉준은 걱정했다. 걱정은 불안이 되고 불안과 초조는 근심위에 있어 며칠 동안 잠을 이루지 못했다.

잠 못 드는 날이 많던 어느 날, 한 여자가 전봉준을 찾아왔다. 장지문이다. 예전의 연약해 보이는 여성스러움은 간 곳 없고 다부진 체격에 듬직해진 모습의 장지문이 훨씬 더 성숙해 보였다. 장지문은 집강소에 말을 몰고 찾아왔다. 전주 집강소에 다다르자 말이 앞발을 들고 길게 울었다. 성찰이 말을 받았다.

"뉘시오? 어디서 본 듯합니다만."

성찰의 궁금증을 장지문이 해결했다.

"장지문이라고 합니다. 전봉준 나리께서는 제 이름 석자를 들으면 자다가도 금세 눈을 뜨실 것이옵니다."

사실을 확인하고 돌아온 성찰이 장지문을 극진히 모셨다. 몇 걸음 가지 않아 전봉준이 허겁지겁 마중을 나왔다. 전봉준의 얼굴이 금세 환해졌다. 장지문이 먼저 인사했다.

"그동안 안녕하셨는지요?"

"그동안 어디에 계셨소? 보이는 곳에 보고 싶은 이가 없으니 보이지 않는 곳을 생각하다 잠을 며칠 이루지 못했구려."

전봉준이 장지문의 손을 덥석 잡으며 은근히 말하자 장지문이 대꾸했다.

"나리의 근심이 어찌 저 때문이겠습니까? 나라를 걱정해서 잠 못 이루는 나리의 근심을 백번 헤아리고도 남습니다."

"허허, 그대가 이제 내 마음까지 꿰뚫어보는 구려. 그래 그동안 어찌 지냈소?"

"저는 그동안 지리산에 은거하며 나라를 위해 의기투합한 열두 명의 여자 동학군과 무예를 익혔습니다."

장지문의 말에 전봉준이 깜짝 놀랐다.

"그 말이 정말이오? 진정 여자 동학군을 조직해서 무예를 익혔단 말이오?"

"난리 통에 부모를 잃은 여자, 남편이 죽고 졸지에 과부가 된 여자, 부모형제는 있으나 우국충정에 피가 끓는 여자들을 황토현 전투 때부터 모집했어요."

"과부의 재가를 허용한다는 법령을 공표했는데, 재혼하지 않고 이 험한 훈련을 몸소 받아들였으니 참으로 대단하오."

전봉준의 걱정이 장지문의 걱정 밖에서 서성거릴 무렵 장지문이 다시 물었다.

"남여 평등사상은 최제우 교주님께서도 직접 가르친 사상이 아닙니까?"

"그렇소. 최제우 교주님께서는 자신의 부인 박 씨를 맨 처음 포교 대상자로 선택했소. 그리고 자신이 거느린 여자 종 두 명을 해방하여 한 사람은 며느리로 한 사람은 양딸로 삼았소. 그리고 여성도 입도하면 군자가 될 수 있다고 가르쳤소."

"맞아요. 그 후 최시형 교주님께서도 여성의 포교활동에 주력하셨답니다. 여성도 남성과 다름없이 득도의 경지에 도달할 수 있는 신앙적, 종교적 능력을 갖고 있어서 계속 수련하면 장차 도통하여 크게 장성할 여성이 많을 것이라고 주장하셨어요."

장지문이 전봉준의 말에 동의했다.

"바로 그겁니다. 낭자가 바로 장차 도통할 적임자가 아니고 누구겠소. 하하하."

"부끄럽습니다. 나리."

"다 내가 힘이 없기 때문이오. 아녀자들까지 외세에 대적하고자 나서는 마당에 나는 그저 이 사태를 방관하고만 있으니 그대에게 면목이 없소이다."

전봉준이 힘없이 말했다.

"그런 말씀은 거두어 주십시오. 집강소 정치가 잘 되었으면 좋겠습니다."

"그래야 하는데 큰일이오이다. 일본군이 설치고 다니는 와중이라 장차 나라가 어찌 될지……."

"제가 도울 일이 있겠습니까?"

"지금 왕궁은 일본군에 의해 침탈당했습니다. 저들은 임금을 연금시키고 대원군을 추대한 후, 대원군마저 허수아비로 만들어놓고 정권을 좌지우지하고 있습니다. 대원군께서 간곡히 우리가 출병하기를 바라고 있소. 그래서 말인데 그대는 지금 당장 최시형 교주에게 달려가 이 밀서를 전해주시오."

전봉준이 미리 써놓은 밀서를 장지문에게 건넸다.

"분부 명심하겠나이다."

"그대에게 미안하오. 이처럼 예쁜 그대를 만날 사지에 몰아넣으니 내 늘 면목이 없소이다."

"저는 이미 나리의 성은을 입었나이다. 나리의 행하는 마음이 곧 제 마음일터 어찌 그 마음에 강약이 있겠나이까? 걱정 마세요. 죽을 때까지 나리의 충성스러운 장지문이 되겠나이다."

장지문은 전봉준의 말이 끝나자마자 말에 올라타더니 말의 고삐를 당겼다. 놀란 말이 뛰었다. 말발굽 밖으로 먼지가 자욱했다. 야심한 밤은 깊어갔으나 전봉준은 장지문을 잡지 않았다. 글썽이는 눈시울이 전봉준의 눈가에서 몸 둘 바를 몰랐다. 전봉준은 뜬눈으로 날을 샜다.

31편
9월 봉기

대세를 관망하던 전봉준의 머리가 복잡했다. 정부는 이미 일본의 손아귀에서 놀아났다. 일본이 강제로 실시한 개혁은 곳곳에서 민중과 엇박자를 내며 갈등의 골이 깊었다. 청, 일 전쟁으로 국토는 이미 전쟁의 소용돌이 속에서 허우적거렸고 민심은 갈수록 이반되었으며 시국은 어수선했다. 일본은 조선의 백성을 차출해서 청, 일전쟁의 선봉에 내세웠으며 많은 수의 백성이 우리나라 땅에서 남의 나라 전쟁에 목숨을 내 놓았다. 그들의 침략을 막고자 초야의 민초들이 의병을 규합하여 일본군과 접전하여 수없이 많은 목숨이 사라졌다. 전봉준은 듣고 싶었다. 이 참혹한 현실에 대해 속속들이 알고 싶었다. 대답은 일본이 해주기를 바랐다. 왜 청하지도 않은 군대를 몰고 와 야밤에 궁을 장악하고 극악무도하게 조선을 무법천지로 만들었는지 그 이유가 알고 싶었다. 그러나 누구도 속 시원히 답을 해주지 않았다.

대원군을 앞세운 일본의 조선 장악이 노골화되자 대원군은 비밀리에 전봉준과 김개남에게 연락을 취해 궁을 탈환해주기를 바랬다. 전봉준이 긴급히 대책회의를 진행했다.

"지금 궁은 일본의 강제 침략으로 임금은 꼭두각시로 주저앉았고 대원군은 일본이 시키는 대로 하기에 바쁜 작금의 현실이 실로 개탄스러울 뿐 아니라 청국군대와 일본군대의 진입으로 국토는 전쟁 통이 되고 말았습니다. 우리가 삼월 고부에서 처음 봉기했던 이유는 탐관오리 척결에 무게를 두었지만 지금은 사정이 다릅니다. 바로 우리나라를 되찾자는 것입니다. 우리나라에서 일본군대를 몰아내는 것입니다. 어찌 그들이 우리나라를 강제로 점령하고 무력을 행하며 힘없는 백성을 살육한단 말입니까?"

전봉준이 무거운 입에서 울분에 찬 목소리가 쩌렁쩌렁 울려 퍼졌다. 김개남이 울분을 토하며 말했다.

"당장 쳐들어갑시다. 일본 놈의 씨를 말려야 합니다."

"각 고을에 격문을 올려 대대적으로 병력을 모아야 합니다. 섣불리 공격했다가는 적의 신식무기에 꼼짝없이 당하고 말 것이오."

손화중이 준비의 필요성을 역설했다.

"우리는 지금 대대적으로 병력을 모아 총 공격을 해야 합니다. 그러나 북접파는 지금 오히려 우리 남접파를 북접파의 적으로 생각하고 오히려 우리를 죽이려고 합니다. 지금 서로 합심해서 싸워도 어려울 판에 남접과 북접이 서로 대치하고 있으니 참으로 답답하오이다."

김덕명이 북접파의 안일함을 성토했다.

"며칠 더 시한을 두고 봅시다. 제가 비밀리에 북접파 교주님께 서한을 보냈습니다. 머지않아 회신이 오겠지요."

전봉준은 말을 타고 휑하니 떠난 장지문의 말발굽을 생각했다.

"그럼 일단 우리라도 병력을 모아 미리 공격 준비를 합시다."

최경선이 공격의 필요성을 역설했다.

“좋습니다. 지금 각지로 격문을 보내 9월 하순에 삼례에서 총 봉기를 하도록 합시다.”

두령들은 일제히 전봉준의 의견에 찬성했다.

9월이다. 더위를 가르던 날카로운 햇살은 이미 많이 시들해졌다. 겨우 심어놓은 벼가 한여름 뙤약볕에서 당당히 버티고 서서 우뚝 자라더니 9월 들어 태풍으로 일부는 쓰러졌고 일부는 새떼들의 먹이가 되었다. 이따금 이평 들녘에선 새를 쫓는 아낙의 외침 소리가 바람결에 실렸다. 목소리는 애처로웠고 한이 서렸다. 나라의 위기가 아낙의 마음을 편안하게 하지 못했다. 아낙은 쓰러진 벼를 바라보며 표정이 없었고 새는 뭐가 그리 좋은지 곡식을 쪼아대느라 바쁠 뿐이었다. 아낙은 침탈당한 나라를 찾겠다고 떠난 남편을 생각했다. 아낙의 눈에 눈물이 고였다. 부는 바람이 눈물을 말렸다. 아낙은 오래오래 힘겨운 소리를 힘없이 내 질렀다.

전봉준은 9월 16일 밤, 8백여 명의 군사를 이끌고 전주 성내에 들어와 총 251정, 창 11자루, 환도 442자루, 화포 74문, 탄환 9,733개 등을 탈취해 갔다. 위봉 산성과 전주 감영의 무기를 전부 한데 모아 전력을 갖추었다.

삼례에는 전봉준을 추종하는 세력 4천여 명이 모였다. 이들의 사기는 충천했고 무서울 것이 없었다. 이미 황토현 대첩의 대승을 경험했고 황룡강 싸움의 장태작전도 훌륭했으며 전주화약과 더불어 실시한 집강소 정치를 경험한 그들이기에 두려울 게 없었다.

농민군은 그들 스스로 의병이라고 불렀다. 손화중과 최경선은 일본군이 나주 해안으로 상륙할 것이라는 첩보에 따라 광주와 나주에 유진시켰다. 김개남은 10월 청주로 진격했다. 한편 정부는 농민군이 다시 봉기해서 서울로 진격한다는 사실을 전해 듣고 불안했다.

"어쩌면 좋소?"

대원군이 근심어린 표정으로 조정실로 에게 물었다.

"우선 우리 군사를 내려 보내서 저들을 올라오지 못하게 막아야 합니다."

"우리 군사라야 고작 2천여 명 뿐인데 막을 수 있을지 걱정이오."

대원군이 근심했다. 일본에게 점령당한 조정이 진실을 말할 수 없었다. 진실은 저들이 하루빨리 올라와 일본군을 무찔러주기를 바랬지만 그것은 마음뿐이었다.

"걱정하지 마시오. 우리 대 일본제국이 앞장서서 저들을 무찌르면 되지 않겠소이까? 한 달만 여유를 주면 일본에서 군사를 대대적으로 파견하여 동학당을 완전히 무찌르겠소이다."

"……."

대원군은 대답하지 않았다. 일본은 그의 묵묵부답을 긍정으로 해석했다.

삼례에서 바로 농민군이 서울로 진격했으면 분명 일본을 무찌를 수 있는 절호의 기회였던 샘이다. 그러나 난관은 우리에게 있었다. 바로 남접과 북접의 싸움이었다.

북접파는 최시형을 중심으로 한 교파로 순수종교를 주장했다. 남접파는 전봉준이 선봉에 섰으며 사회, 정치에 적극 참여하여 군사행동을 주장했다. 대부분 북접파는 충청도 지역이었고 남접파는 전라도였으나 전라도에도 북접파가 있었고 충청도에도 남접파는 존재했다. 사정이 이렇자 전라도 지역에서 합심하여 병력을 모으려 해도 전라도 내의 북접파가 사사건건 반대했다. 처음엔 입씨름으로 싸웠고 나중엔 육박전으로 싸우다 말미에는 서로를 원수로 여기고 죽고 죽이는 처참한 지경에 이르렀다.

북접의 주요 인물은 최시형을 비롯하여 김방서, 서영도, 김석윤, 김낙철, 김연국, 손병희 등이다. 이들은 일제히 삼례집회를 성토했다.

"도로서 난을 지음은 불가한 일이다. 호남의 전봉준과 호서의 서장옥은 국가의 역적이요. 사문의 난적이다. 우리가 그들에게 쳐들어가 그들을 죽여야 한다."

이들은 남접을 죽인다는 의미의 벌남기까지 만들어서 대대적으로 방어 자세를 취했다. 이로 인하여 서울상경이 20여일 미루어지고 말았다. 이틈에 일본은 이미 많은 수의 병력을 조선에 보냈다. 마침내 나라의 심각성을 깨달은 온건파가 남접과 북접의 화해를 시도했다.

장지문은 밤새 달리고 또 달렸다. 너무 길을 재촉했는지 이튿날 말은 계룡산을 넘다가 쓰러져 죽어버렸다. 사방은 어두웠고 길은 산길뿐이었다. 장지문은 할 수 없이 근처 민가에서 하룻밤을 보내기로 작정했다. 그러나 민가는 보이지 않았다. 불빛은 어디에도 없었다. 장지문은 산길을 올라갔다. 등허리에 땀방울이 맺혔다. 장지문의 겨드랑이에서 땀 냄새가 났다. 멀리서 짐승의 울음소리가 들렸다. 어찌 들으면, 자신을 키우던 주인이 밤이 야심하여 방에 들어가 잠을 자는 바람에 홀로 외로워하다가 달만 뜨면 더 사무치는 외로움 견딜 수 없어 컹컹 짖는 개 같기도 했다. 어찌 보면 인간의 살 냄새를 알아본 늑대의 배고픈 울부짖음 같기도 했다. 장지문은 겁이 덜컥 나서 빠른 걸음으로 산길을 헤맸다. 걸음이 빠를수록 땀은 더 흠뻑 온몸을 적셨다. 하루살이가 몰려와 장지문의 땀 냄새를 흠모했다. 장지문은 근처의 신갈나무 가지를 끊어서 하루살이를 쫒았다. 하루살이는 끈질기게 장지문을 공격했다.

그렇게 다섯 시간여를 걸었다. 걸음은 더뎠고 배는 고팠다. 더는 걸을 수 없을 것 같았다.목은 말랐고 물은 없었다. 타는 목마름을 장지문은 겨우 참았다. 마침내 장지문은 물을 찾았다.

동학사 계곡을 타고 흐르는 물은 천연약수가 따로 없었다. 그녀는 열모금의 물을 들이키며 입가에 묻은 물을 소매로 훔쳤다. 내친김에 세수까지 했다. 장지문은 젖은 몸을 바위에 뉘였다. 그리고는 금세 잠이 들어버렸다. 얼마 후, 누군가가 장지문을 깨웠다.

"이봐. 젊은이 일어나게. 이 밤중에 이런 깊은 산속에서 그것도 차가운 바위에서 잠을 자면 큰일 나네."

소의 풀을 베러 산으로 올라가던 노인이 장지문을 발견했다.

장지문이 남자의 목소리로 나지막이 물었다.

"먼 길 가는 나그네입니다만 잠시 길을 잃었지요. 이곳으로 계속 내려가면 어디입니까?"

"한 시간만 가면 동학사라는 큰 절이 나옵니다."

'동학사? 동학교도들이 모인 절이란 말인가?'

장지문이 궁금해서 물었다.

"동학 교인들이 왜 절에 모여 사는지요?"

"허허 신라시대부터 내려온 절인데 무슨 동학교도들이 기거하겠소?"

"아. 그렇군요. 아무튼 고맙소이다. 어르신."

"그럼 내려가게. 난 풀을 베러가야 하네."

장지문은 노인과 헤어지고 다시 길을 걸었다. 이미 다리는 퉁퉁 부었다. 짚신은 갈기갈기 찢어져 너덜이 났다. 멀리 동학사에서 울리는 종소리가 새벽을 깨웠다. 장지문은 힘을 내서 동학사로 들어갔다.

"여기 주지스님이 누구신가요?"

마당을 쓸던 젊은 스님이 합장하며 대답했다.

"경허스님입니다."

"경허스님이라면?"

장지문은 잠시 경허스님에 대해 들었던 이야기를 떠올렸다. 경허스님은 불가에서는 알아주는 강사스님이셨다.

경허스님이 한창 젊을 때 이야기다. 하루는 경허스님이 자신의 은사님인 계허 스님을 뵈러 관악산 청계사로 올라가는 길이었다. 천안쯤 갔는데 갑자기 폭풍우가 몰아쳤다.

장대같이 퍼붓는 비를 뚫고 갈 엄두가 나지 않아 경허스님은 근처 민가에 비를 피하고자 찾아갔다.

"처사님! 비가 멈출 때까지만 마루에 앉아 잠시 비를 피하게 해 주십시오."

집주인은 화를 벌컥 내며 소리쳤다.

"나가시오!"

"나가라니요. 이렇게 비가 몰아치는데 매정하게 나가라니요?"

"나는 당신 송장 치우고 싶지 않소이다. 죽으려면 당장 나가서 죽으시오."

스님도 사람인지라 열이 받았다.

"아니 처사님 아무리 그래도 사지 멀쩡한 스님한테 나가서 죽으라니요. 해도 너무 하지 않습니까?"

"저길 보시오."

"앗!"

스님은 주인이 가리키는 울타리 밑을 보고는 깜짝 놀랐다.

그곳에는 시체가 수두룩했다. 상투를 맨 사람, 여자, 늙은이 등 죽은 시체가 산을 이루고 있었다.

"동네에 괴질이 퍼져 잠시 쉬어간다고 들어온 이들이 이렇게 모두 죽어버렸지요."

주인은 혀를 차며 씁쓸해했다.

'내가 일류 강사라고 불가에서는 나름대로 유명한 사람이지만 다 쓸모가 없구나. 죽음 앞에서는 이렇게 나약한 인간에 불과하구나. 이것이 나의 한계였구나. 내가 아무리 말을 잘하고 책을 많이 읽었어도 내 죽음의 길을 막을 방법이 없구나.'

경허스님은 이곳에서 큰 깨달음을 얻고 은사님 뵈러가는 길을 되돌려 다시 동학사로 들어가면서 화두 하나를 붙들고 의심했다. 스님의 화두는 [나귀의 일이 채 끝나지도 않았는데 말 일이 돌아왔다.]이다. 나귀의 일이란 돌아오지 않는 해를 뜻한다. 12지간에 나귀의 해는 없다. 그리고 말 일은 실재 존재하는 현실이다. 즉, 돌아오지 않은 해와 존재하는 해는 삶과 죽음을 의미하며 존재와 부재의 대립을 말하는 것이다. 스님은 이 화두를 끝내 풀어내고는 다 끊어버리기로 다짐했다.

그게 발심이고 절개인 것이다. 스님은 강의도 끊고 수없이 내 뱉었던 자신의 말도 끊었다. 자신이 가르치던 백여 명의 학생들도 다 내 보냈다. 은사도 끊고 체면도 끊었다.

'참으로 중노릇을 하려면 사람노릇을 하지 말아야 한다.'

스님은 방에 들어가 문을 잠그고 날카로운 송곳을 턱밑에 놓고 앉아서 정진했다. 졸려서 쓰러져 턱이 송곳에 찔리면 그 상처가 아물 때까지 그냥 앉아서 다시 정진했다. 누워서 잘 때는 고개를 들고 잤다. 그렇게 세 달을 정진했는데도 도무지 방선의 깨달음은 얻지 못했다. 그러던 어느 날이다.

하루는 동학사에 있던 학명스님이 마을에 내려갔다가 이 진사를 만나게 되었다. 이진사가 스님께 물었다.

"그래 요즘 대사는 중노릇을 어떻게 하시오?"

"소승의 중노릇이야 법문 읽고 염불하며 합장하고 계행 지키고 부처님 시봉하고 뭐 그런 것이 아니겠습니까?"

"허허, 그래가지고서야 어디 소밖에 더되겠소?"

깜짝 놀란 학명스님이 다시 물었다.

"그럼, 소가 안 되려면 어떻게 해야 하겠는지요?"

"어쩌긴 소가 되어도 고삐 뚫을 구멍이 없다고 해야지. 그것도 모르고 어찌 중이라고 하겠소. 하하하."

김 진사는 중이면 절에 들어가 불도나 닦을 일이지 뭐 하러 동네를 어슬렁거리느냔 뜻으로 핀잔을 주어 쫓은 것이다. 스님은 김 진사에게 당한 분이 풀리지 않았다. 도대체 이 얼토당토 안한 말을 듣고 대꾸조차 못하고 돌아온 것이 내내 후회가 되었다. 할 수 없이 수행중인 경허

스님의 문을 두들겼다.

"스님 제발 문 좀 열어주세요. 급히 드릴말씀이 있습니다."

굳게 잠긴 문은 열리지 않았다. 할 수 없이 밖에 서서 김 진사가 한 말을 그대로 옮겼다.

"스님, 소가 되어도 고삐 뚫을 구멍이 없다."라는 말이 무슨 뜻이옵니까?"

스님은 이 화두에 귀가 번쩍 뜨였다.

'천칠백 공안이 다 뚫렸는데 뭐가 뚫리지 않았단 말인가? 나에게 아직도 정진수양이 부족한 게야. 다른 곳으로 가서 더 용맹정진 해야 하겠다.'

스님이 찾아간 곳은 연암산 천장사다. 그는 손수 지은 누더기 옷 한 벌만 걸치고 정진했다. 일체 말을 하지 않고 문 밖에 나오는 일은 화장실 갈 때밖에 없었다. 세수를 하거나 옷을 벗거나 목욕하는 일조차 없었다. 빈대와 이가 들끓어 피부는 썩었고 몸에서는 악취가 났다. 그래도 경허스님은 긁는 일 조차 없었다. 하루는 구렁이가 들어와 스님의 몸을 친친 감았다. 스님이 미동도 없자 입을 쩍 벌려 스님을 물으려던 구렁이가 돌연 똬리를 풀었다. 스님의 몸에서 악취가 너무 나서 구렁이조차 스님을 피하고 말았던 것이다.

1년 후, 스님은 자리를 박차고 나왔다. 그제야 목욕을 하고 옷을 빨아 입었다. 그리고 노래를 불렀다.

홀연 사람에게 고삐 뚫을 구멍이 없다는 말을 듣고
무릇 깨닫고 보니 산천대천 세계가 내 집일세

유월 연암산 아랫길에서

들사람이 일이 없어 태평가를 부르네.

나무 아미타불.

경허 스님은 자신의 깨달음을 실험해 보기 위해 술과 고기를 사서 고갯마루에 앉아 사람이 오기를 기다렸다. 나그네 두 사람이 고개를 올라오고 있었다. 스님이 욕을 했다.

"야! 이놈들아! 어른이 앉아있으면 큰 절을 하고 가야 도리지 본 척도 안하고 가는 거냐! 이 우라질 놈들아. 정신이 썩어빠져 있구먼. 허허허."

난데없는 욕설을 들은 젊은이들이 기가 막혔다.

"아니 뭐 저런 땡중이 다 있냐?"

"미친 중인가 봐. 상관하지 말고 그냥 가자고. 대낮부터 미친 중을 다 보다니 원."

"하긴 중이 미치면 색중아귀가 된다고 하잖아. 어서 가세."

"그래 난 미친 중이다 이놈들아 보아하니 미친놈들은 네놈들이렷다. 대가리에 든 것도 없어 보이는구만. 하하하."

열이 받은 젊은이들이 몰려와 사정없이 경허 스님을 구타했다.

스님은 궁금했다. 매를 맞고 있는 자신의 마음이 고통과 분리될 수 있는가 하는 거였다. 신기한 일이 벌어졌다. 분명 매를 맞고 있는데도 마음은 매를 맞을수록 고요해지는 것이 아닌가? 고통도 없고 이 뭐꼬? 라는 생각만 들 뿐이었다. 나는 무엇인가? 라는 생각뿐이었던 것이다.

그들의 구타가 끝나자 스님은 그들을 앉히고 준비해놓은 술과 고기를 대접했다. 그러면서 스님은 자신이 깨달은 법을 이어갈 후배를 찾아다녔다.

장지문은 전설처럼 내려오는 이 이야기를 떠올리며 스님을 알현했다.

예불을 보던 스님께서 장지문을 바라보았다.

"어떤 연유로 이 새벽에 동학사를 방문하셨습니까? 기력이 쇠잔해 보이십니다. 안으로 드시지요."

"스님! 말씀은 많이 들었습니다. 뵙게 되니 꿈만 같습니다."

"나무아미타불!"

"밤새 걸었습니다. 가지고 온 주먹밥도 동나고 말았어요."

"저런, 산이 얼마나 험한데 이 야심한 밤에 산을 넘다니요."

"넘어야만 갈 수 있겠기에 넘기 어려운 길이라는 걸 알면서도 감히 거부하지 못했습니다."

장지문의 유창한 대답에 스님이 감동했다.

"부처님께서 깨달음을 얻고자 수행할 때 어찌 햇볕만 있고 고요만 있었겠습니까? 모진 비바람 다 이겨내고 끝내는 그 높은 경지에 오른 것이 아니겠습니까? 어려움을 긍정적으로 이해하는 처사님의 마음씨가 참으로 아름답습니다."

"과찬이십니다. 저는 지금 제 앞에 계시는 경허스님의 전해오는 이야기만 생각해도 꿈만 같은 걸요."

스님은 장지문에게 아침을 차려주었다. 보리가 섞인 조밥이지만 꿀맛이었다. 어느 정도 허기가 가라앉은 후에야 장지문의 눈에 절의 풍경이 들어왔다.

나라는 시끄럽지만 산은 고요했다. 궁은 일본의 야욕에 힘없이 무너져 오갈 데 없는 지경으로 빠져들었지만, 동학사 담장은 기왓장이 서로 맞물고 서서 그 끝을 보여주지 않았다. 용마루의 빼어남은 기와의 오묘한 조화 속에서 이루어졌다. 지붕능선은 힘차게 치고 올라가 그 끝에서 계룡산을 올려다보았고 용의 벼슬모양을 닮은 계룡산은 그 시선을 감당하며 다시 동학사를 내려다보았다. 나의 기와는 너의 기와를 손가락 걸 듯 깍지 끼고 아래로 내려갔다. 기와가 합장에 합장을 거듭하자 마침내 처마 끝이 나왔다. 비라도 올라치면 그 톡톡 떨어지는 빗방울 소리가 마치 목탁소리처럼 들렸다.

"스님! 지금 나라가 심히 어지럽습니다. 자칫하면 나라를 통째로 일본에게 빼앗길 처지랍니다."

식사를 마치고 녹차를 마시며 장지문이 시국의 어수선함을 말했다.

"세속을 잊고 사는지라 절 밖의 일은 잘 모른답니다. 들리는 소문에 청?일 전쟁에서 청국이 패하고 일본이 우리의 궁을 점령했다는 불길한 이야기를 들었습니다. 우리 스님들도 다 같이 일어나 나라를 구해야 한다는 말은 들었지만 그게 어디 쉬워야지요."

"나라를 구하는데 성역이 따로 있습니까? 여성들까지 앞장서서 나서는 걸요."

"여성들까지요? 참 대단하군요. 임진왜란 때 승병을 모아 싸운 사명대사님의 가르침을 우리도 배우고 싶구려."

스님이 남은 찻물의 마지막을 비웠다. 찻잔이 헐거워졌다.

"남의 나라 땅에 들어와 정권을 좌지우지하는 남의 나라 군인을 우리는 용서할 수가 없습니다. 정부에서 못하면 우리가 해야지요. 나라를 되찾는데 남녀노소가 어디 있고 신분 서열이 어디 있고 빈부가 어디 있으리까?"

"법우님은 참으로 대단하십니다. 내 일찍이 그대 같은 기개를 갖춘 사람을 본 적이 없구려. 모쪼록 혈기 왕성한 그 젊음을 나라를 위해 써 주길 바랍니다."

동학사는 최초 신라 상원조사가 수도하던 곳으로 역사가 깊은 절이다. 1814년 (순조 14) 금봉 월인 스님이 예조에 상소하여 12차례의 소송 끝에 잃었던 토지를 되찾았다. 옛 원당 터에 실상 암을 짓고 절을 중건하여 절 이름을 개칭하되 '진인출어동방(眞人出於東方)' 이라 하여「東」자를 따고 '사판국청학귀소형(寺版局青鶴歸巢形)' 이라 하여「鶴」자를 따서 동학사라 명명했다.

"언제든 돌아갈 곳이 없거든 다시 돌아오세요."

장지문은 경허 스님의 마지막 화두 같은 말을 귀에 담고 다시 길을 떠났다.

훗날 경허 스님이 자신의 깨달음을 이어갈 후배를 찾는 중 하루는 이런 일이 있었다.

하루는 어느 마을에 아주 똑똑하고 큰 자질을 가진 젊은이가 있다는 소문을 들었다. 스님은 그 젊은이가 스스로 자신한테 찾아올 방법을 연구했다. 좋은 생각이 떠오르자 스님은 곧장 그 마을로 달려갔다. 그리고는 개울에서 빨래하던 젊은 새댁의 젖가슴을 사정없이 빨았다.

깜짝 놀란 새댁이 기겁을 하며 쓰러졌다. 이 모습을 보던 동네 사람들이 우르르 몰려와 스님을 죽도록 때렸다. 소문은 삽시간에 퍼졌다.

"글쎄 미친 땡중이 새댁의 젖가슴을 빨았다는구먼."

"미쳤지 미쳤어. 우리도 가만있지 말고 그 땡중 상판대기나 한번 보세."

사방에서 구경꾼이 모여들었고 혈기 왕성한 그 젊은이도 마침내 소문을 듣고 찾아왔다.

스님은 그 젊은이를 단번에 자신의 뒤를 이어갈 후계자로 판단하고 절로 데리고 갔다. 그 스님이 유명한 만공 스님이다.

며칠에 걸쳐 간신히 북접파의 최고 접주인 최시형에게 달려갔을 때 가을은 더 무르익었다.

온건파인 오지영이 두령들에게 말했다.

"지금 우리나라는 일본군의 군대에 궁이 함락되어 자칫 나라마저 저들에게 빼앗길 운명에 처해있습니다. 지금 한가로이 남접과 북접이 싸우고 있을 때가 아니란 말입니다. 우리의 적은 남접이 아니라 바로 외국군대입니다. 이들과 싸워 이겨야합니다. 나라가 있고 백성이 있는 법이지 어찌 나라 없이 백성이 있겠습니까?"

"그대의 말에도 일리가 있소. 우리가 서로 싸우는 사이 충청도 공주영이 일본에게 함락되었소. 참으로 비통한 심정이오."

바로 그때였다.

"접주님! 밖에 여자 같은 남자가 접주님을 찾습니다."

"안으로 뫼시어라."

며칠 동안 달려온 장지문의 몰골은 황폐했고 기력은 쇠진했다. 장지문은 기신기신 걸었고 걸음은 무거웠다. 장지문이 겨우 말했다.

"안녕하셨는지요. 저 장지문입니다."

남장을 한 탓에 자신을 알아보지 못할까싶어 장지문은 틀었던 상투를 풀었다. 긴 생머리가 나풀거렸다.

"아니 자네가? 이렇게 반가울 수가? 이게 얼마만인가? 그래 그동안 어찌 지내셨나?"

최시형은 교도 장진관의 딸 장지문을 보자 반가워서 손을 덥석 잡았다.

"우선 이 서신부터 받으세요. 전봉준 접주님께서 보낸 서찰입니다."

최시형은 서찰을 받아 읽었다.

[조선은 지금 풍전등화의 위기에 처해있습니다. 지금 우리끼리 싸우고 있을 시간이 없습니다. 최초 제가 봉기를 했던 것은 권력다툼에 혈안이 되어있는 조정이 백성을 돌보지 않고 방치했기 때문입니다. 갖은 명목으로 세금착복에만 혈안이 된 고을 수령들을 감시하고 비리가 있는 관리는 바로잡아야 하거늘 아무도 그 일을 하는 사람이 없었습니다. 갈수록 농촌은 황폐화가 되었고 농민은 보릿고개를 넘기지 못하고 끝내 굶어 죽는 이가 속출했습니다. 누군가는 해야 하는데 아무도 하려하지 않고 방관만 하니 그 울분이 천지를 넘습니다. 어찌 두고 보고만 있을 수 있겠습니까? 그러나 지금 다시 제가 봉기를 하려 함은 오로지 구국의 일념뿐입니다. 우리를 없앤다는 취지로 청나라 군대가 들어오고 부르지도 않은 일본 군대가 들어오고 일본은 어차피 우리나라에 들어와 조선을 침탈할 계획을 가지고 있었는데도 조선 정부는 의심하지 않았습니다. 일본군은 청나라군대와의 싸움을 구실로 힘없는 우리 백성을 무참히 짓밟고 있습니다. 지금 우리가 의연히 일어나 일본군대를 몰아내지 않으면 장차 우리나라는 일본의 속국이 되어 부모 없는 고아처럼 살아가야 합니다. 이것을 통탄할 뿐입니다. 그래서 의연히 농민군을 모아 궁

으로 진격할 테니 최시형 접주님께서도 북접파를 설득하여 이 봉기에 노선을 같이 해 주셨으면 더할 나위 없이 감동이겠습니다. 전봉준올림.]

최시형은 서신의 중차대한 결의를 읽으며 가슴이 벅차옴을 느꼈다.

'역시 전봉준은 큰 인물이다. 비록 최초 봉기 때 우려했던 바는 컸으나 역시 전봉준은 그 기개와 정신이 임금보다 낫구나.'

최시형은 두령들과 상의했다. 길고긴 토론 끝에 결말이 났다.

"앞으로 우리 북접도 대군을 모아 총공격의 선봉에 섭시다."

"좋소! 우리 북접도 나라를 위해 똘똘 뭉쳐 외국군을 몰아냅시다."

"다시는 우리나라에 임진왜란 같은 비극이 있어서는 안 됩니다."

"옳소!"

이구동성으로 두령들이 뭉쳤다. 의지가 강해지자 사기가 충천했다.

이것이 바로 최시형의 무장봉기 선언이다.

드디어 해월 최시형은 각 지방에 "오늘 거사는 인심과 천심을 업고 천운을 이어가는 대단한 거사이다. 나를 따르는 자는 전봉준과 협력해서 더 큰 뜻을 품기 위해 분연히 일어서라!"는 통문을 발송하고 청산 집회를 거행했다. 벌남기는 찢어졌고 창의기를 앞세웠다.

이제 적은 일본군과 이들과 내통한 관군, 그리고 우후죽순처럼 번지는 민보군이었다. 북접은 여러 군현의 관아를 습격하여 무기를 모았다. 무기가 없는 농민군에게는 죽창을 만들어 지급했다. 이들은 영동과 옥천을 거쳐 내려와 호남의 농민군과 합류하기로 최종 결정했다. 모든 준비는 완벽했으며 내일은 논산을 점령하고 모래는 서울을 점령하는 일만 남았다. 북접의 농민군은 10만여 명이나 되었다.

32편

민보군

일본은 조선정부의 출병요청을 하기도 전에 이미 군대를 출병시켰다. 자국민의 안보를 위한다는 제물포 조약과 청이 군대를 출병하면 일본도 자동으로 출병한다는 텐진 조약을 이유로 내세웠다.

정부는 죽산부사장위영령관 이두황과 안성군수경리청령관 성하영 부대를 출병시켜 기호지방의 동학농민군을 진압토록 했다. 이때 관군이 총 출병한 숫자는 3.400여 명이나 되었고 일본정부는 자국군 19 대대를 출동시켰다. 일본군이 출동한 시점은 정부에서 출병 지원을 하지 않을 때였다. 출병 지원요청은 그보다 10여일 늦은 시점이다.

10월 14일 관군은 북접 총 지휘 본부가 있던 보은장내까지 남하했다. 이미 최시형은 군을 조직하여 그곳을 떠난 뒤였다. 관군과 일본군은 최시형이 기거하던 마을을 초토화시켰다. 집이란 집은 전부 불태웠고 살아남아 울부짖는 개는 잡아먹었다. 동학의 흔적들은 땅에 파묻었다. 동학의 씨를 말리려는 이들의 술수가 노골화되기 시작했다.

성하영이 이끄는 군대가 먼저 공주에 집결했고 이두황은 청주병영의 요청으로 목천 세성산에 기거하고 있는 동학군을 처벌하고자 진격했다.

세성산의 지형은 주위가 십리다. 산정에는 토성이 있고 토성의 면적은 넓었다. 토성 주위로는 빙 둘러 동학군의 깃발이 무수했으며 숫자는 헤아릴 수 없었다. 산은 3면이 급경사고 한 면만 완만했다. 관군 1개 소대가 산의 동남쪽을 치고 올라갔고 2개 소대는 북쪽 기슭에 매복시켰다. 1개 소대는 동북쪽에서 공격했다. 전투는 치열했다.

"물러서지 마라 여기 밀리면 끝장이다."

동학군 선봉장 김복용이 외쳤다.

화포대장 원진옥이 서남쪽으로 올라오는 관군에게 포를 퍼부었다. 관군이 아래로 나뒹굴며 쓰러졌다. 관군은 신식무기로 무장한 채 포탄이 없는 곳을 향해 계속 진격했다. 전투는 반나절을 끌었다. 마침내 성이 뚫렸다. 관군이 물밀 듯 밀려오니 하는 수 없이 동학군은 퇴각했다. 무기를 가지고 퇴각할 엄두가 나지 않아 동학군은 무기를 흘리고 퇴각했다. 무기를 버리자 몸이 헐거웠다. 헐거워진 이들이 도망쳐서는 무기를 잃어버렸다고 했고 어떤 이는 흘렸다고 했다. 이들은 무기를 흘린 것이 아니라 버렸을 것이다. 버린 것과 흘린 것이 무슨 차이이겠느냐만 동학군은 끝내 흘렸다고 말했다. 김복용과 김영우 화포대장 원전옥이 관군에게 잡혔다.

안동에서는 서상철이 3천여 명의 농민군을 일으켰다.

황해도도 예외는 아니었다. 동학 농민군 수만 명이 강령현을 습격하여 현감을 감금하고 군기를 탈취했다. 감사 정현석과 판관 이동화 및 중군 이하 영리관속을 모조리 잡아 결박하여 당 아래로 끌어내리고 무수히 구타했다. 감사는 영노 청으로 나와 있었으나 물샐틈없는 감시

때문에 조정에 보고하지 못했다.

해주의 동학농민군 선봉장은 백범 김구가 맡았다.

김구는 해주 성을 탈환하고자 서문 밖 선녀산에 진을 치고 총 공격을 기다렸다. 총지휘부에서 마침내 총공격의 신호가 떨어졌다. 모든 명령은 김구에게 일임했다.

"아직 경군이 성에 들어오지 않았다. 수성군 2백 명과 왜병 일곱 명 뿐이다. 선발대는 먼저 들어가 남문을 엄습하라. 그러면 수성군이 남문으로 모여들 것이다. 그럼 나는 서문을 깨트릴 것이다. 공격 앞으로!"

김구의 공격 명령이 떨어지자 15명으로 조직된 정예부대 선발대가 달려갔다. 이들은 남문 앞에 도착하여 포로 문을 부쉈다. 문을 버티고 견디던 경첩 한쪽이 갈라졌다. 천장의 흙이 떨어져내렸다. 먼지가 자욱했다. 천지가 진동하는 울림이 성 전체에 퍼졌다. 수성군이 놀라 떼로 몰려왔다.

"나머지 군사는 지금 서문을 공격하라!"

텅 빈 서문주위로 사다리를 올리고 농민군이 올라가며 일부는 사격했다. 사격소리에 놀란 성안의 관군이 도망쳤다. 싸워보지도 않고 일제히 도망치는 적을 동학농민군이 붙잡았다. 김구가 격노했다.

"어찌 군인이 싸워보지도 않고 총소리에 놀란 듯 도망치느냐?"

"남문 밖에서 우리 군사 다섯 명이 동학군의 총에 맞아 죽었습니다. 모두 겁을 집어먹었어요."

김구는 허탈했다.

'저렇게 힘없고 나약한 병사가 우리 조선의 병사였단 말인가? 장차

이 나라는 누가 이끌어야 한단 말인가?

정부군과 일본군의 반격은 거셌다. 농민군도 지지 않고 전국에서 들고 일어났다. 싸움은 지독했고 처절했고 안타까웠으며 죽고 죽이는 혈투의 연속이었다. 마침내 농민군의 화력이 공주로 집결되었다. 공주를 넘지 않으면 서울은 탈환하기 어려운 것이었다. 관군도 서울을 수성하기 위해서는 공주를 내 줄 수 없다는 신념으로 총출동했다. 일본군은 그 틈을 비집고 교묘하고도 은밀하게 일본에 주둔중인 대규모의 군대를 조선으로 이동시켰다. 20일만 빨리 농민군이 공주를 접수했어도 상황은 달라졌을 것이었다. 일본군도 바빠졌다.

일본의 인천병참 사령부에서 지시가 떨어졌다. 부산병참 사령부로 전하는 급전이었다.

–오후 3시 30분 부산 이마바시소좌 앞으로 다음과 같이 전보를 발령함. 인천으로 오는 3개 중대는 당분간 동학당 토멸만의 임무를 맡게 할 것이니 경부간의 병참 수비는 계속 귀관의 대대가 담임한다.

다시 설명하면 부산의 병참 사령부는 인천으로 오지 말고 당분간 즉, 동학당이 섬멸될 때까지 동학당 토멸만을 하라는 명령이다. 즉, 동학당의 씨를 말릴 때까지 같은 임무이니 그리 알라는 뜻이다. 즉, 이 부대는 동학당을 끝까지 추격하여 죽이라는 명령과도 같았다.

이들은 신예 무기인 무라타총과 무라타 연발총으로 무장하고 근대식 훈련을 받은 정예부대였다. 후비 부대 역시 라이플 총인 스나이더 총을 받았다가 다시 무라타총을 지급 받았다.

11월 들어 동학 농민군 토벌에 대한 모든 권한은 이토 스케요시 인천 병참 사령관에게 위임되고 있었다. 이토 병참 사령관은 후비보병 19대에게 훈령을 내렸다.

–동학당은 현재 충청도 충주, 괴산 및 청주에 군집해있다. 나머지는 전라도 충청도에 있다. 그들을 샅샅이 찾아내 초절할 것.

–동학당의 수령으로 인정되는 자는 포박하여 경성공사관으로 인도하고 당국과 왕복한 서류는 수습하여 공사관으로 보낼 것. 각 부대의 진퇴조절은 군법을 지키고 군율에 따라 실시할 것.

훈령은 샅샅이 찾아내 초절할 것으로 되어있었다. 다시 말해 찾아내는 즉시 처형하라는 명령이었던 셈이다. 분명히 조선 정부가 있고 동학농민군의 생사는 조선 정부에서 실시해야 하는데 일본은 이를 어기고 일본군대 임의로 수많은 우리나라 농민군을 죽이려고 하는 것이었다. 또한, 당국과 왕복한 서류는 동학군과 대원군간의 왕래가 있을 것으로 보고 이를 추적하자는데 의의가 있었다. 대원군은 기회를 보아 동학군을 이용하여 다시 일본군을 몰아내고 정권을 재창출하려는 의지를 가지고 있다고 일본은 의심했다.

일본은 동학군을 서남쪽으로 유인하여 서남쪽 바다까지 밀고 내려가 아예 한명이 남을 때까지 전부 몰살시키려는 계획을 세우고 그 계획을 실행시키고 있었다. 전봉준은 어렴풋이 그들의 계략을 알았지만, 그들의 신식무기와 잘 훈련된 군사 앞에서 농민군은 속수무책이었다. 마치 그들은 그들이 가져온 신식 무기가 얼마나 사람을 잘 죽이는가? 시험하는 것처럼 보였다. 그들은 사람이 파리와 같다고 생각했다. 파리 목숨이나 사람 목숨이나 같았다.

수백 년간 살아있는 권력아래에서 호위호식하고 살아온 양반과 벼슬아치들에게 전봉준과 동학농민군은 천인공노할 인간으로 인식되었다. 이들이 죽어야 자신들의 기득권을 보장받을 수 있다는 사실에 이들은 동학농민군이 일어나자 펄펄뛰었다. 살아있는 권력을 지켜내려고 안간힘을 쓰다가 결국 관군과는 별도로 군대를 조직했다. 그것이 바로 민보군이다.

"민보군이 뭐지요?"

최시형을 만나고 돌아온 장지문이 전봉준에게 물었다.

"민보군은 각 지역의 중요거점마다 산성을 쌓고, 병란이 터지면 농민들이 스스로 싸워서 고을을 지키자고 만든 군사 조직이오. 그런데 좀 더 들어가 보면 이들은 자기들의 기득권을 지키기 위해 보수 세력이 만든 반 농민운동의 조직이오."

전국적으로 농민운동이 발발하자 탐학한 자와 기존 질서를 지키려는 자들은 동학이라는 이름으로 뭉친 농민군을 살려둘 수 없었다. 동학 농민군은 엄청난 개혁을 실현하고자 하는 개혁 조직이었다. 이에 대응하고자 생긴 군이 바로 민보군이다. 예천의 민보군은 읍내(邑內)와 외면(外面 : 읍성 바깥 마을)으로 두 갈래로 나누어 조직, 운영되었다. 읍내 민보군의 주력은 총포로 무장한 관군(관포군: 官砲軍) 100명과 별포군(別砲軍) 200명이었다.

그들은 사냥을 해서 먹고 사는 근처 사냥꾼들을 모으고 동학에 들지 않은 일반농민들까지 모아서 오가작통을 만들었다. 오가작통이란 다섯 집을 하나로 묶어서 범인을 색출하고 세금을 징수하기 편하게 만든 호적제도이다. 일반 농민군이 낯선 마을에 스며들면 이들의 밀고에 의거 발각이 되고 끝내는 이들이 조직한 민보군이 쳐들어와 농민군은 어마어마한 희생이 뒤따랐다.

전봉준의 설명을 들은 장지문은 참으로 기득권을 지키려는 자들이 무서웠다.

"가진 자들은 나라가 어찌 되어도 상관이 없나 봅니다. 나라가 위태로운데 우리 농민군만 못 잡아서 안달은 내니 말이에요."

"그러게 말이오. 내 몸이 열 개라면 즉시 강원도로 달려가 이 민보군부터 섬멸했으면 좋겠소이다."

"걱정 마세요. 제가 가겠습니다."

"그대가 가기엔 무리오. 어찌 그렇게 먼 길을 그것도 싸움을 하러 간단 말이오?"

"저는 정선에서 수양한 적이 있습니다. 그래도 나리보다는 제가 지리를 더 잘 알지요. 그곳에 가서 민보군을 섬멸하고 동학 농민군을 모아서 일본군을 몰아내는데 일조하겠습니다."

전봉준은 장지문의 말을 듣고 감동했다. 몸이 열 개라도 모자란다는 자신의 뜻을 그 몸의 하나라도 되어주겠노라는 장지문의 목숨을 건 마음씀씀이가 그렇게도 감동일 수 없었다.

"꼭 살아주시오. 전쟁이 끝나거든 꼭 행복한 시절이 올 거외다. 그때까지 무사히 살아주시구려! 나랑 약속하오."

전봉준이 손을 내밀었다.

내민 손을 장지문이 겨우 잡았다.

"장군님 아니 나리의 손은 언제나 따뜻하옵니다. 차마 놓기가 힘든 이유는 무엇 때문이온지요?"

"은혜 하는 마음이 바다 같으니 어찌 쉬울 리 있겠소이까? 압니다. 다 알지요. 그대 마음이 내 마음이고 내 마음이 하늘과 같으니 어찌 나라고 잡은 손 쉬이 놓아지리까? 그래도 놓아야지요."

전봉준이 잡았던 손을 놓자 장지문이 전봉준의 품속으로 뛰어들었다.

전봉준이 꼭 안았다. 따뜻한 온기가 혈류를 타고 사방으로 난분분했다. 널따란 오동나무 이파리에 소나기가 후드득 소리를 내며 떨어지는 것 같기도 했고 잔뜩 머금은 코스모스 꽃망울이 한꺼번에 톡 터지는 것 같기도 했다. 두 사람은 흔들렸고 두 사람은 고동치는 심장의 거친 소리를 들었다. 두 사람은 오래도록 꼭 안았다. 눈물이 비 오듯 볼을 타고 내려왔고 눈물을 삼킨 사람은 전봉준이었다.

전봉준은 다시 장지문을 보내야했다. 보내야 다시 오는 법을 전봉준은 알았다. 그렇지만 어쩐지 '오늘이 마지막이 아닐까?' 하고 전봉준은 염려했다. 염려는 감을 동반하고 예견 뒤에 오는 것이라서 그 감은 늘 불안했고 초조했다. 이 험한 세상에 여자가 싸움의 선봉에서서 신식 총에 맞선다는 신념이 전봉준을 더 아프게 했다.

'미안하오. 낭자.'

멀어지는 장지문에게 전봉준이 큰 절을 했다.

'내가 죽을 자리는 아직 여기가 아닌데, 왜 다시는 못 볼 것처럼 그대가 아프게 멀어지는가?'

전봉준의 가슴이 먹먹했다. 두고 온 아내의 따뜻했던 말이 떠올랐다. "더는 묻지 마소서!"라고 말하던 아내의 여린 눈동자가 생각났다.

'내가 죽으면 그대는 어떤 험한 꼴을 당하며 살지 심히 두렵소이다.'

전봉준은 가족을 전부 죽이고 황산벌에서 싸우다 끝내 죽은 계백장군을 생각했다.

전봉준은 밤새 시름시름 앓았다. 식은땀이 베갯잇을 적셨다. 심한 열병이 일순 전봉준을 엄습했다.

김덕명이 이른 아침 전봉준을 찾아와 위로했다.

"장지문이 떠났다는 말을 들었소이다. 밤새 잠을 못 이루겠구나 생각했소. 자 이거나 마시세요. 꿀물이오이다."

김덕명이 손수 꿀 차를 타서 전봉준에게 내밀었다.

"고맙습니다. 약한 모습 보여서 죄송합니다. 왜 이렇게 삶이 아픈지요. 언제 저들을 몰아내고 다시 평화로운 세상을 만들 수 있을까요? 왜 이렇게 힘이 없어지는 거죠?"

"고독해 보지 않은 사람은 장군이 될 자격이 없소. 군중속의 고독이란 말도 있잖소."

"허허 제가 광대도 아니고 군중은 무슨 군중이오리까? 하하."

"장군은 장군 한사람의 목숨이 아니오이다. 후일 역사가 장군을 알아줄 것이외다. 그러니 살아서 끝까지 나라를 위해 싸워야 하오. 절대 약한 마음먹지 마시오."

"김 장군도 마찬가지요. 세상이 김덕명장군을 알아줄 것이오. 우리 한번 저 일본군을 완전히 몰아낼 때까지 열심히 싸워봅시다."

33편

여성 기마부대

장지문은 훈련 중이던 여군을 모아 부대를 편성하여 강원도로 향했다. 이미 안동에서는 서상철이 의병을 일으켜 관군과 대치중이었다. 장지문은 낮에는 산에 은신하고 밤에만 이동했다. 장지문이 다시 예천에 도착했다. 장지문은 부대를 백마산에 은신시키고 예전에 신세를 졌던 사냥꾼을 만나 정보를 알아볼 요량이었다. 그녀는 말을 산에 놓아두고 걸어서 내려왔다. 여전히 집은 그 자리에 있었다. 남장을 한 그녀가 울타리 밖에서 안을 기웃거렸다. 개가 짖었다.

'어디 갔지?'

사내는 보이지 않았다.

할 수 없이 막 몸을 돌려 산으로 올라가려는 찰나였다.

"거기 뉘시오?"

사내의 목소리가 장지문의 목덜미 뒤에서 터졌다. 장지문이 긴장하며 돌아섰다.

"지나가는 나그네입니다만 혹시 이집 주인장이시오?"

"네, 저는 십여 년 동안 계속 이곳에서 살았습니다만……."

그제야 장지문은 공손히 인사했다.

"인연이 있으면 언젠가는 다시 만난다 했던가요? 접니다. 작년 겨울 그 혹한의 눈보라를 뚫고 이집 울타리 앞에서 쓰러졌던 여자……."

"아. 장지문 낭자 맞죠? 남장을 하셔서 못 알아봤습니다."

"이름을 지금까지 기억하셨습니까? 고맙습니다."

"어떻게 이곳을 다시 오게 되었습니까? 제가 보고 싶어 오신 것은 아닐 테고요. 하하."

장지문은 안심했다.

"어서 들어오세요. 초겨울 바람이 찹니다."

사내가 들어가고 장지문이 따라 들어갔다.

"그래 여전히 동학 운동은 하고 계십니까?"

"예. 동학 농민군에 대한 탄압이 심해 저항했더니 이제는 외국 군대까지 들어와 농민군을 탄압하여 정말 큰일입니다. 그래서 이곳에서 나라를 위해 싸울 농민군을 모집하러 오는 길입니다."

순간 사내의 눈빛이 떨렸다. 아득한 것들은 내재되어있는 표정 안에 있는 것들이어서 표정 밖은 조금의 변화만 감지될 뿐 그 표정 안에 숨기고 있을 사람 속은 알 수 없었다.

"이거 마땅히 대접할 게 없군요. 제가 밖에 나가 저녁 찬거리라도 사오겠습니다. 마침 오늘이 예천 장날입니다. 몸 좀 녹이고 계세요."

"그럴게요."

장지문은 사내를 기다렸다. 방에는 사내가 쓰던 총이며 사냥해온 짐승의 가죽이 박제가 되어 있었다. 장지문은 이것저것 구경했다. 삼십분이 지나도 사내는 오지 않았다. 바깥 동정을 살피고자 장지문이 문을 열려는 순간이었다. 시렁 구석에 종이로 된 메모가 보였다.

'이게 뭐지?'

장지문은 무심코 메모지를 읽었다.

'앗!'

장지문은 깜짝 놀랐다. 그것은 바로 민보군 조직도였다.

[예천 민보군 조직도. 제1조. 포수 나상무. 최 대감댁 아들 최영서, 관군 민돌석, 농민 박장유. 유생 김이구] 이었다. 즉, 포수는 이집 주인인 사냥꾼이었고 양반과 농민 그리고 관군과 유생을 하나로 묶어 오가작통을 만든 호적이었다. 장지문은 사내의 이름을 떠올렸다.

'그래 맞아 이름이 나상무 라고 했었어.'

사태를 파악하는데 걸리는 시간은 10초를 넘지 않았다. 찰나의 시간에서 사건은 정리되었다. 바로 그때였다.

"탕."

"무기를 버리고 투항하라. 너는 이미 포위되었다."

나상무가 민보군에게 밀고해 민보군과 관군이 사방을 포위한 것이었다. 장지문은 허리에 숨겼던 칼을 빼들었다.

"탕탕탕."

세발의 총소리가 호롱불을 향해 퍼붓는가 싶더니 호롱불 근처 움직이는 사람의 그림자를 향해 명중되었다. 다행히 그림자는 형체가 부서지지 않았다. 장지문은 재빨리 호롱불을 칼로 갈랐다. 양초가 반으로 갈라지며 촛불이 드러누웠다. 불이 꺼졌다. 사방은 암흑으로 변했다. 순간의 고요가 영원의 고요처럼 장지문을 휘감았다.

'나의 사지는 여기가 아니다.'

장지문은 찰나의 시간을 고민했다. 죽을 방법과 살 방법이 떠오르지 않았다. 번민의 끝은 초 단위로 반복되었다. 그때였다. 탄환이 어둠이 놓인 방으로 무수히 밀려들었다. 연발총 소리인 것으로 보아 무라타 연발총이듯 싶었다.

총소리는 예천 시내를 엄습했고 백마산을 쩌렁쩌렁 울렸다. 백마산에 은거 중이던 열두 명의 여자 기마 부대가 술렁였다. 이들은 사태를 직감하고 저마다 말을 타고 달려서 내려왔다. 말발굽에 차인 먼지가 길게 이어졌다. 전봉준 장군이 직접 건네 준 총을 써먹을 절호의 기회가 이토록 빨리 올 줄 그녀들은 몰랐다. 열두 마리의 말발굽소리가 예천을 향해 질주했고 한 마리의 말은 사람이 타지 않아 더 빨리 맨 앞에 서서 주인을 찾아 질주했다. 말은 신통하게도 주인이 위기에 처해있는 상황을 직감했다. 아무도 이야기해주지 않았는데도 말은 포수가 사는 사내 나상무의 집을 향해 달렸다.

"다시 한 번 기회를 주겠다. 셋을 셀 때까지 손을 들고 나와라! 안 그러면 송장을 만들어 끌고 나오겠다."

사내 나상무의 목소리였다. 사내의 그 편안해보이던 목소리는 온데간데없었다.

이윽고 사내가 숫자를 세었다.

"하나."

"둘."

바로 그때였다.

"탕탕탕탕탕탕탕탕탕탕탕탕."

열두 번의 총성이 다섯 명의 민보군과 일곱 명의 관군을 쓰러뜨렸다. 나상무는 총알이 입을 뚫고 관통했고 최영서의 가슴에선 피가 낭창했고 민돌석은 창을 들고 서 있다가 쓰러졌고 박장유는 다리를 관통했고 유림의 선비 김이구는 머리를 관통하고 즉사했다. 나머지 관군이 총구를 기마병 쪽으로 이동했다. 말은 움직이는 물체라서 쉬이 그 표적이 되지 않았다. 이윽고 장지문이 문을 박차고 뛰어나갔다. 한번 울타리에 발을 올리는가 싶더니 장지문은 울타리에 한 발을 닿자마자 다른 발로 관군의 머리를 타고 종횡무진 누비며 관군의 목을 갈랐다. 다섯 명의 목이 일순 떨어져나갔다. 그리고 끝이었다.

장지문은 말에 올라타 비호같이 달아났다. 죽음의 끝은 고요했다. 잠시 후, 의식을 찾은 농민 박장우가 눈을 떴다. 잘려나가 굴러다니는 관군의 머리를 보자 박장우는 그만 혼이 나가버렸다. 멀리서 수백 명의 관군이 몰려왔다. 굴러다니는 관군의 눈은 살아 달려오는 관군을 어둠너머에서 관망했고 귀는 그들의 발자국을 들었다. 보았으나 죽은 자의 눈으로 산자의 눈을 볼 수 없었고 들었으나 죽은 귀로 산 자의 발자국 소리를 들을 수는 없었다.

장지문은 어둠 속에서 일렬종대로 이동했다. 말은 어둠속에서 어둠을 방패삼아 수백 명의 발소리를 찾아갔다. 말의 코는 영리했고 말에 탄 여자들의 선은 부드러웠다. 이들은 일제히 마상무(말위에서 추는 춤)를 추는 듯 보였다. 그녀들은 총을 말의 안장에 걸고 다시 긴 칼을 뽑아들었다. 이윽고 관군 앞에 다다르자 말은 일제히 두 갈래로 학익진을 펼쳤다. 학처럼 날개를 펴고 양쪽으로 빙 돌아가는 모양새로 이순신이 일본 수군을 섬멸할 때 쓰는 병법이었다.

이들은 달빛에 반짝이는 적의 칼을 공세라 여겼고 칼의 빛나지 않은 면적이 허세라 생각했다. 공세와 허세는 항상 공존하는 것이라서 적을 맞이하려거든 언제나 공세를 피하고 허세를 즐겨야 한다는 논리를 그녀들은 알았다. 그녀들은 공세를 피했다. 달빛이 칼날의 섬뜩함을 알려주었기에 그녀들은 피할 수 있었다. 어둠 속에서는 총은 허세였다. 총은 겨눌 자를 겨누어야 겨눔 당한 자가 죽는 것이라서 허세 투성인 어둠 안에서는 쓸모없었다. 겨누려 해도 보이지 않았다. 일본군과 관군도 칼을 빼 들었고 기마부대도 칼을 빼들었다. 그리고 뒤이어 찾아온 적의 허세를 깊이 찔렀다. 허세 속에 펄떡이던 관군의 심장이 터져 피가 솟구쳤다. 허세는 펄떡펄떡 뛰며 죽음을 수긍하지 않았다. 허망했다. 칼은 한사람을 두 번 찌르지 않았다. 전봉준이 집강 정치를 하는 동안 수없이 갈고 닦았던 무술이 아니었던가? 그녀들은 살(殺 죽일 살)을 칼에 싣지 않았다. 그러나 칼은 정확히 살을 알고 살을 베었다. 살은 평화로운 조국에 대해 반기를 드는 무리였으며 평화로운 농민의 삶에 대한 배신자였으며 자신들의 재산과 지위만 챙기려고 혈안이 된 가진 자들에 대한 분노였다.

기마부대는 허세가 허물어지자 조용히 자리를 벗어났다. 그리고 벗어난 자리에 커다란 창의기를 꽂았다.

소문은 삽시간에 예천을 넘어 영주와 안동으로 퍼졌다. 강원도와 경상북도가 초긴장 상태에 접어들었다. 여성 기마부대의 출현으로 이곳 농민들은 저마다 일본군을 몰아내고자 자진해서 농민군을 만드는 개가를 올렸다. 기마부대는 각 고을의 민보군을 향해 총공격을 감행했다. 관군이 벌벌 떨었고 민보군이 자진 해산했다. 해산하지 않은 민보군이 일본군에 도움을 청했다. 마침내 강원도와 경상도의 수천 명의 농민군이 의병을 일으켜 충청도 공주로 모여들었다. 최시형은 10만 대군을 이끌고 이미 충청도 요소에 포진했고 전봉준은 12만의 대군을 충청도 요소에 집결시켰다. 김개남 장군도 전라남도 농민군을 이끌고 청주로 올라왔다.

문경의 이데와 소좌한테서 인천 병참본부로 보고가 급하게 올라왔다.

[오늘 아침 6시경 동학당 2천여 명이 안보 병참 지부를 습격, 사방을 포위하고 모든 곳에 불을 지르며 격렬하게 사격했다. 수비병 38명이 고전한 끝에 점차 격퇴하고 지금은 또한 추격 중에 있다. 적 때문에 전선을 절단 당하여 병참감에 대한 보고 불가능. 그래서 직접 보고한다. 문경 이데와 소좌. 대본영]

보고를 받고 카와카미 소로쿠 병참 총감이 다음과 같이 훈령했다.

[카와카미 병참총감으로부터 동학당에 대한 처치는 엄렬함을 필요로 한다. 향후 모조리 살육할 것.]

조선 정부의 지휘를 받을 필요도 없이 모조리 죽이라는 명령이 떨어지자 일본군은 닥치는 대로 농민군을 죽이기 시작했다. 동학도의 표식이 없으면 붙잡아서 고문부터 가했다. 고문해서 동학도라 자백하면 그 자리에서 참수했고 우두머리라고 자백하면 바로 포박하여 상부로 보냈다. 동학도의 가족도 모두 살해되었다. 그들은 동학의 '동' 자만 나와도 참수하고 사태를 관망했다. 피는 피를 부르고 백성은 그렇게 죽어갔다.

마침내 남접의 농민군과 북접의 농민군은 우금치 고개로 향했다.

34편

최후의 항전

산이란 산은 쥐어짜는 고통에 신음하며 떨다가 끝내 불이 붙었다. 단풍이다. 살고자 털어내는 고행의 시간이 자연의 섭리에서는 자연스러운 것이지만, 전봉준과 동학 농민군이 치루는 처절한 전투는 섭리와 순리에 따라 진행되는 것이 아니어서 이들이 흘리는 피는 단풍의 붉음과는 비교되지 않았다. 선혈이 낭창한 목숨의 간극마다 피를 말리는 고통이 엄습했다. 싸워 이겨야만 밀고 올라가는 일이라서 전봉준은 전투에서 패배할 수 없었다. 싸워 이겨야만 조선을 통째로 집어삼키려는 일본의 야욕을 잠재울 수 있는 것이라서 결코 싸움에서 질 수 없었다.

10월 11일은 이인에서 전봉준이 거느린 농민군이 승리했다.

전봉준이 경천에 도착하자 관군 선봉장 이규태는 통위영 군을 거느리고 공주에 집결했다. 공주에 미리 도착한 성하영, 홍운섭의 경리청 군은 공주의 동남쪽인 봉황산 효포봉, 연미봉에 배치하고 공주 영내에서는 일본군 장교가 신병훈련을 시키고 있었다. 전봉준이 호남의 농민군에게 명령했다.

"지금부터 두 개 부대로 나누어 한 부대는 판치, 효포, 능치로 공주의 동쪽을 공격한다. 한 부대는 노성에서 이인으로 진출하여 공주의 남쪽을 공격한다."

작전은 고부 봉기 때 사용했던 작전과 흡사했다. 농민군이 공격하자 서산 군수 성하영과 경리청대관 윤여성 그리고 일본군 백여 명이 완강하게 저항했다.

"공격하라! 밀리면 끝장이다."

전봉준이 독려했지만 전세는 불리했다. 전봉준은 작전을 바꿨다.

"고개쪽으로 일단 후퇴하라!"

후미에 회선포로 무장한 농민군의 주력부대가 숨어있었기에 가능한 전략이었다. 농민군이 회선포 뒤로 몸을 숨기자 회선포에서 막강한 화력이 뿜어졌다. 천지가 진동했다. 빗발치는 포성을 관군과 일본군은 뚫지 못하고 산으로 올라가 도망쳤다.

최시형이 거느린 대군은 보은에서 청산으로 남하해 대교에서 남접 농민군을 기다리다가 불의의 기습을 받았다. 안성 군수 홍운섭은 북접 농민군이 대교에 진을 치고 있다는 첩보를 입수하고 비밀리에 경리청군을 이동시켰다.

"탕!"

한발의 총소리를 신호로 경리청군이 공격했다. 불의의 기습을 받은 최시형은 뒷산의 고지를 빼앗기고 벌판으로 후퇴하여 벌판에서 대대적인 공방이 이어졌다. 반나절동안 피 튀기는 싸움이 이어졌고 동학 농민군은 20여명이 전사했다.

24일 전봉준이 거느린 농민군은 능치에서 성하영이 거느린 경리청군과 대치했다. 조병완이 농민군의 우측을 공격했고 구상조와 일본병 30명이 좌측을 공격했다. 성하영은 정면에서 농민군을 공격했다. 농민군은 3면에서 총공세로 밀어닥치는 그들의 공격을 전봉준은 가까스로 감당했다. 그들은 반나절동안이나 공격했으나 전봉준이 거느린 농민군은 물러서지 않았다.

"우리가 오늘 이곳에서 죽어서는 안 된다. 살려면 공격해라. 공격만이 최후의 방어다."

"와!"

전봉준이 탄 가마는 붉은 깃발이 펄럭였다. 공격신호는 대평소를 불어 공격의 파고를 결정했다. 농민군의 숫자는 들판을 가득 메워 그 끝을 분간하기 어려웠다. 해질 무렵 농민군은 70명이 전사했다. 갈수록 많은 병사가 죽자 농민군은 경천으로 후퇴했다. 관군은 더 진격하지 못했다. 피곤에 찌든 관군도 기력이 쇠해졌다.

경천으로 후퇴한 전봉준은 전열을 다시 가다듬었다. 동학 농민군은 우금치를 사이에 두고 동쪽의 판치 뒷봉에서 서쪽의 봉황산 기슭까지 이르는 40리에 걸쳐 깃발을 꽂아 세를 과시했다.

"우리의 목표는 우금치다. 우금치를 한꺼번에 점령하지 못하니 1대대는 동쪽의 효포능치에서 공주 영으로 공격하라. 2대대는 서쪽의 주봉을 공격하라. 공격목표가 점령되거든 곧장 우금치를 향해 공격한다."

우금치의 화력을 분산해보자는 전봉준의 계략이었다. 장지문이 이끄는 기마부대도 봉황산 기슭에서 대치했다. 말마다 붉은 깃발을 꽂고 봉황산 아래를 누비며 동학농민군을 격려했다.

"우리의 최종 목적지는 우금치 점령입니다. 동지들 힘을 내시오!"

"와!"

붉은 옷을 입은 여 전사 장지문은 마치 신이 내린 여자 같았다.

사람들이 수군댔다.

"글쎄 저 여자 장군 있잖은가. 아마 신이 내렸다는가 봐."

"신이 내렸으면 무당이나 하지 왜 싸움터에 나왔당가?"

"몰랐는가? 전봉준 장군이 제일 아끼는 사람인데 전봉준이 가는 곳이면 무덤까지 찾아가서 충성을 맹세한다는구먼. 허허허."

"열녀 났네 그려. 전 장군 부인이 가만히 있는지 몰라."

"전 장군 부인도 대단하시지. 저런 당돌한 여자를 오히려 감싸고돈다는구먼. 남편이 전투에서 힘들지 않게 도와주라고 일부러 전봉준 곁에 그녀를 있게 했다는구먼."

"역시 대단해. 자네 부인도 좀 배우라고 그래. 날마다 동네 아낙들하고 남 험담이나 하지 말고 말이야. 하하하."

목숨이 경각에 달린 시간, 죽음의 그림자가 엄습해 오는 이 초조를 그들은 그렇게 무마했다. 저 능선을 넘다가 적의 총에 목숨이 다 할지도 모르는 시간이 그들에겐 피를 말리는 시간이다. 장지문은 그래서 더 부르짖었고 농민군은 그래서 더 실없는 농담으로 상황을 이겨나갔다. 그러나 그것도 잠시, 농민군 수십 명이 능치 고개를 넘다가 적의 탄환에 쓰러졌다. 쓰러져 죽은 농민군의 시체를 건너뛰어 장지문의 기마부대가 진격했다. 말은 뛰어 가는 동물이라서 총은 쉬이 말을 명중시키지 못했다. 몇 마리의 말이 고꾸라졌고 고꾸라진 말발굽에 차여 몇 명의 여 전사가 숨졌다. 장지문은 다시 말을 몰고 능치 고개를 넘었다. 그녀의 칼이 번뜩이는가 싶더니 이윽고 일본군의 기관총 사수의 목이 떨어졌다. 장지문이 사수의 목을 베자 그를 따르던 여 전사가 앞다퉈 적의 목을 거두었다. 그러나 뒤이어 더 많은 일본군과 관군의 부대가 무라타 연발총과 포를 앞세우고 농민군이 오기를 기다렸다.

장지문은 다시 외쳤다.

"공격하라! 여기서 밀리면 끝장이다. 전부 총을 쏴라. 총이 없으면 창으로 창이 없으면 칼을 들고 총 공격하라!"

가녀린 부르짖음은 큰 울림이 되어 메아리쳤다. 옆에서 죽어가는 농민군의 시체를 바라보던 산자는 넋이 나갔다. 오로지 공격만 있을 뿐이고 오로지 아군 아니면 적군이었을 뿐, 산자는 살고자 죽였고 죽은 자는 다만 말이 없었다.

"쿠쿠쿠쿵 쾅!"

일본군의 포탄이 장지문의 지근거리에 떨어졌다. 장지문 근처에 있던 말 두 마리가 포탄에 맞아 쓰러졌다. 말에 탔던 여 전사 두 명이 덩달아 쓰러졌고 다시 터진 포탄에 여 전사의 몸이 찢어졌다. 장지문은 외쳤다.

"여기 있으면 끝장이다. 공격해서 포수의 목을 베라!"

수십 명의 농민군이 벌떼처럼 달려들었다.

"타타타타탕 타타타탕."

무라타 연발총의 총소리가 콩을 볶듯 이어졌다. 기어이 열두 명의 여전사가 모두 적의 총 앞에서 처참하게 죽고 말았다. 피를 토하며 죽어가는 여 전사들의 넋을 장지문은 차마 보고 있을 수가 없었다. 잠시 후, 일본군의 총탄이 장지문의 다리를 명중시켰다.

"아아아악!"

장지문은 정신이 나간 채 통곡했다. 통곡하는 장지문을 동학농민군 한 명이 피신시켰다.

우금치의 서남쪽에서 육박해오던 농민군은 산마루에 포대를 설치해놓고 포탄과 기관총을 응사하는 일본군에 의해 무참히 쓰러졌다. 기관총은 탄피를 수없이 쏟아내며 탄환을 농민군의 가슴에 내리꽂았다. 쓰러진 농민군에서 피가 흘러 작은 내를 이루었다. 장지문과 같이 공격하던 농민군은 참패했고 전봉준은 보이지 않았다.

농민군이 기관총 공격에 공격할 엄두를 내지 못하자 관군 참모장 권종석, 별군관 이달영, 오위영장 황범수 등이 돌격대를 만들어 농민군의 고지를 점령했다. 대창을 찌르려고 하면 총알이 먼저 가슴을 후벼팠다. 농민군의 총알이 적의 심장을 뚫으면 뒤이어 무라타 연발총이 농민군 서너 명을 일시에 쓰러뜨렸다. 시체가 산에 겹겹이 쌓여 어찌할 바를 모르던 농민군은 어쩔 수 없이 눈물을 머금고 후퇴했다. 전봉준은 처참하게 후퇴하는 농민군을 차마 볼 수 없었다.

우금치 고개에는 이미 일본군이 신식 무기로 무장한 채 농민군이 오기만 기다리고 있었다. 고개를 넘어야만 점령할 수 있는 것이라서 농민군은 죽기를 각오하고 우금치 고개를 넘었다.

고개를 넘으려고 하면 일본군이 일렬횡대로 도열해서 사격을 가하고 몸을 숨겼다. 삽시간에 40명의 농민군이 쓰러졌다. 다시 잠잠해져서 농민군이 고개를 넘으려 하면 일본군이 다시 도열하여 사격했다. 그렇게 40여 차례를 반복하자 고개는 농민군의 시체로 발 디딜 틈조차 없었다. 농민군이 후퇴하여 건너편 산에서 저항했지만 관군은 기어서 내려오며 사격하는 바람에 어찌할 바를 몰랐다. 마침내 관군은 기관총을 앞세우고 농민군의 진지를 공격했다. 농민군은 대포와 무기를 버리고 후퇴했다. 일본군 대위와 경리병 50명이 10리를 추격했다. 1만여 명의 동학 농민군은 모두 전사하고 겨우 5백 명이 남았다. 그날이 11월 9일이다.

전봉준이 우금치 전투에서 패할 때 김개남은 군사 5천여 명을 이끌고 청주로 진격하면서 금산읍에 들어와 관군의 관아를 파괴하고 소화하였으며 회덕 신탄진으로 출발해 청주로 향했다. 대군이 공격해온다는 보고를 받은 청주에선 영병과 일본군을 출동시켜 김개남이 거느린 농민군을 격파했다. 김개남쪽 농민군 100여 명이 전사했다. 김개남이 다시 진잠을 거쳐 남하하자 청주 육방관속과 읍내 사동이 일제히 일어나 돌멩이를 들고 대항해 싸웠다. 김개남은 총 30정과 말 4필을 버리고 후퇴했다.

전봉준은 노성으로 후퇴한 후 다시 공격할 계획이었다. 그러나 우금치 전투에서의 대패로 말미암아 다시 싸울 기력을 회복하지 못했다. 전략 회의도 끝내 무위로 끝나고 말았다. 사태가 지지부진하자 일본군과 관군이 총 공격을 감행했다. 농민군은 이들의 기습에 저항도 못하고 후퇴했다. 대촌으로 후퇴해서 항전하다가 여의치 않자 논산으로 후퇴했다.

"농민군을 서남쪽으로 몰아 서해상에서 초토화 시켜라!"

농민군의 탄압작전은 일본군이 맡았다. 부산의 후비보병 제19대대의 3개 중대가 중심에 섰고 해상에선 군함 츠쿠바와 소코호의 육전대가 순천으로 들어와 원군으로 참가했다. 이들은 각지에 있는 병참기지와 전화로 명령을 주고받았다. 화가 난 낙동강에서 농부 한 명이 밤에 몰래 병참부대로 연결된 전주를 쓰러뜨렸다. 일본군 주요 작전 통신이 두절되었다. 일본군은 전주를 쓰러뜨린 범인을 색출하여 참수했다.

"군용 전용선을 사수해라. 군용선을 제거하려는 자가 있거나 그 계획을 가진 자는 초멸하라."

군용선을 제거하려는 사람은 동학 농민군이거나 피 끓는 농민이었다. 즉, 동학농민군과 의병을 모두 죽이라는 무시무시한 명령을 히로시마 대본영의 카와카미 소로쿠는 일본군에게 내렸다. 일본군은 동학농민군을 서남쪽 구석인 목포 쪽으로 몰아 해상과 육상에서 완전히 뿌리를 뽑을 계획이었다.

일본군과 관군은 합동으로 밀고 내려왔다. 금산까지 밀린 농민군이 노래제 에서 밤을 새우고 용담으로 행군하다가 일본군과 접전이 있었다.

"일본군 놈들 별거 있나? 지방 수성군실력쯤이야 되겠지. 우리가 쳐들어가자고."

신무기의 위력을 경험한 바 없는 농민군은 죽창을 들고 공격했다.

순간 검은색 군복을 입은 일본군이 일렬횡대로 엎드렸다. 그들은 군복을 입은 잘 훈련된 정예부대였다.

"쏴라!"

일본군 장교의 명령에 일제히 기관총이 불을 뿜었다. 삽시간에 사오십 명의 농민군이 추풍낙엽처럼 쓰러졌다. 농민군은 혼비백산하여 도망쳤다. 진안에서도 수천 병이 접전했지만 일부는 사살되었고 고산 천리 전투에서도 30명이 죽었다. 일부는 전투 중에 죽었고 일부는 도망치다 붙들려 죽었고 일부는 상처가 심해 죽었다. 농민군은 몇 명 남지 않은 군사를 이끌고 대둔산으로 숨었다. 대둔산은 바위가 절벽을 이루는 험준한 산이다.

정상에서 조금 아래쪽에 동굴이 있었다. 동굴 주위로 큰 돌을 올려서 총구를 만들었다. 관군이 공격하면 돌과 통나무를 굴려 적을 제압했다. 관군이 3일 동안이나 공격했지만 실패로 돌아갔다. 마침내 일본군이 다시 공격했다.

오전 5시다. 새벽이 안개에 어슴푸레 여명을 일으키는 시간이다. 잠든 것들이 깨어나는 시간이다. 아직도 비몽사몽 중에 있을 시간이다. 이 시간이면 적은 공격하기에 좋은 시간이고 아군은 방어에 취약한 시간이다. 관군과 일본군은 해가 솟기 전에 공격을 마무리 하고 싶어 했고 농민군은 저들이 공격하지 말기를 바랐다.

"1개 분대는 대둔산을 돌아서 우회로 올라와 공격하라."

일본군은 40리나 되는 길을 돌아와서 농민군의 배후를 공격했다. 1개 분대는 정면에서 총공격을 했고 1개 분대는 암벽에 로프를 치고 로프를 타고 올라가며 공격했다. 동학농민군은 정면에서 총을 쏘는 적을 방어하느라 후방으로 돌아오는 적과 절벽을 타고 올라오는 적을 눈치 채지 못했다.

"탕탕탕."

갑자기 농민군의 후방에서 맹렬한 총소리가 이어졌다. 농민군은 등에 총을 맞고 쓰러졌다. 이어 절벽을 타고 올라온 적이 농민군의 옆구리를 쏘았다. 농민군은 삼면에서 공격하는 적들을 감당하다 끝내 감당하지 못하고 절벽으로 떨어졌다. 바위틈에 숨어있던 농민군은 생포되고 생포된 농민군은 다시 총살되었다. 접주 김석순은 한 살 쯤 되는 여아를 안고 절벽을 뛰어내리다 즉사했다. 임신한 여자도 총에 맞아 죽었다.

전봉준은 논산 패전 후, 패잔군 3천 명을 거느리고 전주에 돌아와 선화당에 머물다 다시 금구 원평으로 후퇴했다. 농민군은 산상에서 공격했고 일본군은 벌판에서 공격했다. 오전 9시부터 시작된 전투는 오후 4시가 되어 끝났다. 전봉준은 또, 패했다.

전봉준이 다시 농민군 5천여 명을 모았지만 급조된 농민이라 규율도 없었고 싸움도 해 보지 않은 농민이었다. 이들은 밭두렁에 의지해서 몸을 피했고 논두렁을 지지삼아 천보총을 쏘았다. 일본군은 신식 기관총으로 무장한 세력이어서 이들이 총을 한 번 쏘면 농민군은 서너 명씩 죽어나갔다. 할 수 없이 농민군은 성황산으로 후퇴했다. 회룡총으로 관군과 일본군을 막아보았지만 전세는 불리했다. 이들이 성황산을 버리고 다시 후퇴하자 20리를 추격하여 농민군 40명이 사살되었다.

천원역에서 일본군을 기다리던 관군한테 급보가 올라왔다.

"전봉준이 입암 산성으로 잠입했다. 체포하라!"

관군은 병정을 입암 산성으로 급히 투입했다.

입암 산성의 산성별장 주인이 관군에게 불려갔다.

"전봉준이 지난밤 산성에 왔다는데 보았느냐?"

"예, 간밤에 식사를 하고 하룻밤을 자고 떠났습니다."

"그래 부하는 몇 명이나 되더냐?"

"그들은 무기도 들지 않았고 부하도 다섯 명 밖에 되지 않았습니다."

"그래 어디로 간다더냐?"

"아마 백양사로 가려는 듯싶습니다."

"네가 백양사로 가는지 장성으로 가는지 어찌 아느냐?"

"관군과 일본군이 사방에 깔려있으니 평지로 가지는 않았을 터, 산맥을 타고 백양사로 넘어갈 것으로 사료됩니다."

"과연 그렇구나. 백양사로 지금 바로 병력을 출동시켜라!"

관군이 백양사에 도착했으나 전봉준은 이미 백양사에서 아침을 먹고 도망친 후였다. 별장주인 이종록은 전봉준을 알고도 체포하지 않은 불고지죄로 체포되었다.

35편

전봉준 체포

시시각각 엄습하는 두려움의 간극은 밀려오는 추위만큼이나 가까웠다. 좁혀오는 포위망을 전봉준은 느꼈고 피로에 지쳐가는 존재의 가엾음을 전봉준은 애써 외면했다.

한겨울의 추위가 맹위를 떨치는 날, 전봉준은 피로와 추위에 아랑곳없이 김개남이 은신중인 태인 산내면 종성리를 향해 이동했다. 밤새 싸락눈이 내렸다. 전봉준이 밟는 짚신 발자국도 싸그락싸그락 소리를 냈다.

'서울로 가야한다. 가서 대원군을 만나야한다. 나는 여기서 잡혀서도 안 되고 죽어서도 안 된다.'

전봉준은 혼잣말을 중얼거리며 일단 김개남과 조우하고자 태인으로 향했다. 얼마 걷지도 않았는데 해가 기울었다. 밤이 긴 겨울이어서 해는 지독하게 짧았다. 전봉준의 수염에 입김이 얼어붙어 실 고드름이 달렸다. 전봉준은 손가락으로 실 고드름을 떼어냈다. 배고픔과 추위때문에 더는 걸을 수가 없었다. 계속되는 관군과 일본군의 추격에 전봉준의 몸과 마음은 이미 기진맥진해 있었다. 부하 다섯 명도 해산시켰다.

12월 2일(양력 12월 28일) 밤이 되었다.

'가만있자. 여기가 순창군 쌍치면 피노리지. 그래 피노리에 친구 한 명이 살고 있지. 그 친구한테 하룻밤 신세를 져야겠다.'

전봉준은 힘을 내서 예전 친구인 김경천을 찾아갔다. 김경천의 초가집 지붕에도 눈이 쌓였다. 허름하게 지은 굴뚝은 연기가 굴뚝으로 다 오르지 못하고 굴뚝 틈에서 새어나와 마당이 연기로 자욱했다.

"경천이 있는가? 날세!"

인기척이 없다. 전봉준은 다시 또랑또랑한 목소리로 그의 이름을 불렀다.

"경천이 있는가?"

김경천은 방문을 열면 한꺼번에 밀려오는 바람이 싫어 창호지문에 손가락만한 구멍 한 개를 뚫어 놓았다. 바람이 매서우면 문구멍에서 피리소리가 울렸다. 바람과 바람이 부딪히며 갈 곳을 몰라 방황하다가 그 일부의 바람이 구멍 안으로 밀려오면서 내는 문풍지 같은 소리였다. 손가락으로 뚫어놓은 안방 창호지 문의 문구멍으로 바깥 동정을 살피던 김경천이 벌떡 일어나 문을 열었다.

"아니 봉준이 자네 아닌가? 어쩐 일로 여기까지 왔는가? 어서 들어가세."

"관군과 일본군에게 쫓기고 있네. 계속된 전투에서 모두 패했다네."

"아니, 천하의 전봉준도 패한단 말인가? 황토현 대첩의 승리와 황룡강 대첩의 승리로 이미 자네의 명성이 자자한데 말일세."

"면목 없네. 시장하네. 요기 좀 할 수 있겠나?"

"알았네. 조금만 기다리게."

김경천이 나가더니 부엌에서 방금 삶은 고구마를 내 왔다.

"우선 이것으로 요기나 하고 있게. 내 곧장 달려가 먹을 것 좀 준비해오겠네."

전봉준은 김경천을 의심하지 않았다. 고구마의 온기가 진정이라면 믿어도 된다고 전봉준은 생각했다. 고구마에서 뽀얀 김이 올랐다. 전봉준이 입으로 후 불면서 고구마껍질을 벗겨 먹었다. 따뜻한 고구마가 들어가자 속이 훈훈했다. 전봉준이 동치미 국물을 마셨다. 신 맛이 물씬 풍기는 동치미 국물이 두고 온 고향을 생각하게 만들었다.

먹을 것을 구하러 간다던 김경천은 부엌으로 가지 않고 이웃집으로 달렸다. 이웃은 전주감영 퇴교인 한신현이다.

"전봉준이 지금 우리 집에 와 있습니다."

"그래? 당장 체포해야겠다."

한신현은 마을사람 김영철과 정창욱을 불렀다. 이들은 몽둥이를 들고 김경천의 집을 포위했다.

"전봉준은 순순히 나와서 오라를 받으라."

한신현의 천지를 진동하는 고함소리에 전봉준이 깜짝 놀랐다.

전봉준은 순간 뒷문을 열고 뒤란 울타리의 담장을 뛰어넘었다. 담장은 높았고 전봉준은 키가 작았다. 가까스로 담장에 올라간 전봉준은 힘껏 담장을 뛰어내렸다.

"으아아악."

이미 예상 도주로를 파악하고 밖에서 몽둥이를 가지고 지키던 마을 장정이 몽둥이로 전봉준의 다리를 후려쳤다. 전봉준의 다리가 부러졌다. 부러진 다리에서 피가 낭창했다. 전봉준은 어이없게도 믿었던 친구의 밀고로 붙잡히고 말았다. 땅이 꺼져라 한숨을 쉬는 동안 그들은 걷지도 못하는 전봉준을 묶었다. 전라 관찰사 이도재가 전봉준을 긴급히 일본군에게 넘겼다. 다리가 부러진 전봉준은 뇌거라는 수레에 실려 이동했다. 농민군이 구출하고자 애썼지만 수포였다. 일본군은 전봉준의 압송경로를 허위로 소문을 낸 후, 야밤에 몰래 다른 곳으로 이동시켰다.

김개남은 청주 공격에서 패하자 후퇴하여 태인 매부집인 서영기의 집에서 숨어 지냈다. 하루는 이웃인 임병찬이 김개남에게 왔다.

"이곳은 위험하니 희문산 자락에 있는 종송리로 거처를 옮기시지요. 거기가 훨씬 안전합니다."

김개남이 종송리 모처에 들어가자 임병찬은 마을사람 김송현과 임병욱, 송도용을 시켜 전라도 관찰사 이도재에게 밀고했다.

"김개남의 성격이 불같아서 쉽게 투항하지 않을 것이다. 강화병 80명을 이끌고 가자!"

이도재와 강화병이 김개남의 거처를 겹겹이 에워쌌다. 천하에 불같은 성격의 소유자 김개남도 이 많은 병사 앞에서는 당해낼 도리가 없었다. 김개남이 땅을 치고 통곡했다.

김개남의 불같은 성격을 이미 잘 아는 이도재는 겁을 먹고 서울로 압송하는 것을 포기하고 임의대로 전주에서 참수했다. 수급은 서울로 이송되어 서소문 밖에서 3일을 효시했다가 다시 전주로 내려 보냈다.

한편, 손화중과 최경선은 나주성을 포위하고 공격을 했으나 이미 계속되는 패전에 사기가 꺾인 농민군은 힘없이 후퇴했다. 손화중은 이미 재기 불능상태에 빠진 농민군을 더는 붙잡아둘 수 없어 이들을 해산했다. 손화중은 고창군 부안면 안현리에 피신했다. 그러나 죽음을 맹세한 전봉준과 김개남이 관군에 체포되었다는 소식을 듣고 크게 실망했다. 손화중은 모든 것을 포기한 채 이봉우에게 말했다.

"네가 나를 고발하라. 그동안 너에게 진 빚을 나의 포상금으로 받아라."

"내 어찌 천하의 손화중 장군을 고발할 수 있겠습니까? 절대로 안 됩니다."

"어허! 내 운명의 무심함이 나라의 운명이나 매 한가지다. 우리가 이루지 못한 미래였으니 이제 세상은 어찌 돌아갈지 그것이 원통하다. 우리가 새 세상을 만들어야 했거늘 이젠 때가 늦었구나. 우리의 역할이 끝났는데, 어찌 천심이 민심을 도와줄까? 이것이 역사요. 나의 삶이다. 나의 삶은 여기까지니라. 걱정 말고 명령대로 해라!"

이봉우는 눈물을 머금고 손화중을 밀고했다.

전봉준을 실은 수레는 전주를 거쳐 공주 계룡산을 넘고 있었다.

며칠째 수레에 실려 온 전봉준의 몰골은 거지나 다름없었다. 수척해진 얼굴은 검게 그을렸고 추위에 시달린 볼은 부르터서 딱지가 내려앉았다. 얼굴은 형체를 분간하지 못할 정도로 처참했지만, 그의 눈빛만은 여전히 이글이글 타올랐다. 정돈되지 않은 수염은 길게 자라 바람에 나풀거렸다. 수레를 끌고 당기는 조선사람 뒤에 일본군 수십 명이 수레를 호위했다. 겨우 계룡산을 넘은 수레가 동학사를 지날 때였다.

젊은 여자 거지가 다리를 절며 수레를 가로막았다. 당황한 일본군이 칼을 빼들었다.

"누구냐? 길을 비켜라!"

수심이 가득한 전봉준의 타는 눈빛이 동학사풍경을 지나 길을 막는 여자 거지한테 옮겨졌다.

"아!"

전봉준은 아무 말도 못하고 깜짝 놀란 표정을 지었다.

헝클어진 머리는 며칠을 감지 않았는지 볼품없었다. 전봉준이 압송되어 서울로 올라간다는 사실을 알고 며칠을 헤매며 수레를 따라 총맞은 다리를 질질 끌며 걸어온 것이다. 옷은 군데군데 찢어져 찬바람이 넘나들었고 손은 부르터서 갈라졌다. 제대로 먹지 못해 앙상한 뼈만 남은 그녀의 모습은 거지 중에서도 상거지였다.

그녀의 시선과 전봉준의 시선이 교차했다. 그녀의 안타까운 시선이 전봉준의 놀란 시선을 겨우 감당했다.

'살아있었구려!'

전봉준의 생각을 읽은 그녀가 눈을 질끈 감았다가 잠시 후 천천히 떴다. 그러자 전봉준의 놀란 시선이 이내 편안한 시선으로 바뀌었다. 전봉준은 고개를 끄덕였다.

그녀가 칼을 빼들었던 일본군에게 고이 접은 화선지를 내밀었다.

"전봉준 나리께 전해 주세요. 마지막 가는 길 고이 가시라는 부적이옵니다."

일본군이 화선지를 펴고 고개를 갸웃하더니 이내 전봉준에게 화선지를 내밀었다.

전봉준이 화선지를 받아서 펼쳐보았다.

"아!"

전봉준은 화선지에 쓰인 장지문이라는 이름과 아버지 전창혁의 이름과 자신이 손수 쓴 전봉준의 이름을 읽었다. 전봉준의 나이 13살 때, 아버지와 최시형 교주님께 동학을 배우러 가던 날, 마이산 어느 외진 초가집 부엌에서 출산하려는 아주머니를 도와 여자 아이를 받아내던 날, 화선지에 써 준 그녀의 이름 장지문, 그녀가 바로 그때 그 아이 장지문이었던 것이다.

'그랬었구나.'

전봉준은 화선지를 받아들고 우수에 젖은 눈으로 그녀를 바라보았다. 회한과 만감이 교차하는 순간이었다.

그녀는 길을 비키지 않고 수레를 향해 절을 했다.

일본군의 칼등이 그녀의 가녀린 등을 내리쳤다.

그녀가 고꾸라지자 수레는 그녀를 비켜서 이동했다. 전봉준이 허리를 비틀어 멀어지는 그녀를 황망히 바라보았다.

그녀가 겨우 일어나 전봉준을 향해 합장했다. 그녀의 눈에서 눈물이 쏟아졌다. 전봉준도 그 눈물의 의미를 읽으며 촉촉해진 눈시울을 글썽였다.

'살아 있어서 다행이오. 정말 꿈같이 만나고 꿈같이 스쳐 가는구려! 이것이 인생이오. 부디 여생 편안히 사시오. 지문낭자.'

멀어지는 장지문을 전봉준은 읽고 또 읽었다. 그녀의 눈물을 읽고 그녀의 마음을 읽고 그녀의 여린 몸을 읽었다. 다만 멀어지는 것은 점일 뿐인데, 전봉준은 그 점이 마침표는 아닐 것이라고 생각했다.

'나리를 만나 행복했어요. 나리와의 인연을 생각하며 나리의 안녕을 내 손바닥이 다 닳도록 빌어드리겠어요. 그래야만 먼저 가시는 나리의 그 길을 제가 위로해드릴 수 있을 것 같아서요. 이것이 제가 해야 할 마지막 사명인 듯합니다. 부디 세 세상에서는 아름다운 영혼으로 다시 태어나소서!'

멀어지는 것은 다만 점일 뿐인 수레를, 전봉준을, 전봉준의 마음을, 장지문은 읽고 또, 읽었다. 하염없이 서 있는 동안 동학사에서는 애달픈 종소리가 서럽게 울려 퍼졌다.

전봉준은 5차례에 걸쳐 일본영사의 심문을 받고 1895년 3월 30일 손화중, 최경선과 함께 최후를 마쳤다. 이때 그의 나이 향년 41세다.

동학 농민 혁명 그 후

구한말의 양반지배층과 일제는 동학농민운동을 송두리째 비하했다. 이들은 농민혁명을 '동학당의 난' 또는 '동비에 의한 난' 등으로 폄하했다. 역사를 왜곡했고 축소하며 그 농민과 싸우다 죽은 관군과 공을 세운 자를 민족의 영웅으로 격상시켰다. 그들은 농민운동을 대원군과 민비의 세력다툼에 의해 파생된 사건으로 규정했고 청의 조선 정복에 이용당했으며 청일전쟁의 원인으로 몰아갔다. 그리고 한일합병이 된 단초가 동학농민운동이라고 규정지었다. 각 향촌의 지배층은 반농민군 활동의 선봉에 섰다해서 기념하고 칭송했으며 힘없고 약한 자의 편에서서 민족의 울분을 터뜨린 많은 농민은 반란의 역사라는 오명 앞에 죽어갔으며 산자는 죽은 자보다 더 못한 대접을 받으며 숨어 살아야했다.

농민혁명의 선봉에 선 이들은 자식에게조차 이 사건을 비밀에 부쳐야했고 일부는 성까지 갈며 은둔생활을 해야 했다. 민족의 응어리진 삶의 대변자로서 이들은 물밑으로 흐르는 고요한 민족자존심의 고취에 만전을 기하다 마침내 의병활동으로 이어갔다. 의병은 독립투사가 되었고 후세의 역사에 길이 남을 애국자가 되었다. 일본은 농민운동을 훗날 식민통치를 해야 하는 이유로 내세웠고 그 정당성을 합리화 하려고 조작했다. 그러나 역사는 다시 농민운동을 평가했다.

1914년 박은식 등은 농민 봉기를 '개혁의 선구, 조선 말세의 평민적 대 혁명란, 조선의 혁명적 사위, 갑오의 혁신운동' 이라 칭했다.

4 · 19혁명을 계기로 농민운동은 '갑오동학 혁명 기념 사업회' 라는 제목으로 조직되고 박정희 대통령 등은 쿠데타로 이룩한 자신의 정권 창출을 정당화 하고자 농민혁명의 뜻을 새롭게 이용했다. 마침내 1963년 10월 3일 황토현 언덕에 커다란 기념탑이 완공되었다. 동학 혁명을 기리는 전국 각지의 군중 2만여 명이 운집한 가운데 장대하게 제막식이 이루어진 이날은 바로 개천절이다. 박정희 전 대통령은 그 날 신문지면을 통해 치사했다.

드디어 교과서에서도 '동학란' 대신 '동학 혁명' 으로 불리게 되었다. 그러나 권력은 단물만 빼먹고 단물이 다 빠지면 버리는 것이 습성인지라 정권을 잡고 나면 동학혁명은 늘 뒷전으로 밀리게 되었고 다시 의미는 축소되었다. 정읍 사업회만이 관의 지원을 받아 매년 문화재를 열면서 명맥을 유지했다. 그 속에서도 진보적 대중은 군사정권이 축소, 왜곡시킨 농민운동을 정면으로 부정하고 농민혁명의 가치를 4 · 19혁명만큼이나 위대했던 농민혁명으로 부각시켰다. 결국, 1980년대에 들어 광주 민주화 운동의 초석이 동학농민혁명이라는 인식을 가지게 되었고 1980년 5월 11일 13회 기념 문화재를 개최하며 정읍군은 비밀리에 김대중을 초대했다. 김대중은 축사에서 이렇게 부르짖었다. 연설은 시종 뜨거웠으며 격앙되었고 그 말 뿌리에 힘이 실려 있었다.

"동학 혁명은 세계 어디에 내 놓아도 손색이 없는 위대한 혁명입니다. 동학은 민주주의와 일맥상통합니다. 3 · 1정신과 4 · 19정신은 동학의 정신 속에서 흘러온 것이라고 감히 말씀드리는데 여러분 생각은 어떠십니까? 저 김대중은 전봉준이 살아온 것처럼 민주주의의 근대화를 지켜볼 것입니다. 전봉준 장군은 직접 행동하는 양심을 보여준 것입니다. 동학혁명은 처음부터 폭력이 아니었습니다. 극심한 학정에 견디다 못한 백성이 들고 일어난 것입니다. 우리는 최선을 다해 질서와 안녕을 지켜가며 평화적으로 민족의 대업을 이룩해야 한다고 감히 말씀드리는 바입니다."

10만 민중이 우레와 같은 박수를 보냈고 김대중을 연호했다. 김대중의 연설을 막지 못한 정읍 군수와 경찰서장이 즉각 파면되었다. 후일 전두환은 전봉준이 자기와 같은 종씨라며 집안의 선조운운하며 대대적인 성역화를 꾀하여 정치에 이용했고 그해 기념사업은 요란스러웠다. 그러나 '동학 혁명'은 '동학 농민운동'으로 다시 불리며 겉으로만 정치적으로 생색내기에 급급했다.

수많은 우여곡절 끝에 동학혁명은 백주년이 넘었다. 동학혁명을 바라보는 인식은 많은 변화가 있었다.

첫째, 일반 대중이 기념사업회의 주체로 자리 잡았다.

둘째, 전국 각지에서 동시 다발적으로 농민혁명 기념사업이 진행되었다.

셋째, 다양한 영역에서 기념사업이 이루어졌다. 민간에서는 지역축제, 시, 소설, 마당극 등으로 기념했고, 다큐멘터리, 미술전, 판소리, 마당극, 뮤지컬, 음악극, 연극제, 거리 미술제 등의 방식이 활용되었다.

넷째, 농민군의 후손들이 선조의 행적에 자긍심을 가지고 명예회복에 나섰다. 이들은 유족회를 결성하고 선조의 행적을 모아 책으로 만들었다.

다섯째, 농민혁명에 관한 학술연구가 심화되고 집대성되었다.

결국 농민혁명은 반봉건, 반외세를 이루려한 농민들의 일대 항쟁이었으며 우리 근대사의 성패를 가르는 사건으로 정의되었다. 실로 역사 인식의 커다란 전환이다.

소설 전봉준을 붙들고 씨름하기를 어언 2년, 약속은 지키라고 있어서 나는 세상에 약속하고 약속한 기일 내에 소설을 완간하려 기진맥진했다.

내 언어의 척박함에 미어지는 것은 한 줄도 앞으로 나아가지 못하는 처량함이었고 끝내 몇 주일씩 손을 놓고 시간의 흐름에 맡겨야했다.

격동의 역사 속에서 나는 살아야했고 살아있지 못한 역사의 인물을 살려내야 했다. 몸 바쳐 투쟁했던 역사의 순간순간이 그들에게는 처절한 삶이었을 테지만, 나는 이 미욱한 언어로 처절했던 그 역사를 쓰려하니 미안해졌다. 목숨 다 바쳐 이룩하려했던 그들의 야망을 나는 그 반의반도 꺼내지 못한 채 마침내 마침표를 찍었다.

소설 전봉준을 쓰면서 나는 복받치는 울분에 잠을 설친 적이 많았다. 가진 자들의 사리사욕은 끝이 없었고 그들에게 이용당하는 힘없는 백성은 늘 배가 고팠다. 개인의 사리사욕에 눈이 먼 동안 외세는 끊임없이 우리나라를 노렸고 결국, 청나라와 일본의 군대 파견으로 나라는 절대 위기에 이르렀다. 힘없는 나라, 침략당하는 나라, 모두가 걱정만 하고 있을 때, 의연히 일어선 전봉준, 그가 세상에 태어나고 세상을 향해 소리 지르고 세상과 맞서 싸울 때 비로소 우리나라의 근대화는 앞당겨졌다.

눈 먼 자들이여! 눈을 떠라!
지금 우리는 꿈꾸고 있을 때가 아니다. 잠자고 있을 때가 아니다.
분연히 일어서서 앞으로 가자!